U0103388

我的烏干達

一位香港警察的職場回憶

龔偉國 著

序言

我大部分的職業生涯都在香港警隊裏度過。雖然沒有電影情節般的轟烈，但是在內跟機構文化拉鋸，在外與黑暗勢力周旋，箇中的動感和精彩處實在有過之而無不及。種種際遇穿梭在難題和曲折間，頗也扣人心弦，別具興味。

我常常跟家人分享工作中鮮為人知的見聞，希望他們能從我的喜惡、計較和得失中有所領悟。兒子們曾認真的建議我把那些引人入勝的經歷筆錄下來。耽擱了好一段日子，恰好可乘內子語文之助，我終於拿出十二分勇氣將我的半生鋪敍在各位眼前，與眾共勉。

我少年蒙恩，成為耶穌基督的跟隨者，對世界常自抱持著一種距離。我希望能單純地敬虔端正度日，愛主愛人。對委身傳道的人我分外仰慕，他們把人的靈魂看成終生事業，晝夜爭取。《獻給無名的傳道者》一書曾深深的感染我，我立過志向要貢獻天國和世人。非洲烏干達就曾經是我遠在天邊的理想。

傳道者自有他們勞苦的禾場。那麼，銀行金融界、物流業群組、勞動人員、公務團體，以及社會數不盡的角落裏，誰來當神的使者，把耶穌基督的美善活畫其中？神的兒女各有不盡相同的背景、學問、智商和才幹，正好被安放在各行各業和不同階層中，身處其他人同樣面對的困難和壓力，散發獨特的生命和香

氣，充當無名的傳道者。要在職場一段日子，我才明白，只要是誠心奉獻，「烏干達」的事奉就近在眼前。這種呼召其實是同樣的嚴肅。

世界有它運行的軌跡，不同的機構和專業也有它們的潛規則，個別的人自有暗昧的野心和私慾，一般的社會法規是難以有效地制約的。在職場迎著這些不斷湧來的浪濤沖刷，基督徒的品性和操守都受到考驗。是那位釘上十字架的耶穌的吸引，是祂佳美的足印，造就著捨己的風骨和服事世人的滿足，還讓我發現總有一些同路人在附近。經過了三十多年高低起伏，因著主的保守和家人的守望，以及許多朋友的鼓勵，我勉強能說，出淤泥而不染，善始善終，其間於神於人也有可獻之物。

聖經裏曾有人問「最大的誡命是甚麼」，這問題之所以難答，也許因為任何答案要不以偏概全，要不顧此失彼。耶穌的回答卻清晰無比：「你要盡心、盡性、盡意、盡力愛主你的神。其次就是說要愛人如己。」質、量、目標、優次皆全。我在職場上待人處事曾迷茫多時，終於還是歸納到這句金言上。

工作職業並非人生最重要的事，卻往往佔據最多的時間資源，在不知不覺間讓人容易疏忽了家庭責任，或是對永恆價值的追求。半生過去，我不敢評論自己在家庭和信仰方面的得失，希望讀者從文中觀察，慎思明辨，可取的不妨參考應用，有缺欠處務必引為鑑戒！

龔偉國
2022 年春

目錄

1987年1月24日受訓完畢，正式成為警務督察。

1 一生不負的問卷

1984 年我於香港理工學院畢業，唸的是時裝及製衣工藝。我從來就沒有事業心，只把人生焦點放在教會的事奉上；心中一直希望可以做一個公務員，過著比較平凡安穩的生活。曾經從信箱中收過一份警隊的招募資料，那個時候警隊形象不佳，我隨手就把那信件丟掉了。

我畢業後第一份工作是在一家有規模的出入口公司協調製衣廠的生產。公司曾想派我到非洲毛里裘斯，管理一所六千人的工廠，因為事奉、母親和愛情我回絕了。1985 年底，我受上司指示做了一批訂單給在牙買加的廠家，可是某些資料令我懷疑訂單的真實性。雖然我自覺清正，但或多或少因參與其中而感不安，對商界的一些做事手法越來越反感。

我又再次思考當公務員的可能性了。當時新任的財政司採用「公務員零增長」政策，以控制公共開支；只有紀律部隊的新增職位是例外的少數，我深感為難。一天，我在家前一個公園靈修，想到這份難處，流下淚來。隨意打開聖經，翻到〈路加福音〉第 18 章，耶穌設一個比喻，勉勵人常常禱告，不可灰心。感謝主，祂應許會給我伸冤。

1985 年 12 月，我經過尖沙咀的一個警察招募中心，冒

出嘗試的念頭，就進去辦理見習督察的申請。那個時候要當警察，身高、體重、視力都有一些限制。我身量適中，體能也好，但有輕度近視。為我量高磅重的警員，恰巧是我小時候的鄰居，這些初步的要求，也就順利地完成了。

不到幾天，我收到警察招聘課的信件，邀請我參加一次初步面試。信中附有幾份文件，需要填妥後於面試時交回。這些必須填寫的項目多是關於個人和家人的資料，用作背景審查。其中一份問卷有 16 條問題，不是資料性的，而是意見性的，例如：你喜歡哪位成功人物？你為甚麼喜歡他？社會上最邪惡的是甚麼？人的甚麼品性是你最不喜歡的？這些問題都問得很好，而且都不容易回答，哪怕給予作答者充分時間準備；更不用怕考生會在作答前向別人討教。在超過三十年後我退休的時候，招聘課還在使用同一份問卷，可想而知當年採用的這份問卷的確是一份不錯的評審工具。

問卷裏其中的一條問題，使我感到非常作難。那問題是：你人生最大的成就是甚麼？只有 22 歲的我能誇有甚麼成就呢？是大專畢業嗎？我還不及別人有資格上大學。運動方面，我完成過兩次渡海泳，考取了皇家拯溺總會的高級教練資格；我曾踏著不入流的單車環繞過香港島和新界，也有兩次騎車上太平山頂的紀錄。然而，我知道這些都不是誠實的答案。我自有更重大的成就 —— 認識耶穌。我能斷定這是我人生中的空前絕後，任何學問、財富和幸福都不能比擬的。雖然答案是無比的清晰，但是以這樣的答案，要試著進入一個我認為是泛迷信、半邪半污的機構，豈不是像自殺一樣？

我掙扎了幾天，心裏為難得很。一天，我的心結給解開了。我不能藉謊言投機，就算是成功了也不會喜樂的。主說：「世人若恨你們，你們知道恨你們以先，已經恨我了。」

（〈約翰福音〉15:18）我許了願，要站在耶穌的一方，如果人因為拒絕耶穌而不滿意我的答案，也請他們拒絕我吧！

我心靈輕省了，豁然開朗。在問卷上我回答：「Having received Jesus Christ as my Lord and Saviour was my greatest accomplishment. He made my life different!」意思是：「我最大的成就是接受了耶穌基督作為我的主和救主。祂改變了我的人生！」既然想通了，問卷上的其他難題，也就變得輕而易舉。社會上最邪惡的是甚麼？「貪財是萬惡之根。」（〈提摩太前書〉6:10）人的甚麼品性是你最不喜歡的？「就是高傲的眼和撒謊的舌。」（〈箴言〉6:17）無意中，這竟然為將來應用神話語的道德觀作了一次紙上談兵。

感謝主，當年沒有一子錯。無論得失，在這份問卷上我良心無虧。往後幾十年間，我常回到這個起點反思，但願此生不負這份問卷！

2 戰戰兢兢訓練如山

　　1986 年 5 月 19 日早上 8 時許，我前往香港仔黃竹坑警察訓練學校（簡稱學堂）報到，正式展開為期 36 週的督察訓練課程。

　　每八週開展一期的訓練班，班中約有 20 至 30 名學員，分成每組約 10 人，由一位總督察（三粒花）作每組的教官班主任。一般來說，每期訓練班的組成，大約有三分一是從英國招聘而來的學員，三分一是由員佐級中選拔的。他們各有優勢，前者英語佔優，在那個年代 [1] 備受偏愛；後者熟悉警隊操作和文化，亦具有實戰經驗。學員中的另外三分一則是本地的新員。這些新員多是外國留學歸來或本地大學的畢業生 [2]。我是本地新員中少數沒有大學資格的。

　　嚴格的訓練在我的意料之中，但對所要遇見的人和事卻難以預計。想到將要面對的種種困難，我非常的緊張；想到將要迎來的歷練，我禁不住興奮。可是這些緊張和興奮在排山倒海的壓力下很快便被淹埋了。畢竟我的社會閱歷有限，作為一名年青基督徒，對世俗事務和文化所知甚少，價值觀

---

[1] 英國於 1841 年對香港實行殖民統治，至 1997 年為止。其間，英國人在香港警隊甚至政府內都把持著優越的位置。

[2] 當年香港只有兩所大學，大學收生名額比現時少得多。

與教官及其他同學相比也很不同，妥協空間又很小，在訓練過程中就顯出了不少「缺失」。加上我的英語能力遜於其他同學，在學習和應對上都遇上困難。教官班主任對我的不滿尤其明顯。再加上學堂裏嚴格和挑剔的文化，帶給我巨大的壓力。我曾多次想過放棄，是主的恩手牽著走過的。

訓練大致可分為四個組合，最大、最重要的是法例和各種警務程序，其次是領導才能訓練，這兩個組合都是由班主任親自教授和監督進行的。評審工具有測驗、考試、實習等，共佔課程比重達 80% 之多。另外兩個組合是槍械和步操以及體能訓練，雖然也很嚴格認真，但只是課程中的配角。在體能方面，開班的初期，我在同期 18 人中得分第二，往後測驗的分數都穩站榜首。槍械射擊我勉強算得上是個「神槍手」，步操方面我也獲得好評。這些重要性不高的課程所得的好成績，只可稍微紓緩我受壓的心理，沒能提升班主任對我的評價。

在訓練的中後期，每兩週要為所學的法例和各種警務程序進行一次測驗。第一次測驗對我是非常深刻的。我只得 66.5 分，是全班九人裏最低的，有另外兩位同學得 67 分。在公佈分數的課堂上，我成了班主任口中的「主角」，令我無地自容。後來我才知道同期的另一班九人中，有三位得分更低，包括一位只有 53 分的同學。二十多年後，這位同學在同期 18 人中最先晉升助理警務處長，這樣的發展又有誰能預告呢？

在求真精神的驅使下，我向兩位得 67 分的同學索取了他們的分紙研究，將他們十條試題的分數統計一下，發覺加起來同是 66.5 分，這份打擊更甚於因低分而受到苛責。我不敢怒，也不敢言。幾天後班主任取回我的分紙改為 67 分，並告訴我分數一向是四捨五入，不存在 0.5 分的紀錄。

在其後的測驗中，我的得分多在中游。在一次後期的測驗裏，我得 90 分，是全班、全期中最高分的，豈料班主任仍能在我失去的 10 分裏找到批評的空間。

領導才能是督察訓練中至為關鍵的，在完成一系列的教授和操練後，就是為期一週的領導才能訓練營。與其說是訓練，不如說是期考。有些師兄師姐在領導才能訓練營之後遭降班，也有遭革職的，比我們早一期中就有兩位師兄被降班變成我們的同期，因此我們所有人都很緊張，而我更加上十二分的憂慮。我想不必敍述當中測試的複雜細節，訓練營結束後有兩名學員不合格，也包括我。

班主任向監督基礎訓練的警司報告後，結果是將另一名不合格的同學降了班。然而，那位英籍警司決定給我一次重考機會。他親自主持，向我訓示了一則毒品交易的情報，只給我 30 分鐘時間，在同學作為下屬的協助下，展開部署，務求人贓俱獲。雖然有些緊張，但我算得上異常鎮定。我向警司詢問了兩個關鍵問題，然後作出部署，同學們也非常投入和支持。在簡潔的分工和調配後，我們迅速在「交易地點」搜獲涉案「毒品」，並把握了「毒犯」出現提取毒品的時間，將他們拘捕。要是毒犯僥倖在此逃脫，我還在另外兩條逃走路線上部署了後援。我過了關，同學們也為我捏了一把汗。

我繼續在巨大的壓力下進行訓練，總算有驚無險，通過了各項測驗。最後一週大考結束後，在警官餐廳內，班主任向我們通報了結果，他特意走到我面前，在眾同學中他只和我握手，並恭喜我順利畢業。除了無奈地接受「祝賀」，我想不出其他的回應。

結業會操的安排是以結業的警員按班數組織成七個方隊，再將結業的督察平均分配領導方隊會操。在結業的 19

名督察中，怎樣選出七個方隊指揮是有慣例的，首先獲得盾牌或名譽警棍嘉許訓練表現的督察會佔一席位，其次就是步操考試中得分最高的幾位學員。在步操考試中，我僥倖得分最高。雖然班主任質疑過，步操教官還是以慣例為由堅持將我編到檢閱場近中央的方隊作指揮，我想是步操教官看見我的遭遇有心幫上一把。在家母和未來岳父母眼中是一份欣慰，他們不必知道我背後的辛酸。

回顧這段歷練，對主我有說不盡的感謝。我想到的不只在於蒙保守而成功結業，這當然也是恩典。最重要的還是這次經歷對我性格的模造，壓抑著虛浮的自信和驕傲，腳踏實地，戰戰兢兢，有益於職場上的修養。這點苦頭，豈止神的容許，實在是我一直追求的 ── 祂的美意。

3 或不幸或刁難得大於失

漫長的訓練和人事上的化學反應，儘管帶來幾近令我窒息的壓力，在訓練接近尾聲的時候也漸漸紓緩了許多。下一件令人忐忑的事就是結業後的崗位分配：一方面自己沒有信心勝任繁忙警區的工作；另一方面又怕駐守的地區離家太遠。

當年我 23 歲，我的戀愛路程已跑了六年之久。大概多數人認為那還不是適婚年齡，我們卻很堅定。事實上從我 21 歲開始，我們就為這件事等候神的帶領，並努力作準備。我和岱華開了一個聯名銀行戶口為這個共同目標作儲蓄[3]。「居所」被視為關鍵元素，是神給我們的交通燈。

還未加入警隊之前，我已經有兩次申請居屋（一種政府資助房屋）的經驗，並且幸運地有一次揀樓的機會。可是，合適的兩房單位已經售罄，剩下的只有一房單位。我們許過願，希望婚後能為與家母同住留下彈性，就放棄了那個機會。雖傷心，但不後悔。我加入警隊後，有穩定的工作和收入，還可以申請已婚宿舍，但由於名額所限，平均要具五年

---

[3] 隨著銀行服務的演進，這個用存摺記賬的戶口已變得不合時宜：只因記念當時的初心，我們還是保留著它，作奉獻和慈惠的收支用途。

年資以上才獲分配。不過，結婚初期以租屋居住作安排還是可行的。想通了居所安排，等待已久的喜事終於可以積極籌備了。

結業前三四週的時間，首個工作崗位給定下來了，是新界總區邊境警區上水分區警署的巡邏小隊隊長。我倒抽了一口涼氣。我家住東九龍的牛池灣，那時吐露港公路還未建成，路途遙遠，還要輪班工作。我沒有駕駛執照，更沒有買車條件，可以想像上下班的交通將會是一個不輕的擔子！我不敢說這個安排存在著人為的刁難，但我是信靠神的人，口裏心裏都不投訴。我相信神自有美意，這是否有點阿 Q 呢？

還有兩週就結業，有一則從新界總區傳來的特別通告，通報位於大埔滘的行動性宿舍有一個空缺，屬 H 級，代表了這宿舍的面積是最小的一種，歸新界總區自行決定分配。據通告描述，因為新界總區沒有督察申請，因此也開放予即將從學堂結業，且調往新界駐守的督察。我們同期中共有三人符合資格，包括我，轉眼間我們都把申請辦好了。雖然我們都為這個來得有點莫名其妙的機會興奮，但誰也沒有把握。

結業前一天的晚上是慣常舉行的高桌晚餐，由警務處處長親臨主禮，迎接新近加入訓練的督察及送別我們這些即將結業的督察。進餐前在我們同期督察閒談期間，班主任陪著處長來和我們攀談。處長當時就站在我身邊，他先向我發問，對於我家住東九龍，卻被調往上水工作略顯意外。這時候班主任迅速地補充了申請宿舍的特別機會，然後話題就轉到其他同學去了。

我和岱華定了於 1987 年 4 月 17 日共諧連理。在 1 月 24 日結業的前後，我們都在積極的籌備婚禮和婚後的生活

事宜。為了遷就我的工作地點，我們把大埔定為新居的目標地區 4，著手搜尋合適的出租單位，未婚妻岱華也在大埔找了一份教席。可是房屋租金水平真是令人掛心。

大約在 2 月底，當時我已在上水警署工作，在學堂訓練時的班主任打電話給我，通知我的宿舍申請成功，可著手辦理入住手續。先不要說我的感受了，我周圍的同事、上司聽到這樣的消息都目瞪口呆，少少的羨慕夾雜著多多的妒忌。據他們說，根本就沒有看過從新界總部下達申請這個宿舍的通告。新界總區有上百個符合資格的督察，已婚宿舍又難得，豈會沒有人申請的道理？我只能口裏靜默，心裏歌唱。

沒有成功申請居屋也許是不幸，被調派到上水工作也許是人為的刁難，但神上好的預備，駕馭著不幸和刁難。至此雲散風清，在籌備婚事的喜悅中，沒有留下一點陰影。

此後四年多，大埔滘的小宿舍如同我們在終南山後的天地，也是兩名兒子初生時的起居之處。多年後，這裏給發展成為高尚的別墅，每逢經過此地，我們總會懷緬一番，再數神奇妙的恩典。

4　與我家住地區相比，大埔與上水警署的距離只有前者的四分之一。

乘坐輔助空軍直升機往野外訓練(1986)

1987年1月結業前與警務處處長及警校高層舉行高桌晚宴

與結業會操帶領的方隊成員晚聚(1987)

參觀結業禮的長輩摯友(1987)

4 初出茅廬牛刀小試

　　我於 1987 年 1 月 24 日離開學堂。第一個崗位是在上水警署當一個巡邏小隊隊長，我的副手是一位姓馮的警署警長（俗稱士沙，取 station sergeant 的諧音），有六七位警長（俗稱沙展，取 sergeant 的諧音）及約 30 位警員。

　　士沙馮是一位謙虛、正直、能幹的資深警察。他與同事交往得宜，又沒有抽煙、嗜賭或說粗言穢語等惡習。看來警隊之中不盡是負面之事，有正義之人，也有正義之風，雖然這不是當時的主流。或許士沙馮自己不知道，和他共事於我是一份強烈的鼓勵。士沙馮雖名為我的下屬，但其實是我的第一位師傅，並且是一位良師。可惜不到兩個月他就被調到另一個組別工作。這是我的損失。

　　士沙馮曾在其他工作崗位上從基督徒上司處聽過福音，他感覺正面，也曾應我的邀請到過教會學道，可惜還是差了一點點。我仍然牢牢記著他最後一次離開教會的背影。這好像是一節人生偶遇，在 17 年後竟有意外的發展，留待第 43 篇交代。

　　那段日子，上水區治安情況不好，偷、搶、殺，時而有之。草根階層生活和工作條件都不是很好，鋌而走險的人也就少不了。黑社會也有一定的勢力，加上從內地非法入境

的壞分子，種種因素都增加了治安壓力。在 1980、1990 年代，與車輛有關的案件很多：有偷車走私到國內的，有車內盜竊的，有惡作劇破壞車輛的等等。上水區每天總有三五宗，多在深夜發生。那時的汽車沒有甚麼防盜設備，停車場四通八達，也沒有裝設閉路電視監控，人們保安意識普遍近乎零。警察的巡邏方式非常簡單，加上泛濫著「蛇王」及推卸文化，深夜之長，泊車地點之多，靠巡邏防罪想當然地被認為成效不彰，故此上司一般都不會因為車輛罪案的發生而怪罪前線同事。

每個巡邏小隊都要負責一些「呔份」（即一小份巡邏範圍）的步行巡邏，又稱步兵，一方面防止罪案，另一方面因應市民報警而前往處理案件。每個小隊還要調動兩輛巡邏車和兩輛電單車執行更全面的巡邏，以覆蓋整個上水分區的範圍，連沒有步兵巡邏的地方也要顧及。那時我沒甚麼自信可言，每天戰戰兢兢的工作，事事新鮮，件件驚心，生怕做錯做差。在應付車輛罪案上，我觀察了一段時間，總覺得不應是一籌莫展；然後我又反問自己：「你懂甚麼呢？你是否有點天真呢？」

倚靠主是我的力量。在一個夜更裏，我躍躍欲試。我要求屬下們加強在車輛罪案黑點的防罪行動，包括截停搜查可疑的夜遊人士；即使沒有實證可以拘捕意圖犯罪的人，也可因抄下他們個人資料而促使他們放棄當晚的犯罪行動。另外，我要求巡邏車和電單車高調巡邏車輛罪案黑點，所謂高調是亮起藍燈慢行[5]，而巡邏車上的警員亦下車四處檢查車輛，意思是藉此收阻嚇之效。在蛇王卸責的文化下，我覺得支持我的下屬不多；不過基於紀律習性，算是服從了五分，

---

[5] 現在採用警車亮藍燈巡邏的方式已經非常普遍，但那個時候可算是絕無僅有。

在我不斷的催促下又再加上二錢，想不到效果相當顯著。此後在我的小隊當值的夜更裏，車輛罪案數字極低。

與此同時，我大力推動增加截停搜查的行動，特別是在深夜時分。這措施也有一些成績，在罪案減少的同時，亦增加拘捕通緝犯的案件。單說我自己，藉截停搜查就曾三次拘捕過通緝犯。

警察在截停搜查可疑人士的時候，會要求指揮控制中心（俗稱電台）從電腦核對此人是否正被通緝。若是被通緝的話，電台會以暗語通知，警員就可在通緝犯不太防範的時候迅速將他拘捕。若相信可疑人士有暴力傾向，例如涉及謀殺、傷人或行劫等類案件，會使用另一個「加料」暗語，這不單讓在場警員可迅速行動，而在附近當值的其他警察聽見此暗語時，亦可自覺地趕赴現場支援。我在拘捕通緝犯的經驗中就曾遇過一次。當時被我截查的那名通緝犯，有兩個身形彪悍的友人同行，我收到電台的「加料」暗語，頓時手忙腳亂。就在我正要進行拘捕的一刻，他們蓄勢發難，幸虧在附近巡邏的警員陸續增援。

雖然工作略有成效，也得到警署指揮官（警司階級）的特別讚許，但有天晚上發生的事件，彷彿令我功不抵過。這天晚上兩名勤懇的警員在一個偏僻的停車場巡邏時，發現了幾名偷車賊。警員正在車道上前進，賊人知道其被發現後，立刻登上接應車輛逃走，情勢像要衝向警員。警員在走避的同時朝司機開了一槍，沒有擊中。「開槍」是一件大事，要動員重案式的調查和一系列的報告程序，最後由行動處處長（高級助理處長階級）為「開槍」的合理性作裁決。可是案件發生在深夜，至少得有 20 人要從睡夢中被喚醒，其中包括兩名警司。據我看來，涉事的警員應該得到讚賞，當然是我天真了！難怪許多人存著「少做少錯」的心理，不求有

功，但求無過。

不久，我被調往機動部隊，再沒有和那位「開槍」的警員共事。大約 20 年後在一家餐廳偶然遇見，是他先主動前來打招呼的。我們各自都晉升了兩級，往事已不縈於懷。

5 兩份新頁不及一個初生

　　一般來説，軍裝督察通常會在服務兩年後，加入藍帽子（警察機動部隊）接受訓練和擔任相關職務。可是，1987 年 7 月，我在上水警署工作僅六個月，就被調往藍帽子。這或許也反映了那次開槍事件中上司對我的評價。

　　除了藍帽子訓練的僵化和期間的挑剔有點令人窒息之外，極度的體能要求和戰術訓練對我不算困難；至於訓練階段結束後在新界總區的行動任務，在當年社會較平和的治安氛圍下也説不上是甚麼挑戰。受年資所限，我在警務的閲歷及裝備上有所不足，人事相處仍是弱項，整體表現只能説是中規中矩。

　　一隊藍帽子大隊有四個小隊，每個小隊有兩名督察，率領 39 名員佐級人員（包括警員、沙展和士沙）。我的小隊中，除了我之外，還有一位年資比我稍長的英籍督察。大隊長（警司階級）是一位典型、深謀遠慮的長官，頗懂得向外籍派系傾斜的時務，因此，我有「錯」自然是唯我是問，若我的搭檔有錯，也會給我八成入賬。我又不肯參與拜關帝，日子並不好過。然而，忍受冤屈的苦楚是主走過的腳蹤（〈彼得前書〉2:19、21），自有難以言宣的安慰；加上大兒子出生迎來的喜樂，我所經歷的難處只屬雞毛蒜皮。

那段日子沒有任何事比岱華懷孕和生產更重要。在大兒子迦勒出世之前，我們曾探討過不同的起居照顧模式，唯一可行的選項是岱華把教席辭去，親自照顧孩子。每想到家庭收入大減，個人事業發展被埋沒，岱華不能說一點保留都沒有；但經歷早產艱難，將新生命抱在懷裏後，就算要傾盡人生，她已堅定得義無反顧。聖經不是說「婦人焉能忘記他吃奶的嬰孩」（〈以賽亞書〉49:15）嗎？我所有的注意力都集中在家庭的新發展上，上班時似乎只帶了軀殼。我的貢獻自然不能跟新任媽媽相比，但不論晝夜，只要我在家，都會跟岱華搶做家務，也不知是為了減輕她的擔子，還是爭取更多的享受。那個時候是我人生最精彩的一個片段。

1988 年 3 月，我完成了藍帽子的崗位，給調回邊境警區，本想回歸以前駐守的上水分區，卻事與願違。被派到邊界分區的初期，我被編作替假之用，在邊界分區總部、打鼓嶺警署，還有沙頭角警署，各待了幾個星期。雖然同樣是鄉郊地方，但卻各有其特色和獨有職責，在不知不覺間傻乎乎地增長了些見聞。

警隊架構分兩個主要組合，分別是警察總部和四個前線總區。警察總部是負責制定政策和提供各式各樣的支援單位。四個總區分別是港島總區、九龍總區、新界總區和水警總區[6]，各由一位助理處長出任總區指揮官。「總區」基本上均採三層警政架構，統率「警區」及「分區」。每一個「總區」由幾個「警區」組成，警區的指揮官大多是總警司階級；警區以下的「分區」，則以警署形式作為警隊與社區的主要介面，直接提供前線服務。舉例說，我第一個服務崗位

6　隨著人口發展和警政的需要，1990年代九龍總區拆分為東、西，而新界總區則劃為南、北，共成六個總區。

的上水警署就是新界總區邊境警區的其中一個分區，而現在
調任的邊界分區則是邊境警區的另一個分區。

我得多介紹一下邊界分區，因為接下來我會在此待上
三年多，擔任四個崗位和一個兼職。邊界分區的編制獨特，
架構是警隊中獨有的。邊界分區的指揮官是標準編制的警司
階級，由三位助理指揮官負責行動、刑事及行政範疇。由於
幅員廣闊，又與內地接壤，因此邊界分區以下還設有四個
小分區警署，分別是沙頭角、打鼓嶺、落馬洲和口岸小分
區。每個小分區由一位三粒花總督察及兩位高級督察或是
督察協助。

最後我落戶到落馬洲警署專責行政，坐第三把交椅。在
一般大警署裏由四個督察級負責的工種都落到了我一個人的
肩頭上，下屬的人數、階級和經驗都遜於大警署。這類崗位
也許是別人瞧不起的，事實上它卻是促進我成長的捷徑。雖
然落馬洲是個小分區，但在邊界分區內相對各小警署來說是
事務最繁重和人手最多的單位，而理論上我的工作量也是最
多的。

因應警隊有關在職訓練的政策，所有警署的前線人員每
月都要參加一天培訓，以充實和緊貼不斷變化的法例和警務
程序。由於需要顧及前線服務，培訓日一般都會每週舉行一
次，每次只能有四分一人出席。為了節省訓練資源，邊界分
區採用統一培訓日，委派其中一名督察兼任訓練主任，統籌
所有轄下小分區人員分批進行。不知何故，我「幸運」地被
選中了，可能是「新嚟新豬肉」吧！

擔任分區訓練主任對一名初出茅廬的督察來說是一份
不少的壓力，需要每週一天完全投入培訓工作之餘，還得預
先消化所有培訓資料，聯絡外來嘉賓，如邀請衛生署人員講
解愛滋病題目、鑑證科分析不同採證技術和應用、三合會專

家解構黑社會組織等等。這麼一來，分區訓練主任的工作佔去我 30% 的工作時間。消極來說，這對我很不公平；積極來說，我比其他督察進步更快。新的法例和程序，由於我要重複講解四次，甚麼黑社會洗底計劃、假期新政策及新長俸制度等等，我均能了然於胸，漸漸成了同事之間的「活字典」。在教會內我時有講道機會，因此也能輕易應付近百人的講課。再者，我大膽地加入了一些基督信仰的元素在訓練內容當中，不經意地為警隊補充了誠信管理。回頭看來，萬事像在互相效力。

還有一段插曲。由於擔任分區訓練主任，1989 年 2 月我被安排到學堂參加了一個為期四週的教官訓練課程。課程要求是非常嚴格的，其中一位資深同事的表現未能達標被半途終止了訓練，我卻獲取了最優異表現的報告。負責統籌全學堂訓練課程的英籍高級警司在結業時會見了我，他建議我認真考慮到學堂當教官，假若成事，也許會創下警齡最淺當教官的紀錄。回想兩年前在同一地方受訓時的掙扎日子（見第 2 篇），褒貶之差，不可同日而語。我明白在高在低有主的意思，只一笑置之，並不介懷。我討厭學堂那種裝腔作勢、故意挑剔的教官文化，故此並沒有進一步考慮。

上水警署小隊聚餐歡送師姐，士沙馮坐於前排最左。(1987)

在機動部隊參與押送自願遣反的越南難民(1987)

6 聚會工作兩全其美

當差要輪班工作是應有之義，早在預期之內。對於我這每逢週日都上教會聚會的熱心分子，就難以兩全其美了。

我在上水軍裝巡邏小隊當隊長的時候，編更的酌情權力較高，我的副手也願意作出配合。在機動部隊工作彈性沒那麼大，但在左遷右就之下，主日早上不能到教會聚會的日子其實並不多。

1988 年在邊界分區落馬洲警署工作時，我是負責行政工作的，一般無須輪班工作。可是，邊界分區因幅員廣闊，位處邊界也有敏感性因素，故此要求分區裏所有督察在週日輪值上班，以應對突發事件。這當然是應有之義，只可惜和我的個人需要有所衝突。一個出格的想法鑽進了我的腦袋，如果輪到我週日當值時，若我能在中更上班，而不是早更，豈不是兩全其美？

當時落馬洲的三粒花指揮官是個屬害腳色，在惡人谷中數一不數二，只見面已畏懼三分，平素我都不敢和他對話，可免則免。我初來甫到，又帶著私心，這個念頭實在難以啟齒。不知禱告了多少回，鼓起了多少勇氣，在一次開會後共同坐車的時候，我用極不自然的說話，夾雜著自己能聽到的心跳聲，向指揮官提出了這個請求。他爽快地允許了，像沒

事兒似的。我當時的興奮心情難以形容，直想手舞足蹈。

此後在許多崗位上都遇到類似的輪值問題。在主的保守中，上司們的諒解下，大都可以遷就酌量，不致顯著地影響主日的聚會。現在統計一下，在過去三十多年的工作中，主日早上要上班，以致不能聚會的日子，屈指可數，平均每年沒有一次。

落馬洲範圍何時出現過突發事件？當真世事無絕對！在某個週日我當值的時候，照著特殊批准於下午 3 時許上班，換上軍裝，打算先外出完成幾項常規的巡查工作，再回警署應付文件。除了在巡邏小隊作指揮外，督察外出都沒有佩槍（這是一個壞習慣）。

我召了巡邏隊沙展和一位警員陪同乘車外出巡查。路上我留意到一輛私家車古怪地停在一條天橋旁邊，附近不是民居，沒有泊車的理由。汽車型號是豐田皇冠，是偷車中最熱門的。我下車上前查察，發現車頭還暖，門和匙膽都沒有被撬過的痕跡。那時的通訊裝備沒有現在完善，落馬洲又有許多訊號盲點，手提電話又還沒有普及，當時當地我們沒法與指揮控制中心聯繫上。我請沙展乘車找電話，查一下該車是否失車，我與那名警員則留守。

在等候之際我又忽發奇想，如果這真是一輛失車，偷車匪徒為甚麼會把它停在這裏？他會回來取車嗎？既是等待，就不要「我在明，人在暗」，於是我和警員躲在附近斜坡後監視。果然，幾分鐘後，一輛私家車駛至，下來一名年青男子，手持一條粗繩。那私家車離開後，該男子往皇冠車底有所動作。我怕他迅即開車離去，決定要盡快把他截下來；深呼吸了一口氣，我向警員示意前進。

只在距離三五步之間，該男子察覺了我，他拔足就逃。我後發先至，搭住了賊人右肩。他沒肯停下，猛力把我摔往

路旁的燈柱，我的重型防水手錶錶面給撞了個一分為二。那賊人拚命逃跑，警員緊緊追在後面。沒理會右臂已經掛了彩，我只停頓了一下，又追了上去，在學堂同期督察中我短跑第一，不一會我們又短兵相接。警員把他撲倒在草叢中，我迅即也按了上去。只是他發狂似的掙扎，我們並未能即時把他制服。

說時遲，那時快，剛才放下賊人的車又駛了回來，就停在我們面前，車上至少還有兩個人，要隨時下車救人似的。我一摸腰間，驚覺甚麼裝備都沒有，冷汗都給冒了出來。來不及後悔，我狠著心，在賊人背上重擊了兩拳，他立刻癱瘓了。我著警員把他扣上，警員這才把魂魄收了回來，掏出手扣拘捕匪徒。我堅定地望著賊車，喝令他們停下不要走（當然我是違心的），賊車聽罷火速逃去。我很是緊張，沒能把賊車的車牌記下來。幾分鐘後，沙展回來接應我們，一夥兒把賊人和失車帶回警署跟進。

有人說我運氣不佳，也有人說我好運，我說：「感謝神。」自此之後，我再不敢託大，外出行動必定佩槍和帶上手扣。日後引入的伸縮警棍和胡椒噴霧，也成為我工作時的必然裝備。

7 臨急受命羅湖難民營

　　自 1980 年代初期，香港飽受越南難民問題困擾。1970
年代越戰結束後，許多越南人為了逃避新政權而投奔怒海，
擠在大小不一、性能參差的船上，向不同的國家和沿岸區域
闖去。有些到了日本、中國台灣、馬來西亞、菲律賓等地，
當然也有些來到香港 —— 據說還有無數葬身於公海的。西
方國家以人道之名鼓勵東南亞國家先行收容他們，經甄別後
再移居西方最終收容國。作為香港當時的主權國，英國在聯
合國「慷慨」地承諾以香港為第一收容港。其他東南亞國家
基於自身的經濟和治安考慮，又因西方國家收容越南難民的
誠意備受質疑，就越來越不願意接收難民。越南船隻帶著難
民抵港的數字日益增加，迅速成為香港的災難。

　　原本香港素有政策，越南難民的拘留是由懲教署負責
的，有法例賦予拘留權力，有一整套的人力財政安排，並有
幾所具規模的難民中心。可是到了 1989 年初，難民數目增
加令社會不勝負荷，不讓難民登岸就被視為不人道，而西方
國家收容抵港難民的速度卻很緩慢。香港惟有增設難民營作
「短期」折衷，卻又輪到懲教署抗拒執行沒把握的工作。警
隊是政府的最後防線。於是，位處羅湖的一座前軍營就被定
為第一個實行由警隊管理的難民營，可收容千多人。由於情

勢緊急，政府作決定後一週，就要開始在這裏安置難民。為免抵港的越南人以為必會有西方國家收容，政府棄用難民的稱呼，統一稱為「船民」。

1989 年的前半年可謂我們這個小家庭的患難期，岱華懷上了次女非比，因胎盤前置經歷了多番小產的威脅，蒼白消瘦。五次進出醫院期間，醫生和護士長一個個苦口婆心地勸我們趕緊流產，中斷懷孕。我們捨不得，堅決不肯放棄非比，情願把她的去留交託恩主掌管。

5 月 6 日，岱華在病房裏忽然作動，只 25 週的女兒要出生了。出生前她還有心跳，生下來卻未能自行呼吸，心跳也就停頓了，醫生認為急救也是無用。在產房旁邊的一個小房間，我和迦勒都有歡迎非比的機會。小非比只有 600 克，見她平靜的躺著，美麗的臉孔、精緻的指頭與其他嬰孩無異。或許她不知道爸爸和哥哥在看她摸她，但我們知道。傷感之餘也接受主的駕馭。我們安置了非比的骨灰，希望將來我和岱華的骨灰也放在同一個地方，一起等候復活。

把太太在家安頓好之後，5 月 8 日我銷假復職。警察總部責承邊境警區指揮官全力籌劃，以一週為期開始營運羅湖難民營。邊境區指揮官當然不敢掉以輕心，委派了一名能幹的英籍三粒花當營長。這位英籍三粒花曾與我共事兩週，竟就提名讓我當上了副營長。為了籌備開營，上頭任由我們隨意抽調能員作骨幹職員，並勒令邊境警區所有單位全力配合，不得怠慢。

我的年資尚淺，剛滿三年的試用期，這份差事是我的一個空前挑戰：既沒有前車可以借鑑，又沒有合理時日可以籌劃，更沒有實行空間可以緩衝。營長負責對上的協調，包括由保安局、警察總部、新界總區等單位，到聯合國難民專員公署；他們所有的決定則由我備細執行。那時士氣高昂，骨

幹們都沒有怨言地努力辦差：營舍周邊的防衛設施必須加強以防難民逃走；調整營內設施以適合千人以上居住；每個營房沒有牀，只能用木板席地，必須容納一百人以上等等。派飯、飲水、洗濯、如廁、防務、管理秩序，凡此種種，既要心細，又要膽大。這個任務有點來得太大太重，是主加添了智慧和魄力，不然我是不可能擔當得起的。

這些從越南來的船民背景繁雜，從北部來的多是窮困的，也是相當狠惡的；從南部來的比較富有，也較溫純。當中有與家人失散的，有孤身上路的，也有許多罪犯旨在逃避越南政府的追捕。營內的衛生條件欠佳，但秩序算是勉強可控；上報的罪案不多，但相信真實情況不是那麼太平，只是內在有不同勢力在鎮壓。一些逃離營舍的越南人給周邊居民帶來了一些治安問題。營內警力很少，對防務和營內治安等管治的效率有限。當時烽煙四起，越南船民繼續蜂擁而來，政府和警隊又是資源緊絀，我們也只好勉力維持。

情勢發展到 7 月間，政府決定在石崗軍營範圍另建一個可容七千人的大規模船民營。聽說獲委任營長的是一位陳姓警司，還沒有骨幹成員支援。那時的羅湖營營務算是穩定下來，不知道從哪裏來的精神，我請纓帶著我的小團隊到石崗義助陳 sir。在八鄉警署會議室裏，陳 sir 坐在打字員用的桌子前辦公，沒有一個像樣的辦公室，沒有一個像樣的助手，他的精神看起來也很是憔悴困頓。我做了一個冒昧但及時的義工，感覺很是良好。到了接收船民的那天，我見到陳 sir 還幫助弱小的船民搬行李，有點感人。大約兩年後，聽說陳 sir 患急病去世，不知道跟這個時期所承受的壓力有沒有關係。

因應情勢的變化，石崗成為主力接收新船民的船民營，而羅湖營則改作安頓自願遣返的船民，收容額降至幾百人，

先前的緊張狀態算是稍稍放鬆下來了。由於自願遣返是新政策，政府安排了新聞媒體訪問，我也有了首次接受訪問和上電視的經歷，表現得有點靦腆尷尬。

回顧這幾個月的工作，彷彿付出了幾年的心力，也是這些難擔的重擔催促著自己常常對主倚靠，如此歷練好像為將來許多獨特的任務作了一次預演。10月中邊境警區又安排了一個新任務給我。

8 再負重任兩地過境通道

　　香港素來是一個自由貿易港，自 1970 年代起成為內地貨物進出口的主要門戶，轉運貨物量之多，使香港穩居全球最大船運港，比歐洲荷蘭鹿特丹更繁忙，直至近年才被內地幾個新晉貨運港口超前。及至 1980 年代，由於內地改革開放，貨運量更是大幅增加。那個時候，兩地的貨運主要是經文錦渡口岸進出，每天達一萬架次貨車，比連接美國及加拿大最繁忙的口岸「大使橋」更多，遠超原先設計時口岸設施及連接道路的負荷量。每天車龍由口岸延伸至上水及粉嶺一帶，一方面貨運效率大打折扣，另一方面也造成嚴重交通阻塞，影響市民起居。雖然沙頭角也有貨車進出的口岸，但地點偏僻，且設施更為簡陋，每天貨車的流量只及文錦渡口岸的十分之一。

　　期待已久的落馬洲口岸在 1989 年如火如荼地趕工，務必在年底前投入運作，以應付不斷增加的兩地間物流和人流的需要。開設一個兩地口岸不是小事，在回歸祖國之前，香港的人口和貨物出入境管制均涉及地區保安的敏感事務，其中關於政策和運作方面主要以入境處和海關領首，而關於交通管制、禁區令的執行和治安支援則由警方負責。

　　1989 年 8 月，邊界分區指揮官會見了我，屬意委派我

擔任警方的先頭部隊，為12月份口岸啟用作前期計劃和籌備。為甚麼指派我呢？不知是我的任期剛巧適合，還是對我分外信任。

在10月中走馬上任新崗位之前，我們一家前往內地度假。大半年間我們經歷了家庭和工作上的高低起伏，能夠三口子單純地相處兩週，是主給我們的一份恩典。經廣州到達山水甲於天下的桂林，在國慶前後我們走訪了北京，其間探望闊別多年的屬靈長輩們。1989年是祖國備受考驗的一年，遊人銳減，我們恰巧遊歷其中，重溫對神州大地的關心，獻上微小的禱告，別有一番盼望。

在落馬洲口岸擔任所謂先頭部隊，其實是由一名督察做主管（那就是我），再加上一名警員做文書跑腿等雜務。對比另一邊廂的入境處和海關，真是小巫見大巫。他們的先頭部隊都有十人以上，各由一名三粒花領導。之前在開設羅湖越南難民營時，時間緊迫得幾乎不可能，不過一切相關的部門和單位都在政府的勒令下全力配合，素常遇到的官僚障礙，彷彿都不存在。現在當落馬洲口岸的先頭部隊，處處盡見官僚作派，真有點令人氣餒。值得一提的是海關的三粒花主管為人謙虛務實，可敬可重；入境處的三粒花則官派十足，望而生厭。

到底我的工作包括甚麼？沒有人告訴我，看來是我份內需自行定義的了。在開始工作的兩三週裏，我檢視了口岸即將營運的警務所需。同樣在沒有前車可鑑的狀態下，我只好憑著過往不多的經驗，盡可能考慮周全：有甚麼必須的警察崗位、所需的警力、男女比例、更份時段、架構從屬、所需的訓練和器材、槍械彈藥的儲存和發放、更衣用飯的設施、車輛運輸安排，還有辦公室的分配等等。雖然分區指揮官沒有要求我作報告，但是我認為這些事務各有不同選項，應及

早（其實已為時不多）由他作出策略性的決定，然後要求其他單位配合。看來分區指揮官很正面地看待我的報告，他作出了一系列必要和及時的指示，都是合理合用。

在籌劃期間有兩件事，在很多人看來是多餘的，即使我不提出也不會被批評，只是我覺得事涉社會利益，應該忠誠地提出。一件是關於邊境禁區的技術性問題，在新口岸營運之時，《公安條例》所定義的邊境禁區令必須作出適當修訂，以配合新口岸的範圍。在保安局所修訂的條文內，以口岸設施周邊的鐵絲網為禁區內旅客不可逾越的界線。眼見鐵絲網的建築進度非常緩慢，我實在難以想像能在口岸啟用前完成；可是禁區的有關執法是警方的責任，沒有完整的鐵絲網將成為法例漏洞，禁區的執法也將無所依循。

掙扎了一些日子，禱告過後，我寫了一紙文書直接向保安局報告情況，並強調鐵絲網在口岸開啟前必須完成。一如所料，石沉大海，鐵絲網也未有如期完成，幸好上司對我這份冒昧給予了正面評價。

另一個事件是較為策略性的。口岸進出境都設有八條貨車清關通道。每個通道前後都有兩個工作亭，入境處在前亭處理司機的出入境登記，海關在後亭處理貨物報關和檢查。在八條通道以外，設計上已預留空間可增建四條通道。離境前設置了一個大型的停車場作為緩衝，供繁忙時段給貨車排隊之用。我一向對數字比較敏銳，加減乘除運算得較快，這個看似大型的緩衝區，對比預計每天過萬的貨車流量，以每輛貨櫃車長逾 12 米計算，只能支撐半個小時的車量，超流量的貨車將溢出新田公路，直接影響北區交通。

我上書建議警區指揮官向政府提出盡快增建貨車通道至12 條，並同時擴建貨車緩衝區。這種策略性的建議，竟在口岸還未營運的時候，由一個小小的督察提出，實在有點不

合政府的管治文化。果然，警區副指揮官（高級警司階級）親臨視察，聽畢我實地解釋後，他安撫了我，表示會暫時擱置我的建議，並會在口岸營運後密切留意發展。

要到一些時日之後我才明白他的顧慮。我的建議無異於批評政策局和跨部門策劃不周，警察總部又怎會支持呢？可是我的顧慮不到一年半載就已出現，新田公路的塞車情況一直持續到深西口岸在 2007 年開通後才得到紓緩。

1989 年 12 月 28 日落馬洲口岸正式啟用，我目睹兩輛貨車通關後在兩條車道上競逐，好像要搶先成為歷史性的首位。感謝主的幫助，我也寫下了人生的一段小歷史。

9 一心二用總管分區行政

　　讓我先解釋一下督察和高級督察的職能安排。督察的徽章有一粒花及兩粒花之分。一粒花是年資少於三年,未通過試用期的督察;滿三年服務,又通過第二級標準試和工作評核的則戴上兩粒花,兩者階級都是「督察」。督察須通過第三級標準試才可晉升為「高級督察」,徽章為兩粒花之下加一長槓(俗稱兩粒一瓣)。雖然名為「高級」,但在警隊架構中,高級督察和督察是屬於同一職能級別的。意思是高級督察可以擔任的崗位,皆可由督察擔當,相反亦然。

　　前文簡介過,分區警署的架構中有三位助理指揮官,分別負責行動、刑事及行政。大警署中的三位助理指揮官都是三粒花總督察,邊界分區卻是採用中小型分區架構,負責行政的助理指揮官只是「督察或高級督察」。

　　不像其他警署般獨自運作,邊界分區還要統率四個小分區警署,警察及文職人員合共 600 人,就人數而言是全港分區之冠。邊界分區共有十名督察或高級督察,當中職能最難、最煩的就是邊界分區助理指揮官(行政)。在分區層面上,要統籌四個小分區警署的行政事宜;在大多數的行政事務上,要向邊境警區的行政警司、職員關係主任(總督察階級)以及一級行政主任直接聯絡和報告。這個職位責任之繁

重，是眾所皆知的。這崗位一向都是由一名資深的高級督察出任[7]。

1990年2月，我還是督察兩粒花。邊界分區助理指揮官（行政）的職位出缺，我接到這份新工作任命，又是一個意料之外！邊界分區指揮官是一位英籍警司，到任只有幾個月，對於我擔任落馬洲口岸主管的成績也頗滿意，可是他並不相信我能勝任新職，因此起初對我可說是諸多挑剔。後來我才知道，我的委任是他的上司邊境警區指揮官（總警司階級）親自作的決定。

我這位警司指揮官是位典型的外籍精英分子，冷傲無禮，頗難相處。在那個年代，外籍警官大多熱衷於飲酒文化[8]，因此警署都設有小酒吧，邊界分區也不例外。我的警司指揮官和幾位中外同事，每週總有兩三天的下午聚在這個酒吧，兩杯下肚後更是鄙俗不堪。我努力避免出席這些場合，要是避無可避，也守著沉默是金的原則，盡可能及時告退，自然也難以獲取他的好感。

沒有在邊界分區駐守過，是不會相信這崗位有多繁雜。舉一個簡單例子，警察總部某單位索取某方面的資料報告，或是訓練調職提名等指示，會給予總區兩週時間回覆。新界總區收到要求後，大概會指令新界各警區十天內提交報告，留兩三天在總區層面作綜合報告，然後提交給警察總部。如此類推，指令來到分區層面也許只有五六天期限。對於一般分區警署問題不大，但對於邊界分區來說，我還要分發指令到四個小分區，容許他們在合理時間內處理，其間的文書傳遞也十分需時（不像現在有電腦般便利），往往我只有一天

---

[7] 1993年間，邊界分區升格為警區，這個崗位改由一名警司出任，反映了其責任之重。

[8] 1997年香港回歸祖國後，外籍警官數量大為減少，警務工作也越來越繁重，不到數年，警隊內的飲酒文化也式微了。

時間整合資料報告。

我的性格有些偏執，不肯含混過關，經常致電警察總部和新界總區向負責人員提問，以澄清所需資料上的含糊之處，故此我得到了一個「每事問」的別名，但也因此結交了不少朋友。這樣先了解澄清，再通告小分區制定報告，果然事半功倍，其後提交綜合報告的資料質素也很高。沒多久，我跟警區負責行政的長官們建立起良好的合作關係；更出奇的是，我的分區指揮官對我竟變得友善欣賞，有點禮貌可言。有時他在酒吧社交，會客氣地打來電話邀請，還記得有一次他說「若不喝酒，也可以飲杯汽水」，誠意得令人難以置信。

在本來已經很繁忙的工作裏，我的家庭需要難以兩全。第三個孩子出生了。上次懷次女非比的時候，岱華身體上經歷了很多困難。感謝主，三子以諾出生是最順利的，只是有些黃疸遲遲不退。我們家較偏僻，長輩們難以常規地協助。要是我按正常時間上班，由於迦勒還在孩提期間，岱華是無法在坐月子的同時處理所有內外事務的。

這個時候上司對我很好，應該說人人都待我很好。我提出了一個不情之請：每天上午放假，下午工作；或者讓我放大假，由別人代任。上司准許了前者。他擔憂我難以兼顧日常工作，提出把我部分工作交其他同事分擔。我表示我正在處理的一項大型檢討，是分區助理指揮官（行動）的份內工作（正是一位英籍三粒花同事），若交回他負責則可減省不少我的負擔。上司考慮了短時間後婉拒了我，估計他一方面想照顧那位平庸的同事，另一方面也沒有信心他能勝任那項工作，這個結果也是我可以預料的。

每天早上岱華先為迦勒預備早餐，容許我抱著以諾多睡一會，之後由我送迦勒上幼兒園。回家後，我帶以諾前往育

嬰院檢查和監察黃疸情況，然後揹著孩子到街市買菜，回家做午飯，中午前往幼兒園接迦勒回家。趕快吃過午飯後，我親親岱華和孩子們就上班，濃縮在五個小時內埋頭工作。下班回家後我又分擔孩子的大小事，一起吃晚飯，飯後還兼顧些家務。幸虧迦勒不但沒有礙事，更是一位熱心的小助手。以諾吃夜奶又是另一番熱鬧。所有情節就好像用快鏡播放，緊湊程度有如特警。怎樣走過這些日子呢？是主的恩典和家人的愛，使我充滿喜樂滿足地度過這些時光，只有甜味，一點苦味也沒有！

　　警力是前線執勤的命脈，但人手不足又是老生常談。每當有新人調入，邊界分區轄下的幾個小分區三粒花指揮官都會來電要人。每一位提出要求的都是長官，有的又特別「惡」，我本著「幫理不幫親」的原則辦事，承受的人事壓力倒也不少。

　　為了釜底抽薪，我制定了一份全面的運作人力需求表，表上臚列了各小分區的最低運作人力需要及理據。這不單提高了人力分配的透明度，更讓所有同事諒解人手短缺情況，並同時監察我的人力分配有否不當或偏頗。邊境區行政警司很樂意參考這份文件，還要求上水分區制定相同的最低人力需求方案。他認為我的方案務實，並致力在任何困難情況下都維持邊界分區的警力不少於我所制定的底線。

　　前線人員都很關心自己的調職安排，尤其是被提名前往機動部隊接受防暴訓練的同事。每次總區要求分區呈交機動部隊的訓練提名，時間都不會很充裕。分區層面往往採用「分豬肉」的模式要求四個小分區提名。這看似公道的平分名額辦法其實造成了不少混亂現象。舉例說，各小分區人員的年資分別可以很大，沙頭角一個年資未滿一年的警員給提了名，與此同時在打鼓嶺分區有若干超過三年警齡的警員卻

還未能接受機動部隊訓練，影響升遷，這當然引起「民怨」。

為了提高透明度，讓個別人員及各小分區有所準備，我制定了一份分區的統一名單，將邊界分區的所有候選人員分成三個組別：沙展，警員，司機，按年資編出先後次序，公開排名給所有人員知悉，公公平平，而個別人員也可預計甚麼時候可輪到自己。當收到提名指令時，我就從名單前列著手草擬，同時諮詢小分區，以照顧突發情況。這樣的提名安排深受各方歡迎，行政效率自然也高。

在分配新到任人員的事上，我也有一個小創作。設想在總區駐防候命的機動部隊期滿更替時，往往有一批人員會調到邊界分區。除了要決定分配給各個小分區的名額外，我還要實在決定哪一位人員調到哪一個小分區。

前人普遍沿用一個簡易方法分配人手。調任名單通常都按各人員的警察編號（簡稱 UI）順序排列，在決定各分區名額後，負責的行政官員會順序將名單由上至下按名額編到各分區。這辦法固然快捷，但並不妥當。這樣的配對並沒有考慮到各人員的居住地點，結果家住新界西的警員可能被調去了東北區的沙頭角或是打鼓嶺；家住新界南的卻被調去了落馬洲等等。警隊因紀律嚴明，自然沒有人會正式反對，只是如此地區錯配所造成的是雙輸局面，對工作、對人員都無益。

感謝主！讓我有靈感可以改善一下。我先著文書職員向人員的原屬單位查明他們的居住地點，作為我編配的參考。我多用一點心，文書職員多出一點力，就省下了很多人每天上下班的折騰。不用多說，這是項德政，漸漸地其他警務單位也發展出類似的新猷。

對內管理也有一番滋味。我有幾位文職人員協助辦公，文書房主管先生為人幽默能幹，是我的得力助手；文書房的

其他同事都是女性。另外還有指揮官的秘書，她也需要幫助我處理機密文件。這位秘書跟文書房的女職員關係很差，導火線在於互助上的不公。在秘書放假時，唯一的打字員要兼顧她的工作；可是打字員放假之時，秘書卻不願做打字員的工作。其他文書職員無可奈何下就要分擔那位打字員的工作。如此這般，芥蒂累積起來，說話彼此針對，工作氣氛惡劣，效率大打折扣。我從沒有處理這些人事問題的經驗，尤其女同事之間的嫌隙更是最不好處理的一種；不過，我卻想帶著誠意和禱告試一試。

我和指揮官的秘書在機密文件的合作上保持著良好關係。在某次打字員放假的時候，我低聲下氣的要求秘書幫忙預備一些非機密性，但又十分緊急的文件，她沒有推辭。其他文書職員看見秘書多次的參與，便起了一些友善的回應，積極的情緒漸漸增加，竟然在破冰後越來越融洽，之後有更多互助的情況出現。我嚮往耶穌的這句話：「使人和睦的人有福了，因為他們必稱為神的兒子。」（〈馬太福音〉5:9）

有一件事我不想做，但很難推卻。邊境警區職員關係主任是一位英籍高官的太太，Madam 為人爽快，不擺架子。每年年初，她會代表督察協會分發週年舞會抽獎券。這些抽獎券提供一些電器音響等類的獎品，鼓勵人們捐助督察協會的會務。每張獎券為 10 元，每一名督察要負責分銷 50 張。大多數督察會推銷給下屬，每人一至兩張就完差了。可是我直屬的職員不多，他們都是收入較低的一群，包括一些清潔和雜務工人，我實在不願半帶威逼地向他們推銷。

掙扎了幾天，我決定忍痛自行出資購買，並將全數獎券分送給下屬職員，讓他們碰碰運氣。我把款項及票尾呈交後收到 Madam 的電話，被她罵了個狗血淋頭，她誤會我把獎券全數賣了給低級職員，而自己一張都沒有買下。真是冤

枉！也沒甚麼，一句說話就可以解釋得一清二楚。雖然被誤
會了，但是她的義憤倒是其善良的反映。這件事之後，我們
彼此間多了一份敬重！

11 死亡報告千篇一律

　　死亡事件分兩大類，即「自然死亡」及「非自然死亡」。前者必須由醫生證明，而沒有醫生證明的一概按「非自然死亡」處理，需作死因調查，並上報死因裁判官，決定是否需要開庭進行死因研訊。「非自然死亡」有兩個調查系統。若有跡象牽涉人為惡意，例如兇殺，應在最早時間交由刑事單位，循重案程序調查。事關涉及人命，蒐證的速度和深度是刑事調查中最嚴格的。

　　不過，大多數的「非自然死亡」沒有惡意成分，例如意外、自殺或不在醫院病逝等等。這類案件通常由軍裝單位調查，錄取證人供詞，拍攝案發現場及死者的照片，並搜集死者的病歷、遺書和驗屍報告等；之後還要撰寫死亡報告，以提交死因裁判官指示。絕大多數不涉惡意的死亡事件，按照慣例是不會進行死因研訊的。我處理過的案件中屬於例外的有涉及醫療事故，罕見如阿米巴蟲入腦個案，甚或公共屋邨維修不善導致居民墮樓等等。

　　跳樓、上吊、燒炭、家中昏迷送院不治或屍體發現等等，每個警署每週都有幾宗。由於這些「非自然死亡」都是前線案件中的家常便飯，因此軍裝督察和士沙都有不少處理經驗。另外，所有警署都有一個雜項調查小組協助跟進。由

於這些工作都是前線督察必會遇到的，我在學堂的基本訓練中也就包括了撰寫死亡報告。

我的英語水平不高，不懂妙筆生花，但邏輯倒是比較強，撰寫死亡報告往往都不感太大壓力。其實，寫得詳細並不困難，但言簡意賅的報告才是死因裁判官和直屬上司們樂意看到的。

有一次跟一位年資較輕的同事閒談，才知道我在上水警署初出茅廬之時呈交過的死亡報告，後來被當成「師傅」，在新進督察間傳閱作樣板之用。另外一次當我還在落馬洲小分區警署負責行政的時候，一份經分區指揮官已呈交死因庭的死亡報告，遲遲沒有交回；及至後來收回檔案才知道，是分區指揮官扣起了，並對我的報告質素作含蓄的嘉許，然後傳閱至其他小分區警署作「參考」。

我當上邊界分區助理指揮官（行政）後，必須先檢視小分區完成的死亡報告是否合適，然後為分區指揮官草擬簡潔的建議，再呈交死因裁判官。通常若調查過程大致合格，沒有嚴重疏漏，都不能過於計較；有小毛病的，在我的層面也可補救了。死亡報告漸漸變得千篇一律：沒有疑點發現、不涉人為惡意或疏忽、建議無須進行死因研訊。

這一天，我收到從落馬洲小分區呈上來的一份死亡報告，看了幾遍，倒抽了幾口涼氣。在深圳河發現的一具成年男性浮屍，有相當程度的腐爛，頭髮已盡數脫落。屍體沒穿衣服，也沒有發現任何相關財物，因此未能確定身份。報告附有幾張照片，都只拍到屍體背部，臉伏於地，連一幅正面照都沒有。沒有正面照片，發往各警區和失蹤人口組呼籲提供資料的努力自然沒有回應。屍體後腦有一條長長的破顱傷口，約有八吋之長。驗屍報告還未收到（這是另一個官僚毛病），故此仍未有法醫官的意見。

落馬洲小分區在死亡報告上匯報：「相信屍體是一名非法入境者，從深圳游水偷渡進入香港的時候，被通過河面的船隻螺旋槳打中後腦致死。」雖然我不排除這個可能性，但是很多假設並沒有佐證；而且我從未見過偷渡客是連一條小褲都不穿的。調查質素極差，連將屍體翻轉檢查拍照都沒有做。死亡案件在警方的工作裏應該是至關重要，如此因循，真令我氣炸！

照聖經所記，死亡不是神創造的本意，而是人犯罪後必須承受的結果。幾千年來已成為每一個人的心事，嚴肅以待，「因為死是眾人的結局，活人也必將這事放在心上」（〈傳道書〉7:2）。警察受社會所託，為所有非自然的死亡把關，又豈可兒戲。

電話裏我痛罵了幾個人，接著還是要解決問題。由屍體發現至提交報告，已事隔數月，屍身因嚴重腐爛，套取指紋並沒有成功，那時還沒有 DNA 技術，死者只能以「無名氏」處置了。我不能自圓其說，拒絕以一般案件呈交，卻又不知下一步該怎樣做。我硬著頭皮，當面向分區指揮官解釋我感到的不滿和可疑之處。我覺得他並不完全支持，但也沒有責怪我多事，只著我把檔案留下。此後，他再沒有跟我討論這宗案件。

三四個月後，檔案從死因裁判官處又送了回來，我連忙仔細地看了一遍。原來，分區指揮官給邊境警區的刑事警司通了電話，對方同意由重案組接手調查案件。在重案組的催促下，法醫提交了驗屍報告：除了後腦的傷口，前額竟還有一條四吋來長的破顱傷口，並斷定前後腦的傷口若是在生前造成的，必然致命；可是屍體嚴重腐爛，死因不能確定。由於沒有其他發現，重案組以未有發現可疑為由，建議死因裁判官無須開庭研訊，並獲死因裁判官批准。

　　可嘆！從照片及蒐證中已顯示疑點，試想一下，死者或許是被襲擊，頭部因刀傷致死，然後被脫掉衣服丟進深圳河。當然這也只是假設，沒有佐證。如果當初前線人員認真地處理調查，我們或能更接近真相。可恨的因循！對不起死者，對不起社會，我決以此事為鑑。

12 屢試屢敗安知非福

　　警察是一份很具挑戰性的工作。身為警官即使不「十項全能」，也要作各方面的裝備，以應對不同處境。故此，我們要先經過各式各樣的訓練和全方位的知識考試。督察級有三個層次的專業試，預設為通過基礎訓練，完成三年的試用期和晉升為高級督察的必要條件。第一標準試有三份卷：Paper A、B 及 C，第二及第三標準試還有一份 Paper D，四份卷各有十條試題，涵蓋的知識範圍可謂非常全面。三個層次的考核範圍都相若，只是深淺程度有別。

　　若督察能通過第三標準試，到服務年資滿五年的時候，在正常情況下就可晉升為高級督察，月薪可跳升幾級。這是大部分督察都能達成的。為了鼓勵督察痛下苦功，制度上容許第三標準試四份卷都考獲優良成績的督察，在服務滿三年後便能提早晉升高級督察，可以「名利雙收」！一算下來，累積多收的薪酬可達 30 萬港元。不過，能提早晉升高級督察者寥寥可數，而每次應試不久就棄權離場的人亦不少。

　　服務滿了兩年，我已通過了第二標準試，並開始參與每半年舉行一次的第三標準試。在那個時候，工作、家庭和教會事奉上的擔子都不輕。本著規劃時間和聚焦辦事的紀律，我分配好時間預備應試。在頭兩次的考試中，我考獲一優二

良，若在 Paper A 也能達到優良成績，我便可以提早在 1989年 5 月升任高級督察。可是，我的 Paper A 總是停留在「合格」的狀態，一直阻礙著無法提早晉升高級督察。我沒有放棄，繼續每半年應試一次，直至到滿五年年資，以正常進度於 1991 年 5 月晉升高級督察為止。

這份 Paper A 我考了六次，從來沒有不合格的，卻也從來沒有取得優良的成績。我漸漸感到這或許不是自己的努力或智慧所限，而是主有意攔阻。為甚麼呢？或許不好讓我志得意滿，自以為是。我對主的信任輕易駕馭著這份挫折，只是每每想起 30 萬的那個數字，難免有點酸味。

1990 年代初期，香港經濟鵬飛，樓價飆升。能有資金早些置業的同事，在 1990 年代中期都很「風騷」！甚至有些憑買賣樓宇發了財，由一間樓房變成幾間，警務工作頓成了副業。而我們家呢？在 1988 至 1997 年間，岱華為了照顧孩子沒有工作，將事業丟到了九霄雲外。這是最佳的家庭安排，我們無怨無悔。而事實上，我的收入僅可以持家，積蓄是近乎零，當然無力支付買樓首期，幸好有警察宿舍可供居住。

在買樓炒樓成風的時期，有許多資深的警官選用政府資助置業，紛紛搬離宿舍。由於少了人競爭宿舍，我們家在 1991 年竟能搬進一間位於九龍塘、簇新高尚的宿舍。150平方米的一套公寓，在聖誕節可勉強招呼五六十位客人聚會用餐，教人艷羨不已。有一些問題卻不能不想，到了退休，不可再住宿舍的時候，我們可以搬到哪裏去？就我們的財政狀況而言，兩個兒子有機會出國留學嗎？不過，我們總能把這些顧慮用信心壓下去。

出乎任何人的預期，1997 年底爆發了亞洲金融風暴。起初，香港政府和金融專家都認為其對香港經濟的影響只屬

短暫和輕微，結果卻是深遠得多。經濟急轉蕭條，公司倒閉，機構大裁員，許多物業變成負資產。不少人因債務自殺、破產或全家「走佬」等等，真是滿目瘡痍，令人慘不忍睹！先前置業，甚至炒樓的警官都有不同程度的損失，最甚者因破產或舉債而被革職。倘若我當年曾摻和其中，財政和事業的後果兩皆堪虞，基督徒的見證想必也大受影響。

樓價斷崖式下跌，那時我們有少許積蓄，加上政府還未減去給公務員的大額資助，我們從沒置業的可能，變成有了一線曙光。1998 年 5 月我們鼓起勇氣搜尋物業，因為參與的教會位處沙田，我們希望能在沙田置業，方便聚會和事奉。

在一個地產經紀「誤導」下，我們去看了一個位於沙田大圍山頂的低密度住宅。這套向東南的公寓，坐落於一片樹木之中，環境幽靜，空氣清新，遠眺獅子山峰，大圍區內的高樓盡在腳下。雖然及不上我們正在居住的宿舍闊大，但也在 100 平方米上下，優雅閒適則有過之而無不及。我所說的「誤導」是在價格上，業主叫價 570 萬港元，經紀卻給了我們一個更低價的印象。這個屋苑在 1994 年落成時，我因工作關係曾來過視察保安，當時感到又詫異，又嘆息，確有一種可望而不可及的感覺。那時候樓價正紅火，業主以 770 萬港元買入；到 1997 年初，同類單位曾以接近 900 萬成交。故此，業主叫價 570 萬實在非常不得已，只是這價格還是遠超我們的負擔能力。

之後我和岱華考慮了很多其他物業，都不能在價錢和質素上配對。樓價持續下滑，1998 年 10 月在另一位經紀的聯繫下，我們又回到這個大圍山頂的物業，叫價已降至 410 萬。我們都搖了頭，也點了頭，稍微議價後就成交了。

假若當年我 Paper A 考了個優良，早些晉升高級督察，

既得了名，又收了利，多了 30 萬的積蓄，大概也會多點驕傲，想必在 1990 年代中期就圓了置業之夢，這是吉還是凶？現在回顧，我們住了幾年高級宿舍，少花了 360 萬的價錢得到一所本來「可望而不可及」的居所，一直維持到退休以後。該怎樣形容神的奇妙呢？「不叫我們遇見試探，救我們脫離兇惡」（〈馬太福音〉6:13）。並且「祂未嘗留下一樣好處，不給那些行動正直的人」（〈詩篇〉84:11）。

羅湖難民營在籌備一週後啟用（1989）

投訴警察科第十組成員，仙姐在前排右一。（1992）

13 鄉下仔出城投訴警察科

服務年資滿了五年，早已通過了第三標準試，因未能四卷全取優良，我只能按一般進度在 1991 年 5 月晉升為高級督察。當時我在邊界分區總管行政，公務雖然非常繁忙，但已能應付自如了。一天看到通告，投訴警察課有高級督察崗位空缺可供申請。

投訴警察科是警隊內部的一個調查部門，接受市民對警務人員不涉及貪污的投訴；涉及貪污的投訴則屬廉政公署的職權。市民一般都不大信任由警隊內部單位調查有關警察的投訴，認為「自己人查自己人」，有包庇之嫌。為了加強市民的信心和調查投訴的公正性，所有投訴的調查檔案，在完成調查後，必須呈交由港督（現在是特首）委任的投訴警察事宜監察委員會（簡稱警監會）覆核。警監會可提出質詢，甚至反對警方的調查結論。倘若警方一意孤行，警監會可上報港督（特首）裁決。

在此之前，我的崗位皆由別人支配。投訴警察科形象正氣，我心嚮往之，故此第一次提出了調職的要求。想像著投訴警察科的高規格要求，成功申請真是一個很大的意外。離別邊境警區有點不捨，「鄉下仔」出城在即又感到忐忑。平素說話粗鄙的分區指揮官對我已是刻意的斯文，臨別時更出

奇地溫柔，並給予鼓勵。邊境警區的行政警司和職員關係主任三粒花 Madam 都是資深的警官，連同文官一級行政主任跟我經常通電話辦公事，卻沒有從屬關係。他們特別設筵相送，其間的盛意和珍惜之情對這小子受用甚深。從學堂結業到如今，一路走來都是主恩典的栽培！

1991 年 11 月，我被調進投訴警察科，會見總警司和高級警司的時候，他們都給了我非常嚴肅的訓示。後來我才明白，他們會巨細無遺地批閱所有投訴檔案，對調查是否詳細、結論有否偏差、報告上的措詞文法是否精準等等，都是字字斟酌，句句考量的，因此十分注重每一個小隊調查主任的工作質素。那麼，為何錄取我這個年資淺、來自邊界的無名小卒？據他們說很少有人主動申請到投訴警察科的，故此他們願意試用我。越聽越是戰兢，擔心自己不能勝任。

當年投訴警察科有十個調查隊，被分配在港島、九龍和新界的三個投訴課辦公。新界投訴課由一位警司主管，有三個調查隊工作。每個調查隊由一位總督察三粒花帶領，兩位高級督察（SIP）主力調查，還有幾位員佐級同事協助。我落戶在第十隊，是 SIP10A。在投訴警察科的 20 個月裏，我有不少收穫。對於警隊內部運作的了解、前線和管理層各自的挑戰和相互的矛盾、自己如何定位等等，我都常自分析探究；在調查、編輯和報告方面的技巧也獲益良多，對我日後的工作有相當深遠的影響。

在投訴警察科工作的定位是很矛盾的，相信也是令人卻步的主因。前線工作複雜艱巨，處理的案件也林林總總，交接盤查的人更是各式各樣。有人貌似斯文，卻大奸大惡；有人粗豪莽撞，但循規守法。前線人員每天應對著各「被告」和「原告」，難免有所偏差。好人被當賊辦的有之，存心狡辯魚目混珠的也有之。警察工作急進的，可能被指「濫用職

權」；緩進些的，可能被指「疏忽職守」。過於溫和的，黑分子既不怕你，又不肯合作；稍為硬朗的，也可被說成無禮粗暴。有肢體接觸的，可以被說成「差人打人」；而罪犯為了辯護，「插贓嫁禍」亦是一個方便的辯護理由。雖然我相信大部分警察都是忠誠執勤，但是否有個別人員心懷不軌、不夠專業、判斷錯誤？退一步說，難道 100 分才算合格？恐怕不能在這裏討論個明白。

在投訴警察科最大的得著，是認識了主內的一位姊妹。仙姐是 SIP10B，與我共用一個辦公室。這位師姐大有來頭，我剛進學堂受訓的時候，仙姐即將從學堂結業。我還事事驚心時，她已是當屆所有獎項的得主，囊括學術最優異證書、榮譽警棍和施禮榮盾。大多數督察要數次應考第三標準試，才能集齊四卷合格，她卻是百中無一，只一兩次應考已四卷優良。本來她的優秀只會加增我們彼此的距離，相反地，我們卻非常的友好。

仙姐的丈夫姓馮，是位三粒花總督察，他們倆都是很堅定的基督徒。那時我還未見過馮 sir，但在工作上曾有很多電話聯絡的機會。我在邊界分區任助理指揮官的時候，因公務經常與新界總區負責行政的總督察聯絡，要不我有事請教，要不他有指示傳達。起初那位總督察 Madam，說話大聲粗魯，就是把電話耳筒遙放一個距離，也能清楚聽到她的喊話。後期馮 sir 取代了她，態度很不一樣，溫和、有禮、謙虛和尊重，是一位模範警官，令我深深敬佩。真是無巧不成話，我正跟他的賢內助共事。仙姐不但在工作上是良師，在信仰上也是益友，此後近 30 年裏，我們還有許多合作傳福音的機會。其後回想，正是「義人的腳步被耶和華立定」（〈詩篇〉37:23）。

　　投訴警察科為了應付突發案件的需要，設有一個「後備督察制度」，就是在辦公時間以外，前線警務單位若需要諮詢關於接獲的投訴，甚至需要將敏感或緊急投訴即時通報投訴警察科，後備督察就成為那個諮詢點。所謂後備督察，並不是指定的一個崗位，而是由投訴警察科調查隊中 20 位高級督察輪值。

　　1993 年 1 月 1 日，本來不應由我輪值後備督察，但因交接傳呼機的技術問題（當時手提電話還不普及），我慷慨地提出了多兼一天後備督察的工作。前一夜是除夕，我們家一向沒有特別節目，就如常地入睡。凌晨 3 時，電話響起（我在羅湖難民營工作的時候已習慣了「午夜凶鈴」），難為岱華也從睡夢中被吵醒。對方自稱是警察總部指揮控制中心的值班高級督察，他以沒有情緒的語氣跟我對話。

　　電話：你知道蘭桂坊事件嗎？
　　我：是甚麼事呢？
　　電話：蘭桂坊發生人踩人事件，已有 15 人死亡，還有很多人受傷。
　　我：（不敢相信）吓！真的嗎？為甚麼找我呢？

電話：一位英籍警司，是東九龍一個警署的指揮官。他當時休班，正在蘭桂坊和其他朋友慶祝新年。他要投訴港島總區指揮官（助理處長階級）行動調度失當，導致市民傷亡。他要求投訴警察科總警司致電給他，否則他會於凌晨5時召開記者會公開他的投訴。

目瞪口呆的我，此刻清醒程度已達百分之一百二十，第一個想法是有人趁著新年給我開個大玩笑。我努力搜索記憶，配對可能捉弄我的同事的聲音，但怎麼也搜索不到。他一邊說，我一邊打開電視，可是未見報道（當年即時新聞不及現時的效率）。我必須多問幾個問題以確定這事件的真偽。

我：到底發生了甚麼事呢？

電話：當時蘭桂坊聚集了很多慶祝新年的人，大概因為有人噴射白雪泡沫，也有人倒灑啤酒，導致地面濕滑。就在午夜倒數過後，人群紛紛離開之際，擁擠中有人下行時滑跌，隨後的人走避不及，相繼跌倒，最後釀成了大規模的人踩人慘劇。

我：哦！

電話：投訴人在場慶祝的朋友中包括一名休班總警司，他的兒子也在死者之列。

我：（為了試驗真偽）請問流水簿編號是多少？

電話：（帶著點緊張）因事情緊急，我還未來得及在流水簿登記，一會兒再補充給你。

這時我已經信了個十之九九！掛線之後，我腦海一片空白，不知如何是好。若事情真如那位師兄所轉達的，這將是警隊十年不遇的挑戰。投訴人在警隊也有些階級，他若不

顧一切的公開投訴警隊高層，在為死傷慘重事件問責之外，恐怕還會為警隊添加一場公關災難。試想，投訴人大概在慶祝新年時已經多喝了些酒，更因朋友在事件中喪子而加倍激動，很難想像我可以遊說他做甚麼或不做甚麼。可是，因為一個不知是否清醒的人提出的一個莽撞的投訴，而斗膽半夜喚醒一位高級長官（總警司），實在不合情理。

那位師兄轉頭又來電通知了我流水簿編號，我便追問他投訴人有否醉酒表現。他說未能從電話通話中判斷。我又陷入了沉思。

按理，我必須通知我在新界投訴課的警司，請示下一步行動，恰巧他正在國外休假。當時由一位資深總督察署任，只是他的為人和能力使我擔心他是否能有合適的處理辦法，我確實需要先想一想。正在沒有人可以商量之際，一如以往，我只剩下一位可以求救：只管清心、安靜、不焦躁。禱告過後我有了一個想法。把細節梳理了一下，我致電那位師兄，請他代找了幾個電話號碼。

呼了幾口大氣，我致電那位署任警司的長官，一如所料得到了既緊張又不悅的反應！聽畢蘭桂坊慘劇和投訴情節，他轉怒為憂。在他盤算該如何是好之際，我道出了一個建議。

按照慣例後備督察在辦公時間以外所接收的投訴，會等到下一個工作天轉介投訴地點當區的投訴課跟進。我建議不要等到下一個工作天，現在立即通知港島投訴課警司接手處理。那位警司是一位非常能幹的長官，以他的辦事作風，定會很樂意即時接收和跟進。況且他是實任警司級官階，不論是勸解投訴人，又或是向總警司請示也較我們合適。電話那邊的長官立時把魂魄收了回來！

署任警司：這做法可行，可是我沒有港島投訴課警司的電話號碼呢！

我：我有。我還有總警司家裏的電話號碼。

「少年人也要疲乏困倦，強壯的也必全然跌倒。但那等候耶和華的，必從新得力，他們必如鷹展翅上騰，他們奔跑卻不困倦，行走卻不疲乏。」（〈以賽亞書〉40:30-31）

感謝主，一如靈感所願，港島投訴課警司立即跟進。他聯絡上投訴人，並在半夜向總警司匯報了。記者會最終沒有召開，接著的內部調查就不詳述了。

樂極生悲！蘭桂坊人踩人事件，一共導致 21 人死亡，63 人受傷。此後，警方在人群管理上引進了更嚴格的部署和執行法規。鑑於這次慘痛教訓，市民也普遍諒解和配合。

15 無牌賣酒人情冷暖

一宗與無牌賣酒有關的投訴給我的工作泛起了一點漣漪。

投訴人是大埔區一間酒吧的東主。酒吧開始營業已有幾個月，卻還未獲發酒牌。在未有酒牌前提供酒精飲料是違法的。觸犯《應課稅品條例》，可被檢控，不過一般均是罰款及充公含酒精物品而已。

在實際情況下，對經營酒吧生意的人確實存在制度上的不利。申請酒牌牽涉的政府部門甚廣：消防處檢視防火及逃生安排，警務處考慮治安，民政事務處諮詢居民，食物環境衞生署監察食物衞生，最後才由酒牌委員會開會討論和決定是否發牌。如此繁複的程序，加上官僚制度和作風，就算一切順利都要在申請後六個月才可獲發酒牌。現實中，店舖不會在等待酒牌發放期間只納空租，不做生意。話卻說回來，酒吧容易對社會風氣帶來負面影響，受到制度的遏抑也不是壞事。

投訴人因無牌賣酒被拘控。他投訴時指稱大埔警區的警官因為與附近另一間酒吧有交情而特別針對他。與一般因執法行動所引起的投訴相比，這樣的投訴較為敏感，需特別小心處理。調查程序訂明投訴若牽涉刑事檢控，我們必須審視該檢控是否合宜；若發現有明顯缺失，或需報告律政司，予

以覆檢。既然向大埔警區要求檔案副本研究案情是早晚要做的工夫，我以為早點取得檔案作仔細審閱之用會較為穩妥，這也避免了日後被指調查不力。

處理這宗投訴個案的初期，恰巧一位資深英籍警司剛剛接任新界投訴課主管一職。這位警司一向在新界前線單位駐守，是在不很情願之下給調來的，對投訴課沒多大好感。他的思維模式仍是一名前線指揮官。沒多久他就親自關心起這宗酒吧投訴個案來，並對我調查的「積極」頗為不滿。在一次分部內所有警官一起午飯的場合中，他當眾諷刺我在調查中的表現。這位主管比我高出兩級，英語辯論又不是我的強項，最重要的是在眾多同事面前爭論並不合宜。我沒有詳細辯護，只作了最簡單的回應。我心裏有數，可以預知在這崗位上的工作會得到甚麼評價。

我在審視該宗檢控案件時，細閱了《應課稅品條例》，竟得出一個十分有趣的發現。在絕大多數的檢控案件裏，在結案後法官會判決如何處置證物，如兇案中的兇器會被銷毀，文件交警方保存，賊贓歸還受害人等等。至於無牌賣酒，正如所檢視的這宗案件，法官都慣性地指示將酒精類物品交警方銷毀。可是，不對啊！《應課稅品條例》對沒收酒精類物品有詳細規定，是指明由海關關長處理的。於是，我致電新界的法庭，研究近期的案例，發覺都是千篇一律的，法官對銷毀酒類的處理指示都與條例不符。雖然這個發現與投訴個案沒有直接關係，其他人或許認為我「多事」，但是我總不應視而不見。

投訴警察科高層每三個月會來到新界投訴課進行一次高級別會議，藉以檢討每宗投訴個案的調查進度。除了投訴警察科的總警司和高級警司外，與會的還有一位高級助理處長和一位助理處長。檢討之嚴謹程度，超過許多重案。在某次

檢討會上，除了報告投訴個案的調查進度外，我還略略提到有關法庭對銷毀酒類物品的指示與條例不符的發現。

不久之後，投訴人被檢控無牌賣酒罪成，判處罰款；他其後主動撤銷投訴。我本以為就此結案，豈料，高級助理處長竟把我提及法庭處理證物時的發現放在心上。一個週六早上，是我的當值長週，分部警司、我的直屬總督察，還有與我共用辦公室的仙姐剛好都是短週假期。本應是一個優悠的早上，卻來了個「突襲」。一位秘書跑來告訴我高級助理處長來了電話，想指示分部警司預備一份報告，詳細說明法庭對銷毀酒類物品的指示與條例不符的發現，以便他於週一下午的一個會議上向司法部門反映。秘書建議我先預備有關材料，以便警司週一時急用。那個年代，我們是甚少在辦公時間以外聯絡上司的。

我思前想後，單是預備材料，待警司在週一上班才決定如何撰寫報告存在很大的時間風險。縱然沒有頭緒如何撰寫高層次的報告，只知道要有清晰而足夠的材料，又不流於瑣碎，我抖擻精神，斗膽寫了一份報告。報告中列出案例，引述了法例的規定，並草擬了一通備忘以作禮貌性呈交報告之用。那天免不了超時工作，心想若不合警司使用，大不了就算是白費了那天的工夫，沒有多大的損失。倘若某些內容合用，也算是為他爭取了些時間。

週一上班的第一件事就是向警司作報告，並提供草擬的文件。未幾，秘書將我的文件送回來給我。我緊張地檢視，見警司全部採納了我的報告和備忘草稿，只作了少許文字上的潤飾，我的心頭大石給放下了一大半！我將修改好的文件加上警司的下款後，再呈上去，好讓他簽署，就可傳真至警察總部。不一會，秘書又再送回來，警司竟將文件下款改了我的名字，著我簽署，說既然是我的作品，功勞應記在我的

名下。他這份不搶功的氣量是我前所未見的，也給我做了一個良好示範。

高級助理處長使用了我的文件，信息很有效地傳遍了法院；此後在處理類似案件時一律交海關關長按法例沒收酒類物品。幾個月後我轉了崗位。在警司提交的推薦升級名單中，我不單榜上有名，而且在五位獲推薦的高級督察中，我年資最淺，卻被排上首位。我先前受過他的委屈，現在得到他的抬舉，真的別有一番滋味在心頭。雖然這份名單排名後來被助理處長修改了，卻不減我對這位警司的欣賞和感謝。能「作首不作尾，居上不居下」（〈申命記〉28:13），也是主暗中在保守。

18 年後再和這位警司共事，我成了他的上司！他已全然忘記了當年的這些小事。

16 誤墮CID有愛有恨

受到馮 sir 和仙姐的經驗感染，1993 年夏季我放了兩個月的長假，一家四口前往歐洲旅行。按照慣例，放假超過一個月就會被調職。放假調職前，助理處長例行見了我，忠告我這個假期安排很不智。由於日子與升級考核的週期不配合，這對我的升級發展不利。我對仕途並不特別熱衷，只是沒有宣之於口而已。然而，我也不是沒有擔憂的，我怕的是新崗位的工作時間可能對教會事奉不利。

這是我們家第一次往歐洲度假，由於「彈藥」有限，我們大多下榻青年旅館，飲食也得好好「講究」。在細心的安排下，我們在不同城市觀光的同時，還結交了一些傳道人和信徒，每週末上教會聚會，享受了一個非凡假期。

1993 年 9 月回歸現實，新崗位是沙田警區。由於我從投訴警察科調來，想當然地我被誤以為已通過了刑事偵緝訓練。我被安排了到小瀝源分區警署擔任其中一隊刑偵隊（俗稱 CID）主管，這個「不美麗」的誤會使我的心情跌進谷底。其實，CID 的工作是很有趣的：查案、破案和檢控，甚具警務意義。只是有兩方面令我煩惱，一是 CID 的輪班方式非常僵化，影響週日往教會聚會；二是 CID 工作文化有很多負面之處，難以靠一個高級督察撥亂反正，惟有求主

快快給我開一條出路。

我的 CID 小隊有一名沙展和四名警員：蓄長頭髮，作風市井，談吐粗鄙，字體潦草，我對他們沒有好感。他們的語言我能明白的不到一半。反過來說，斯文有禮，作風正派，又是從投訴警察科調來的，恐怕他們對我也一樣沒甚麼好感。由於無心在 CID 長期工作，我向刑偵總督察表示不想領取超時工作津貼。不過，由於每隊的超時工作津貼是有指定配額的，我就索性將自己的配額都分配給隊員申領，想不到彼此的關係就這麼一下子破了冰。得益於投訴警察科的經驗，我寫的罪案匯報「簡而精」，每每把其他 CID 小隊比了下去，上司常常嘉許，這也給隊員們增添了點面子。

小瀝源警署有個別名，叫「小樂園」。由於地區較細，案件較少，平均每個更份只有兩三個波（慣常用來形容罪案的宗數），警署因工作壓力不大而得名。然而某天我們的中更時段，即下午 3 時至 11 時，不幸的我破了紀錄，共接了八個波。加上我是基督徒，不肯拜關帝，他們隱隱然的把我當成了「災星」。

其中最為難忘的是一宗家庭暴力案件。一位女士到警署附近的醫院求醫，揭發了她曾被丈夫拳打腳踢，造成滿身瘀傷。我們接波之後，隊員迅速拘捕了她的丈夫。打老婆是我其中一樣最痛恨的事，「神說，以強暴待妻的人，都是我所恨惡的」（〈瑪拉基書〉2:16）。我把他召到我的寫字樓痛罵了一頓。

他是在街市受僱當菜販的，妻子在家照顧兒女。平素家庭經濟已是很拮据，近來他被解僱了，心情極差，妻子又埋怨。他含著淚，非常的懊悔。我也溫柔了一些，告訴他心情不好的時候，可以打自己，不可以打老婆。說話期間，他的妻子從醫院被接來落口供，她見丈夫被拘留在我的房間，

就大哭起來，説是自己不好，求我們不要控告她丈夫。此情此景，我的心給融化了。為免此君輕易再犯，我不肯就此結案，著他取保外出候查。

翌日下午，有報告指一名被刀斬傷的人正在醫院急救。我立即趕至急症室，見受傷者就是前一天打老婆的那位「仁兄」。他滿身披血，受傷很重，人卻是清醒的。不管如何反覆詢問，他就是不肯透露案情。他的妻子自然是第一嫌疑人，但觀乎前一天的情況，我直覺上不相信是他妻子所為。

一番周折後，我們確定了案情：由於這位仁兄毆打了妻子，他的小舅怒不可遏，竟拿著菜刀等他回家。在他開門的一刻，小舅二話不説，迎面劈了下去。這仁兄心裏懊悔自己傷害了妻子，竟然閉起雙眼，不閃不避；這也出乎小舅的意料，就在最後關頭，小舅把刀劈歪了，斬到他左肩上去。大驚之下，小舅逃跑了，不過不到一天就被我們拘捕歸案。不必細説這位既是妻子，又是大姊的，會流下多少眼淚。

小悲劇演變成大悲劇。若蒙著眼，遵著法律和既定程序，控告小舅蓄意傷人，刑期至少也在一年以上。若要控告小舅，那先前毆打妻子的案件也就不能警告了事。雖然傷勢較輕微，但判處短期入獄亦在預料之中。這麼一來，這個家庭想必破裂，無法彌補。我的理性給動搖了！

因為事涉重案，我不可擅自決定，於是我向上司總督察痛陳利弊，他也同意我試一試。我約見了律政署的皇家大狀索取批准，提出建議雙方簽保守行為（只需向法庭交保證金而不留案底）。其間一位助理檢控專員進來了解案情，他堅定否決了我的建議。他認為案情非常嚴重，刀劈的位置再偏一吋，就會傷及頸大動脈，那就是命案。事後回想，他是對的，我是感情用事了！

這宗案件在我轉職後才在法庭審理，據説兩宗案件都因

受害人不肯指證被告，而無法成罪，我說不出是喜是憂；對世情，倒添了一些惆悵。

　　基於種種原因，我不願在 CID 長期工作。然而，短短三個月的 CID 歷練，確有不少回味之處。我的隊員，除了一位事務助手比較正常之外，其他幾位都是「極品」人才，要有許多幽默感才能與之相處。不過，誤打誤撞下也一起辦過些好案。

　　一天早更，又是五六個波的忙碌。大約在中午時分，一名男子到警署報案，聲稱被賊人搶劫，報案室職員懷疑有詐。報案人住某屋邨大廈 12 樓，剛從內地回港，受僱主所託帶現金八萬元送返在香港的公司。當天早上事主離家後沿樓梯往地下，在 10 樓梯間被一名獨行賊亮刀截劫。除失去所有現金外，他還被劫去一條純金項鏈。家住 12 樓而不乘電梯是疑點之一；而事主有案底，不是善男信女，單對單遇上劫匪卻輕易就範是疑點之二；遇劫後沒有呼救是疑點之三。我們都認定他私吞了公司款項，只是苦無實據。

　　當年屋邨大廈基本上沒有保安，也沒有閉路電視，那就無從尋找佐證。除非報案人承認自己是賊，不然，警方就得接受他的供詞，調查自然沒有結果，最後終止調查，讓他得逞。跟處理其他案件不同，我的沙展不肯放棄，可能因為這是前線軍裝同事都看得出來的假案，無法破案的話會有損他

的威名吧！幸好報案人沒有堅持離開，沙展繼續施以渾身解數在「錄取口供」。

那天我長時間工作，預計要工作至深夜。我決定先回家吃晚飯，見見妻兒，然後再回來拚工作。離開辦公室前，在路過沙展盤問報案人的房間時，我給了沙展一個指示，並故意要讓報案人聽見！我還在家中吃飯的時候，沙展來電說報案人已經承認報假案，贓款（以及他的金鏈）都藏在他家中的廁所水箱，亦已被搜出。能將他繩之於法我當然感覺良好，沙展更是眉飛色舞呢！

過不了幾天，沙展的工作態度又迅速回復本來面貌。他手持一個檔案氣沖沖地來到我的辦公室，是關於一宗由荃灣警署轉來的案件。事主較早前在荃灣區的銀行櫃員機提款時，發覺錢包裏的信用卡已被另一張不知名的卡給調包了。他在取消信用卡時獲通知，信用卡已被別人簽了以千元計的賬，而他並不知情。在檔案中事主口供指出他相信該卡是在其小瀝源區的工作地點被盜去的。基於這點「相信」，荃灣的 CID 將事主和檔案一併送來。這樣藉「事主相信」而將波（案件）射走在當年是司空見慣的。

沙展不忿接波。「那應該怎麼辦呢？」我問。沙展建議以另一份事主的口供，澄清他的「相信」，然後把檔案轉回荃灣警署去。我斷然否決了。哪怕我吃了這個虧，都不能以事主做磨心，案件送來送去不成體統。在我們激烈辯論之際，沙展提到事主在小瀝源工作的補習社也曾出現信用卡被盜用的案件，他迅即後悔說過了頭。既有前科，即是說這個補習社著實可疑，辯論自然是我贏了，沙展氣忿忿地轉過身叫兩名隊員跟他去了。

大約兩個小時後，晚上 9 時許，沙展致電報告，案件已破，人贓俱獲，且牽涉不止一宗案件。我這位沙展果然是

個活寶貝！他離開辦公室之後，直闖補習社，獲得負責人協助，提供了職員資料，包括他們的相片。再從信用卡中心獲得昨天以盜卡購物的商號資訊後，他隨即前往商號找到了售貨員。售貨員一下子就從補習社資料中把賊人認了出來。沙展帶同隊員登門突襲，把賊人嚇倒，還搜出其他人的信用卡和很多贓物。這賊人的家人目瞪口呆，不敢置信。

犯案人很年青，是香港某大學的本科生，即將畢業，在補習社兼職。避免模仿，我就不交代他的犯案手法了。對他來說，被拘捕猶如晴天霹靂，他情緒崩潰了。我擔心犯案人會自殺，吩咐一位軍裝警員全程一對一的監察，確保他安全。

他牽涉的案件不少，整理好一段時間後得出了 27 項罪名。我需要為這案件發佈一份罪案簡報，以便上司們知悉和其他相關單位作為參考。可問題來了，簡報是有指定格式的，在一般有多項罪名的簡報裏，會以 ABCD 排序列出，時間地點也會以 ABCD 相應列出。可是 A 至 Z 只有 26 個字母，第 27 項罪名該怎樣標註呢？沒有隊員答得上，因為他們從來沒有處理過這麼多項罪名。於是各自致電老友求教，好一會才得出答案 ——「AA」。大家都士氣高昂，直至發佈罪案簡報，已是凌晨 4、5 時，各人累得不能再有意識地工作。大家約定了先回家小睡，早上 10 時回來繼續打拚。

雖然我留了字條給我的上司總督察，說明早上 10 時會回來跟進，但只 7 時多他的「凶鈴」已追上門來。睡了不足兩小時的我深深體會到錢鍾書的「偏見」。上司非常雀躍地說了幾點：第一，恭喜我破了這案；第二，總區指揮官會給予書面讚賞；第三，我在罪案簡報裏用錯了一個字。我急不及待倒頭再睡。

早上回警署辦完其他必要文件後，我在犯案人保釋前

會見了他，簡短地向他傳了福音，著他悔改尋找認識耶穌，祂能給予力量擇善棄惡。另外，我也會見了犯案人的姐姐，建議她照顧好父母的情緒，他們可能是最受打擊的人，也要防範犯案人自殺，因這個時候他是最擔心後果的。最終檢控是不能避免的了，為免鑄成大錯，責備他不是此刻最重要的事，令其改過自新應該是開導他的主要方向。大概她想不到我會提出這些建議。

要跟進的工作甚多：找出其他六位受害人和眾多牽涉的售貨員，向他們索取口供，統計所有的財物損失等。一個月後我以 27 項罪名提控了犯案人，讀完檢控書後又開導了他一番，送上幾張福音單張和為他默默的禱告。這人將來如何？

「那在黑暗裏行走的，不知道往何處去。你們應當趁著有光，信從這光，使你們成為光明之子。」（〈約翰福音〉12:35–36）

在法庭上，犯案人全認了罪，法官給判了緩刑，讓其繼續學業。

18 奇案難解垃圾中尋寶

結束了三個月的 CID 生涯,與我存在鴻溝的隊員在告別時也有點不捨。不過,話説回來,每每想到 CID 大房供奉關帝像的煙香和隊員的吞雲吐霧,我就義無反顧地離開了。

1993 年 12 月,我轉位到同是沙田警區的田心分區警署軍裝部門,在這裏待至 1996 年 6 月底。我擔任過幾個職位,先是雜項調查小隊隊長,又在上司助理分區指揮官(行政)出缺時兼任;繼而擔任更吃重的行動支援小隊隊長,後來也在上司放假時署理過助理分區指揮官(行動)的職務。除了最後那個職位以前未有擔任過之外,其他職責都不陌生,在邊界分區時可説是已有相當掌握,故此我處理得頗為輕省,很少超時工作。在異常沉重的教會和家庭事務中,取得一個很好的平衡。

雜項調查小隊除了我之外,只有一位沙展和三名警員,負責調查所有不涉刑事的非自然死亡案件,跟進其他行動單位搜獲毒品的舉證程序,進行一切牌照的巡查和執法,以及其他單位不會顧及的調查工作。田心警署是沙田警區四個分區中人口最多的,雜項工作不可謂不繁重,幸好我的經驗和決斷能力提升了效率,很快把上任督察積壓下來的工作給清理了。

　　一天，醫務衛生署收到一宗匿名投訴，指稱一位內地來港的醫生在本區無牌行醫。當年香港對中醫是沒有規管的，無須登記、註冊或領牌。因此，有不少在內地行醫的人來港後，以中醫之名，行西醫之實。醫務衛生署將這個投訴轉介來，分區指揮官指示我跟進。

　　這樣「非典型」的投訴落在我的辦公桌上是意料中事，可是我和隊員都沒有處理同類案件的經驗。怎樣才算是犯法呢？要有甚麼證據？蒐證會遇到甚麼困難呢？請來醫務衛生署的一位醫生，我們詳細地諮詢了她的意見。會議之後，我們朝著三方面尋找證據：第一，該醫生有否收費，因為純粹義助和生意經營有性質上的分別；第二，所用的行醫方式是否西醫方式，這要取得醫務衛生署的專家意見；第三，有否使用註冊西醫才可處方的藥物，這一點非常關鍵。倘若行醫者只使用中藥或坊間任何人都可以合法購得的成藥，那樣舉證就非常薄弱了。有了「西醫處方藥物」這客觀的證據，就能大大加強舉證的分量。

　　在行動當天，隊員在「診所」門外截查了幾個看完醫生的病人，得到一些有利的材料，可作證據。隨後，我們持法庭的搜查令登門。我分派一位隊員作拘捕員，另一名隊員則作證物員。現場佈置和一般西醫診所無異，但這不是犯法的！「醫生」堅稱沒有非法行醫，證物員搜遍了「診所」，只發現一些成藥，沒有針筒，也沒有必須註冊西醫才可處方的藥物。若只靠幾名病人的口供，他們隨時可以翻供的啊！我們相信診所內有暗格，卻無法破解。

　　無計可施之際，不知怎樣觸了靈機，我往醫生桌下瞧去，把垃圾桶提在手中小心翻弄了內裏物件，幾支小破藥瓶裏還有些微液體。我遞給醫務衛生署專家一看，她本來氣餒的臉上恢復了信心。她認為內裏有第一類毒藥和危險藥物。

Bingo！這位「醫生」也就在失望中被我們押了去。

一天中午時分報來一宗「空中飛人」（意思是有人跳樓），發生在區內一座多層骨灰龕大廈。當值巡邏小隊的督察正在和我談話。先到現場的警員報告已找到自殺遺書，只是死者身上沒有身份證，因此未能確定他的身份。按正常程序，巡邏小隊隊長先往現場調查，若他認為沒有刑事成分，如自殺或意外等，會轉介我的雜項調查小隊跟進。

巡邏小隊的督察匆匆趕去現場指揮調查，我也特別關注，因為若不能確定死者的身份，將有許多額外工作需要我跟進，也會影響死者遺體的處理和殯葬。下午 2 時許我主動聯絡了巡邏小隊隊長，他已搜遍全座骨灰龕大廈，卻未有發現。我決定即時接手，因為遲了一天就不用妄想會有任何新線索。

現場是一棟六七層高的大廈，我在想巡邏小隊會在哪裏走漏了眼呢？我呆看著死者遺留地上的血漬，心卻在默禱。從靜默中醒來，我著隊員再搜一遍，包括所有「垃圾桶」。

果然，在五樓的一個垃圾桶內，他的錢包給找到了，放在一個背心膠袋裏，袋裏還有他的身份證和醫院覆診卡。由覆診卡聯絡上醫院，他的地址和家人也就找到了。原來死者因病厭世，母親骨灰就安放在大廈裏，拜祭的痕跡還在。死前一天他將所有錢轉給了家人。遺書很簡潔，是留給警察的，也許他想無聲無息地離去，不讓家人傷痛。唏噓！

「死是眾人的結局，活人也必將這事放在心上。」（〈傳道書〉7:2）

19 化怨成恩與蛇王的流水賬

1995 年深秋的某天，我在田心警署正擔任行動支援小隊隊長，如常在 7 時許上班，先行閱覽過去 24 小時所有報案內容，檢視行動上不足之處及跟進有需要的案件。在審閱一宗夜更「蛇入民居」的事件時，我注意到被召的捉蛇專家（俗稱蛇王）拒絕出勤，導致警員長時間看守現場。

我氣惱了，曾有一刻想過把這蛇王從聘任名單中除名，及後詢問之下才得知理由。蛇王聲稱在四年前三度出勤捉蛇，卻未獲支付專業服務費。我覆查助理指揮官（行政）持有的小額雜費流水賬，的確沒有支付那三筆服務費的紀錄，如此的失誤真是令人費解。再細查一遍，我發現這樣的疏忽並沒有發生在其他蛇王負責的案件上，這更是莫名其妙。

小兒子以諾是 1990 年底出生的，我們決定再懷這胎背後有兩個原因：迦勒沒有弟妹一起成長不理想，二女非比出生時夭折了。原本看似有點配角意味的以諾，出生後卻成為全家的主角。他和迦勒一樣，同是我們的骨肉，疼在心尖上，靈魂身體的保守全是我們的責任。迦勒對弟弟無微不至：陪他說話、教他事、逗他玩。哥哥彈琴時，弟弟就愛坐到琴下聽；哥哥把不再合身的衣服鞋子讓給他，他看著比新的更歡喜。可是，打從一歲前後起，以諾就出現了嚴重的哮

喘毛病，這給我們心上繫了一個大鉛塊。疾病成因不明，我和岱華都沒有哮喘問題，醫生也排除了遺傳因素。

五歲以前，以諾因哮喘要到醫院急症室超過十次，須住院留醫的也有七八次。孩子每次發病都有類似的軌跡，先是出現傷風感冒病徵，無論是多輕微的，都會在 24 小時內演變成哮喘。第一次發病時他還未滿一歲，入住兒童病房，其他病童多是哭哭啼啼，大呼小叫的，而他卻安靜地忍耐著。喘氣難受的時候，只會流淚輕泣，這讓人格外心疼，護士們也對這孩子特別關照。

第二次入院最難忘！發病時在深夜，以諾呼吸時胸口陷下，氣管發出像輕吹哨子的聲音，我們掙扎是否立即送往醫院，進行種種考慮計較：會不會被認為小題大做、迦勒上學怎安排、我是否要請假等等。我們想撐到天亮，向家庭醫生求醫。一家人聚著懇切禱告，哥哥好言安慰，母親抱著以諾踱步，希望在深夜大家都有點休息。可憐這孩子默默地靠在母親懷裏喘著氣，掉著淚，不啼哭，熬至天亮。

翌日我照常上班，已經記不起是誰送迦勒上學。早上 9時許，岱華已抱著以諾到家庭醫生處登記。醫生還未到診，登記的護士便被孩子的面色嚇倒了，她說孩子面已呈藍色，非同小可，必須立即送醫院急症室。上班時間，街上不少人在等的士，好不容易岱華半求半搶的截了的士直奔急症室。分流處的護士長迅即請來一位醫生，醫生望了一眼，問岱華：「你能抱著孩子跑嗎？」（醫生不必知道內子是主修體育的）沒半秒耽延，大夥兒連忙向急救房跑去，醫生邊跑邊招了兩位護士協助，後面的護士長廣播，請可以騰出手的醫生護士往 R 房幫忙。

因為這個哮喘毛病，看醫生、送急症室和住院已成了以諾的家常便飯。種種西藥、呼吸噴霧、肥仔丸（一種類固醇

藥物）統統都用過，效果短暫，並未能治本。坊間主張的川貝燉雪梨、鱷魚肉、蜂蜜等也都試過，還是不見成效。注意衣著保暖，指望不會著涼等等措施更是不在話下了。這幾年內，我們一家人都過得快樂平安，但這個疾病卻是我們最大的難處，當然也是家裏每天禱告的題目。

那時我們常常覺得很快就會失去以諾，在他病發時這感覺尤其明顯。一次我在他住院時陪伴過夜，我堅持岱華須回家小休，也好讓她和迦勒聚一聚。看著這病牀上的小寶寶，戴著氧氣罩，掙扎著每口呼吸，他是主給我們家的一份大禮，我深深感恩。心想主若是要把他帶走，我願意接受，賞賜和收取都是袖（〈約伯記〉1:21）。感覺能和他做幾年父子也是無比的幸福，我相信認識這孩子的人不會認為我説得誇張！倘若這只是主賜的歷練，鼎為煉銀，爐為煉金，這孩子長大後將會是怎樣的呢？

蛇王的事還在我心上，畢竟是警署虧欠了他。雖已事隔四年，舊事重提有些複雜，但若我知而不理，恐怕比當年無心之失的同事更不堪。於是我開了一個檔案，向上級呈報，並建議採用時價 300 港元一次的捉蛇服務費，代替當年的 150 港元，也算是一種補償。警署指揮官是一位英籍警司，批閱回來一個字「Approved」，意思是「批准」。一天早上，我約見了蛇王。他姓謝，較我年長不了多少。為往年同事的疏忽，我鄭重地向他道歉，並將款項 900 港元給他。謝先生接受的是誠意，多於金錢。我們寒暄了幾句，他便離去了。

在下午工作的時候，我靈機一動，蛇或蛇膽等類的東西對哮喘毛病有用嗎？好像未曾聽聞過這類東西可治哮喘！問一下又何妨？我再次聯絡上謝先生。謝先生沒有多想就否定了蛇對哮喘的作用，但他卻沒有掛線。

原來，他家傳一間有名的蛇店，交由姊姊經營，自己

有別的發展，只是閒來捉蛇賺點外快。他認為店裏有售的喘咳散和川貝蛤蚧類燉品或許合用。經他的聯繫，我拜會了蛇店，謝小姐很用心解釋。喘咳散只能治標，在急喘時用溫水調開，可加上蜂蜜送服，以緩和極苦的味道，但要是服了無效便不必再用了。由於喘咳散只能紓緩急喘，無醫治之效，病人仍須求醫的。另外店裏還有一味祖傳川貝燉蛤蚧，這湯可增強呼吸系統的功能。

於是，兩樣「藥物」都試上了，果見奇效！孩子服喘咳散[9]後幾分鐘就能定喘，這給了我們更大信心持續讓他服食蛤蚧燉湯，秋冬天每月兩三次。蛤蚧難看，但湯水在不知名藥材配搭下頗為甘香。每次我會將蛤蚧的肉拆下來，讓以諾也吃下。之後一年，孩子因哮喘去過醫院一兩次，情況較輕微。漸漸地孩子的哮喘發作次數屈指可數，三幾年後這疾病可算是完全斷尾了。現在，每年秋冬季節我們一家光顧謝小姐店裏吃蛇羹時，常把前事引為佳話。

每次回想以諾的這段苦難，都有一份激動。與謝先生的萍水相逢，戲劇性得像寫了劇本似的。警署若沒有虧欠謝先生，或者我袖手旁觀，這孩子[10]的苦又會怎樣結束呢！主耶穌說：「你們所需用的，你們的父早已知道了。」（〈馬太福音〉6:8）

---

[9] 秘製的喘咳散在醫師身故後失傳了，可惜！
[10] 以諾自幼篤信基督，12歲受洗，並持續地在教會參與事奉。他已經博士畢業，寫此書時他在倫敦大學任職。

迦勒和以諾攝於田心警署,背景為回歸前警隊常用的英國吉普車。(1995)

1996年5月16日發生騷亂的白石船民中心(轉載自*The Standard*)

20 巾幗趕鬚眉出格的槍彈管理

　　我加入警隊的年代，女警的人數很少，約為 8%。我初出茅廬在上水警署工作時，一個巡邏小隊三十多位警員中，只有三位女警；七位沙展裏，也只有一位女性。女性細心，在內勤做紀錄、報告等文件類的工作上普遍較男警優勝，故此他們多在報案室或小隊支援上派上用場。有的女警會在巡邏車上擔任支援角色；有的與一名男警行「孖咇」。總之，絕對不會派一名女警獨自巡邏。不知是因還是果，不論階級，女性警務人員一律不佩槍。

　　1990 年代初期，香港治安惡化，持械（甚至是步槍）及擲手榴彈的劫案很多。警隊招募日見困難，離職的人數也增加。在這個背景下，警隊放寬了招募女警的比例到11%。由於女警不佩槍，增加女警並沒有加強警隊在街頭上的實力。於是，警隊開展了女警佩槍可行性的研究。在第一次諮詢的時候，警隊前線一面倒的反對，不論男女。

　　到 1994 年人手情況更糟，女警的比例不斷增加，警隊再度進行諮詢。我當時駐守的田心警署在這話題上也鬧得沸沸揚揚。客觀上分析，女警佩槍是幫助還是負累，都可雄辯一番。可是，絕大多數的男同事，都用非常偏見的角度評論，這促使我反璞歸真，嘗試逐點客觀思考。論智慧，女性

不輸於男性，不肯公認也不能否定。論技術，全憑訓練，像男警一樣，不達標不給佩槍就是了。論體能，這也許是個問題，不過體能是可操練的，或者改用較輕型手槍來克服。可肯定是負累嗎？一對男女警在街上巡邏，有兩支可用的手槍，總比一支好吧！我竟然寫了三四頁紙的贊成意見給巴基斯坦籍的警署指揮官考慮。指揮官之後告訴我，他反映了警署內的普遍反對聲音，但也同時將我那幾頁「破格」的支持意見呈交上去。

幾個月後諮詢完畢，警察總部通告決定試行，並在1996年前後定為政策，新入職的女性全面佩槍，之前入職的女性有權選擇加入佩槍的行列。請不要誤會！這不是說我區區的意見會有那麼大的影響力，只是可以相信有些具影響力的高層，或許與我所見略同。這項政策像為警隊啟動了一次文化的蛻變，自此以後女性在警隊內屢創新風，對警隊服務質素得以顯著提升不無關係。

每個標準警署都設有槍房，提供日常巡邏人員的槍械彈藥等裝備。槍房裏有形形色色的槍械彈藥，以備不時之需。由於數量不少，為免每次人員轉更交接都要盤點一次，就設置了「後備彈藥庫」，專為儲存一般巡邏不會用到的彈藥，包括防暴用的催淚氣體。後備彈藥庫的鑰匙有兩份，一份由槍房主管保管，另一份放在助理指揮官（行政）的夾萬內。這個安排不合邏輯，因為兩位持匙人都只在平日上班，朝九晚五的，那他們下班後呢？

我在檢討的過程中已聽到不少反對改變的聲音，一方面是強調後備彈藥保安的重要性，另一方面指出以往從沒有出現過動用後備彈藥的情況。我權衡輕重後，認為設置後備彈藥本來就是「以防萬一」的概念，決定把存放在助理指揮官（行政）夾萬內的那份鑰匙重置，封存信封內，加上我的簽

名和火漆。這份鑰匙自此存放在值日官的夾萬裏，方便在突發的情況下隨時取用。

我常常羨慕約瑟[11]和但以理[12]，他們從階下囚成為帝國的宰相。當然我不能與這些古人相比，只是他們美好的靈性正是我所嚮往的。

1996年5月，我在上司休假時署任助理指揮官（行動）。5月10日凌晨約2時許，「午夜凶鈴」響起，是值日官士沙某某來電，報告沙田白石越南難民營發生嚴重暴亂，兩隊新界南總區衝鋒隊員到場未能鎮壓，反被上千的難民圍了起來。由於人數眾多，他們不敢實彈發射。這時我又已經醒了個百分之一百二十。為了籌集防暴彈藥，新界總區電台台長（警司級）緊急詢問了新界所有警署（共22個），只有田心警署可以即時動用後備彈藥。此刻是要徵得我的批准，不單要動用防暴的槍械彈藥，還需要提供押解的車輛和人員！怎會想到要由我作出如此重要的決定！

我當機立斷，擲下鐵令：「同意！將所有催淚彈和催淚手榴彈送去，帶上所有能發射催淚彈的槍械，長短兩種（那時還未引入胡椒噴霧），撤下一輛巡邏車作運送用途。事急馬行田，只留兩名警員主持剩下的一輛巡邏車，一名沙展作值日官，一名警員看守報案室，還要留下一對行咇警員應對案件。由士沙親自帶領其餘不多的警力，連同所需彈藥，盡快增援。」那一夜我沒有睡好。

當田心的催淚彈藥深夜送至難民營外，許多軍裝、便裝人員已在場等候，磨拳擦掌，車還未停定，人已圍了上來。

---

[11] 約瑟為埃及法老解夢，並建議怎樣應對大飢荒，法老對臣僕説：「像這樣的人，有神的靈在他裏頭，我們豈能找得著呢。」（〈創世記〉41:38）於是立約瑟治理埃及。
[12] 但以理為巴比倫王講解神指頭所寫的話之前，王論到但以理説：「你裏頭有神的靈，心中光明，又有聰明和美好的智慧。」（〈但以理書〉5:14）

槍彈發放，根本不能按照標準程序，只能查看有沒有警察委任證。隨即，催淚彈高角度、低角度的打了個滿天星辰，好不容易將被困的警察救了出來。直至早上 6 時許才把暴亂鎮壓下去，送去的彈藥一顆不剩。7 時許幾個連的機動部隊都已奉召齊集難民營外，行動處處長（高級助理處長階級）親臨指揮，槍彈俱備，給難民營暴徒剿了個腳底朝天。

我那些田心的同事出了九牛二虎之力，才收回所有催淚槍械，要記錄誰發射了多少彈藥更難如登天。幸好總區重案組奉命調查事件，也必須做這些統計，士沙才能跟著辦好。到他們任務完成，能回到警署，已是下午 4 時多了。

因為田心這個小小分區擔上了關鍵角色，總區及警區傳來不少讚譽，我的分區指揮官很是雀躍。他批准了我的建議，向參與的人員發放超時津貼，代替補假，自是皆大歡喜。而我，再次經歷「有神的靈在裏頭」的意義，這份格外的喜樂和感謝，是不為人知的。

21 頭角初露破監倉自殺之謎

經過與蛇王的一番奇遇，小兒子的哮喘毛病已大為改善。1996 年夏天，我放了兩個月長假，一家四口又闖蕩歐洲去了。縱然樂而忘返，還是要從夢幻回歸現實。因內向性格使然，我沒有跟有影響力的上司們建立工作以外的社交關係。更重要的是我想倚靠主，多於倚靠人，也就沒有特意為放假以後的崗位託人「照顧」。回港後我才知道我被派往荃灣分區擔任巡邏小隊隊長。我早年在上水警署已做過這個崗位，故此不覺困難，只是輪班工作會對事奉不利。

一位人事部的總督察用心地研究了我的資歷，認為支援部即將出缺的一個高級督察職位可能適合我。我面見了支援部的一位英籍警司，他決定試用我，卻警告我工作有相當難度，若我不勝任，他不會勉強把我留下。這個崗位主要負責制服及裝備的政策，另外還要檢視所有警察開槍事件。這崗位的工作量在平常時期已頗為繁重，時近 1997 年政權回歸的關鍵日子，制服及裝備面臨巨變，若我早知道這些責任都落在這崗位上，恐怕我也會卻步。

1996 年 10 月，在我上任初期，又發生兩宗在警署監倉內罪犯自殺事件，一項研究多時還未有突破的題目再次備受關注。

前線在調查案件時，常有被捕人士需要拘留在警署內的監倉，等待調查或送上法庭。偶爾有些人士在拘留期間畏罪自殺，他們把用以保暖的毛氈撕成條子上吊。由於這類事件已在幾年間累積了多宗，總部決心全面改用不易撕成條子的毛氈，只是在找尋適合替代品的事上一直停滯不前。

在我接任之前，這項毛氈更換研究已經進行了三年，並從多款毛氈中篩選出四款替代品。其中兩款採用高科技製造，薄而且輕，容易撕扯開；但又勝在不能抵受太強的拉力，相信不易承受一個人上吊時的重量。不過，高科技毛氈每張價值約 400 港元（政府現用毛氈約為 60 港元一張）；以 50 所警署，平均每警署 20 張計算，初步估算 1,000 張毛氈需要 40 萬港元。由於那些高科技毛氈容易撕破，相信損耗也大，成本效益成疑。另外兩款毛氈，雖然質料和織法不同，但是驟眼看來跟政府現用毛氈分別應該不大。我預備先從科學測試著手，找出所有毛氈的拉力和撕扯承受程度，再與政府現用毛氈比較，作出評估。

只是，在積極處理這項研究的初期，我隱隱然覺得遺漏了甚麼似的。心想，這研究項目著實不易，要是做得不好，恐怕難以繼續留任。惟有求主幫助！

某個週日早上，弟弟來電告知叔父在鄉下病危的消息。家父三兄弟中，只有家父青年時來到香港謀生，他對鄉下親人極為關照，在拮据之時仍然傾囊相助。叔父是莊稼老實人，在家父早逝後，就沒有提出過生活上的要求。我青年時曾獨自回鄉兩次，與叔伯兄弟親切地交往之餘，也留下些福音種子。在岱華的鼓勵下，我告了假，帶著就手的聖經和福音單張，與母親弟弟會合。

鄉下位處廣東山區一個小鎮，我們到達時叔父已經辭世。我看著他的遺體，為未能盡傳福音的義務自責，又有枉

費此行之感。由於叔父已信仰天主教，堂兄們熱情地介紹我認識將主持喪禮的神父。

譚神父較我年長幾歲，他略讀了我寫的福音單張，在寒暄信仰的異同之間，他態度仍是誠懇謙和。譚神父主動帶我到教堂參觀，也分享了事奉的艱辛歷程。將要告別之際，他竟邀請我在週二叔父的喪禮上講道。意料之外，此行確是別具深意！

週一晚上，譚神父特意再訪，向我提出許多道理上的疑問。為著主所賜的良機，也為著譚神父的真誠，我心裏激動，就翻著聖經向他證道，十誡、馬利亞、煉獄、善行、聖品人等等，無所不談，直到半夜。翌日喪禮上，主給我的信息就是要按聖經比較天主教的兩個信仰重點，其一馬利亞並沒有神性，其二接受耶穌基督是唯一的得救方法。安葬好叔父後，我把講道時用的那本聖經送給了譚神父，並盡數把帶來的書籍和單張分發給子侄，加上禱告。大約十年後，我從一位堂兄口中得知，譚神父已轉信基督，辭去了天主教的神職事業。我不禁讚嘆主的尋找是何等奇妙！

回到工作上，政府現用毛氈其實品質不錯，不管如何都不容易撕破。可是，是深灰色的？感覺頗為陌生。我在田心警署當行動支援小隊隊長時，每天都要巡查監倉，所看見的監倉毛氈不是啡色的嗎？於是我向田心警署索取了一張啡色毛氈，一灰一啡放在面前，感覺實在有點懸疑。我想起警察物料供應科最資深的總主任，在臨急受命羅湖難民營時我就跟他有過多次聯繫，我決定登門求教。哈哈！謎底給揭開了，疑案迅即破解。

啡色毛氈原是品質很好的羊毛氈，很久以前分發給警員使用，是方便他們留守警署時保暖用的。十多年前政策改變（那時我還未加入警隊），政府回收了數以千計的啡色毛氈。

由於質料良好，物料供應科不想浪費，於是決定先行以高溫蒸氣焗洗，再發給警署監倉使用。難怪！啡色毛氈因為經過高溫蒸氣焗洗，纖維弱化，容易被撕破，恰巧可被囚犯用於自殺。在發現的同時，我接到化驗報告證實，政府的灰色毛氈在拉力和撕扯承受力上表現最佳。

整理好所有資料後，我向上司一級一級的呈報上去。所有收到報告的上司都拍案而起，誰也想不到竟然有這樣的來龍去脈。他們對於過去三年的懵懂有點惱怒，但對此事最終有個完滿的交代也感釋懷。我的建議得到了批准，以政府的常規灰色毛氈全面取代啡色毛氈，引入合適的清洗程序，以及下達定期檢查和更換破損毛氈的指令。這是個最快捷和最經濟的選項。

還記得 1993 年離開投訴警察課時助理處長所告誡過的，因夏天放假而轉位，在時機上會對遴選考核不利；我明白，但既然以家庭為先，就只好全然交託主。1996 年 12 月正是翌年總督察遴選週期的考核階段，我調進支援部不足三個月，想不到在支援部（包括支援科、警察公共關係科和交通總部）共約十名被推薦晉升總督察的人中，支援部的英籍助理處長把我排在首位，高於一位最資深且已長期署任總督察的師兄，也先於一位備受偏愛的英籍高級督察。

「天下萬務都有定時」（〈傳道書〉3:1），應該就是這項研究，使我在短時間內冒出頭來。

22 警察裝備撥亂反正

　　類似監倉毛氈的研究項目很多，都是前任或前幾任留下的「懸案」。我深知議而不決是一種可恨的官僚現象，很希望能在自己手裏加速辦理，甚至了結這些項目。現在還記得的例子包括取消哨子繫索（俗稱銀雞繩），其實對講機已通用了十多年，又何須再靠吹哨子呼喚同袍支援呢？另外，為女性引入一款腰臀比例較高的槍袋。還有，警察制服本是多袋的設計，方便攜帶警察記事冊、告票及急救包等物，隨著與家庭暴力、交通意外等相關的雜項表格增多，加上手提電話及其他私人物品，只靠制服上的衣袋實在不敷應用，當然也有礙觀瞻，於是我們引入尼龍腰袋方便放置隨身物品。能夠有意義地為小事奔波也是開心的，沒能把警帽取消是我的一點遺憾。

　　其中一個較讓前線人員關注的重大題目，就是研究引入「伸縮警棍」。前線警員沿用的是木製警棍，粗約 3 厘米，長約 25 厘米。這種物料堅硬度不理想，在使用時容易折斷。最為人詬病的是警棍掛在腰後，警員坐下時極受妨礙，經常導致腰背毛病。伸縮警棍有幾款物料和尺寸，一般都粗約 2 厘米，縮入時短於 19 厘米，伸出時可達 50 厘米，整體更輕便、更堅硬，又能掛在腰前，不至於壓著腰背。物料

有兩大類，一種是鋼，另一種是鋼化纖維。在初步諮詢時前線人員已給予一致正面評價，首選是某品牌的鋼製伸縮警棍，愛其手把易握，外型專業。同事們更指出鋼製銀色顯眼，阻嚇力強，相信或許單靠展示已足以鎮壓，而不必真正使用。按理說，下一步是試用，然後評估，再決定是否採用及如何全面推行。我看主要的負面元素是太昂貴。

我的前任同事們都與一些執法裝備的代理商保持聯繫，方便蒐集有關裝備的情報和產品資訊，索取樣板，最終招標購買。提供這款熱門伸縮警棍的外籍公司老闆是警隊許多裝備的供應商。據他報價，這款標準鋼版的伸縮警棍每支約售350 港元；另有一款飛機鋼版的，重量約為標準版的一半，售價高達每支 900 港元。若警隊前線全數採用，需訂購一萬支或更多。對於一件裝備的花費，這可是天文數字。

辦公室經常收到一些執法裝備資訊。我從一本雜誌看到了同款伸縮警棍，是美國許多州份警隊的標準配備。感謝神，我又觸了靈機！在獲得通訊科的批准後，我打了一個長途電話給在美國的廠商（那時長途電話費非常昂貴）。聽說我代表皇家香港警察詢問，購買數量在 5,000 支以上，那公司迅速地安排了一位區域代表從澳洲覆來一個電話，書面報價列明每支標準鋼版伸縮警棍是略多於 200 港元，飛機鋼版則是每支接近 300 港元。上司聽了我的報告「吹鬚碌眼」！他一方面同意推動試用伸縮警棍，另一方面責令核查那位外籍供應商所提供其他裝備的資料和報價。

我積極地跟進積壓的項目，有關防彈頭盔的研究很快可以上馬。資訊和樣板都來自同一個供應商，報稱單價是某一個數字（具體不便交代）。有了處理伸縮警棍的報價經驗，我自然不會照單全收。我索性向德國生產商查詢。生產商回覆時指出，該供應商是他們在香港的總代理，著我們與總代

理聯絡。差不多同一時間,那供應商寄來一紙非常不友善的信件(大概因為我職位低微,又在伸縮警棍上壞了他的好事),指責我直接與生產商聯絡。我認為應該給他一個部門的正式立場,免得他以後再有遐想。在上司的同意下,我回信指出警隊並不關心私人公司之間的商業關係,我們的職責是盡一切合理合法的方式保障警隊的權益。

之後,我為防彈頭盔進行了招標。奇怪的是除了這個所謂總代理外,還有幾家香港公司投了標,所有投標單價都是非常接近的,結果還是這個總代理中了標。相比之下,他最初的報價比他中標的單價竟是高出了 50%。讀者可以想像,我對這公司老闆是何等鄙視!

警隊制服是我職責中的「主菜」。與香港回歸祖國有關的徽章鈕扣改動已弄得我滿頭冒煙;其他與制服有關的政策雖然沒有太大的變動,卻仍是問題多多。當時的制服有冬、夏季節之分:夏天的制服是軍綠色;冬天的是寶藍色套裝,內穿一件恤衫,繫一條領帶。這種設計稍嫌老套,整齊卻不便於行動。槍彈、手扣、警棍、通訊機,超過十磅的裝備,全靠一條粗厚皮帶掛在腰間。由於重量不少,又另外加一條直帶藉肩膊減輕腰盤的負荷。最惹人爭議的是冬、夏季制服換季的安排。由於藍色綠色區分明顯,警隊會設定一個日子使全港軍裝警察同日換季,避免在社區上又藍又綠的尷尬場面出現。然而實際上,冬夏交替期間天氣總有一些反覆,況且還有日間夜晚、市區郊區、個人體質等差別,如此一刀切的安排,前線人員難免怨聲載道,的確有改革的必要。

我在支援部只有一年,沒有機會直接參與這個在約兩年後才開始的制服改革工程。上司提出想我在調職之前為這個改革編製一個路線圖。能有些微參與是我的榮幸,縱然彷彿只是紙上談兵,我也雀躍不已。我決定再運用一次自由,

在草擬路線圖的檔案中，大膽地包含了一個方向性的構思：冬、夏季制服應該採用相同色系，譬如寶藍色；恤衫保留現時的顏色類別，要分長、短袖兩款；短袖不結領帶；褲子分厚薄布料。最重要的是無須再定冬夏換季日期，由個別人員酌情決定何時穿著長短厚薄的制服。專業上，這算是一份同理心；按主的教導，這或許也是一點「愛人如己」的思維吧！

我不敢說我的意見成為主導思想，但從幾年後落實的新裝看來，決策的人也許亦與我所見略同。

23 政權回歸全新的警察徽章

　　自 1841 年起，英國對香港實行殖民統治超過 150 年。中英雙方協議於 1997 年 7 月 1 日凌晨零時交接政權。在臨近香港回歸祖國之際，香港人夾雜著疑懼、徬徨、反感、冷眼旁觀等一籃子的奇怪情緒。

　　對於香港回歸祖國我其實頗有一段感慨。我在殖民政府管治下成長，不能說是一名典型愛國分子，但對神州大地卻有一份難以言宣的感情。自 1982 年（19 歲）那個內地還是頗封閉的年代開始，我多次到內地遊歷，東西南北都涉足，接觸飽受經練的基督徒是當時主要的觀光項目。聖經是最感人的手信，多多益善，而我得著的遠多於付出。我曾將一幅巨型的中國地圖掛在家裏，作為多年的裝飾。

　　回歸在即，那份屬靈抱負好像又湧上心頭。那時香港基督教圈子普遍認為大逼迫將至 [13]，我卻並不擔憂。反正，基督徒在放任自由的社會也遇到價值觀和品格上的種種考驗，「凡立志在基督耶穌裏敬虔度日的，也都要受逼迫」（〈提摩太後書〉3:12）。可知道「人都說你們好的時候，你們就有

---

[13] 1997年香港回歸祖國後，基督徒聚會和傳福音的自由，並沒有受到限制，之前所擔憂的事並沒有發生。

禍了」（〈路加福音〉6:26）。對因為懼怕而移民的基督徒，我倒有點輕視。

回到我的職責上，一切有關政權過渡的都是敏感資料，這當然包括警隊在制服裝備上的改動。警隊那時全名是「皇家香港警察」，在警徽上刻著的是英文 ——「Royal Hong Kong Police」，警官肩膊上就有一個簡寫 RHKP 的肩章。凡警司以上階級的肩章都用上代表英國皇室的皇冠標誌，助理處長以上階級的肩章更附有一對英國皇家權杖，警署警長的臂章也用上英國龍獅標誌。至於警隊的主徽，上面除頂著皇冠外，中央是一幅在海邊交收貨物的風貌圖，有傳說是代表鴉片交易。如此這般，或多或少，或隱或現，絕大多數的徽章鈕扣都顯示著英國殖民元素。故此，製作一套全新徽章鈕扣變得理所必然，實施政策將影響所有前線警員，上至警務處處長，一共 32,000 位正規與輔助警察，甚至是交通督導員。這麼大的工程竟然落到了我的肩頭上，並且沒有延期的可能。現在回想起來，覺得當時的我是不懂得「驚」！

檔案內已經存有一些初步的設計圖稿，已通過了高層的原則性批核，但未包括全部有待改變的徽章鈕扣。我得先求助政府資訊署的專業人員，把所有設計具體化、精細化，再按級上呈，最後由處長親自審批，簽名鐵定。過程不能說很順利，但總算達成了一個重要的階段性進展。政府的基本決定是以洋紫荊花瓣代替皇冠，可是，洋紫荊的形態設計還不能由警隊說了算，要待香港特別行政區第一屆行政長官（特首）產生後才能敲定。第一屆的特首選舉要到 1996 年 12 月 11 日才進行，常識告訴我們洋紫荊的設計不會是他的首要任務。

由於需要生產的徽章鈕扣數量龐大，要及時更換，斷不能只等待而不設法推進。這麼一來，我決定先行以數量和徽

章鈕扣種類招標，然後率先製作那些與洋紫荊設計無關的類別。中標的公司非常合作，但即便如此，來自高層對設計的反覆意見，大大加增了我在實行上的難度。

警隊新的主徽上以五幢大廈坐落維多利亞港的景色為設計，「鐵定」之後，一位高層「忽然發現」中間的大廈設計酷似一座英資大廈，政治不正確，因此指示修改。這正是「你講易，我做難，講一句就做死人！」沒多久，又有另一位更高層的「突然發現」，在他親自「拍板」的設計裏，維多利亞港的海浪有點太大，認為不吉利！我又再次體會到甚麼叫做「嘔血」。

1997 年 3 月前後，洋紫荊的設計給定了下來。五葉筆挺，向上葉尖規定從中線傾右 13'48'，五葉中的花蕊是五角星。雖然與原先的設計頗有不同，但是落實了設計總算是最關鍵的決定，其餘的生產與政策通令都可火速進行。新委任證的製作也在如火如荼般展開。

6 月初，高層指示召開一次記者招待會介紹新徽章，並講述 6 月 30 日午夜更換徽章的安排。記者會由我的英籍警司和我主持，這是我第一次在警察公共關係科（PPRB）的記者室以主持人身份出席。記者會當天，我在早上已到場準備。首席新聞主任告訴我這次將是 PPRB 歷來最多記者採訪的一次，不單有香港本地的所有報紙及電視台，連外國許多通訊社、內地及台灣的媒體也會到場。及後果真其事，人山人海，記者們紛紛搶佔有利位置，爭相把傳聲筒放到最接近我們的位置，比我想像的更粗野無禮。混亂情況超出 PPRB 的經驗，好不容易才安頓下來。徽章更換這等花邊式新聞尚且惹來如此陣仗，讀者可想而知，香港的政權交接是何等的世紀大事呢！

記者會的開場白自然由警司主持；基於語言需要，大

部分的講解則由我負責。徽章的每一個細節，通令的每一項規定，都是由我草擬和頒佈的。經過幾個月的日夜埋首，不管是徽章特徵或是更換安排，我可以説了然於胸，故此，在記者會上我表現得尚算鎮定自信。不少的發問是圍繞著處長在跨夜的交接政權典禮中會在制服上穿戴哪一個版本的徽章，我卻賣了個關子説會有合乎政權的安排（其實他會穿便服）。在反覆追問下，我示範了前線人員在政權交接午夜之時如何用幾秒鐘更換帽徽。抹了一把汗，我的應對還算無懈可擊！

連同另外的三篇分享，讀者或會認為我在支援部的這段日子非常充實，十分有成就感。我也自覺對警隊的貢獻邁進了一個很不同的境界；只是，我有另一番掙扎。就在這段期間，我認真地思考和禱告是否應該離開警隊。模模糊糊的我總感覺不屬於這裏，雖付出了很多，但屬靈的抱負卻是難以實踐。我不甘心把有為的歲月獻給機構，我活著不應為自己活，應該為替我死而復活的主活（〈哥林多後書〉5:15）。

回歸前與支援部長官同事穿上舊徽章警服合影留念（1997）

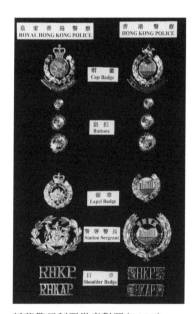

新舊警用制服徽章對照（1997）

回歸前採用的警徽（1997）

回歸後的新警徽（1997）

24 改善子彈瞻前顧後

在警隊服務期間，我見證了槍械彈藥的變化。在支援部涉獵的更多資料佐證了我一向的觀察。警隊在槍械這方面是非常認真和專業，投入的資源一點也不少，避彈衣的級數更是世界各地警隊中首屈一指的，即使是 AK47 發射的鋼彈都能擋得住。這大概與 1990 年代初許多持械行劫的罪案有關。

前線配備的左輪手槍使用的是「點三八」口徑子彈。一般人也許都能想像一粒子彈的模樣：一個圓柱形的金屬彈殼，內藏火藥，上置一粒圓頂彈頭，底部有一粒引爆器。我記得在 1990 年前後，警隊全面更換子彈，改用了空心子彈，鉛製的彈頭頂部有一個小凹孔。這類子彈在射入人體之後會撐開成蘑菇狀，有助減低穿透力，對公眾更安全。

我在支援部其中一方面的責任是檢視警察開槍事件。這包括檢討開槍的合理性、研究政策上的跟進行動，以及建議相關紀律事宜，再按級上呈審視，由行動處處長（高級助理處長）作最終定案。其中一宗個案是一位沙展追捕一名持刀行劫的匪徒。沙展在公廁內因匪徒拒捕，槍傷了其大腿。這情況下開槍是合法、合理，也符合警隊的規章，可是那顆子彈卻引起我的一些關注。

這顆空心子彈給射進那匪徒大腿後，並沒有留在他的體內。子彈穿透了他的大腿，在公廁內的牆上反彈後才停下來。空心子彈或許已減低了穿透力，然而，這樣的效果仍使我感到不安。我向上司報告時才知道高層已注意到這個情況，為了提升子彈安全性，已按更嚴謹的規格訂製新一批已改良的子彈，且新子彈即將付運。由於子彈管理由警司親自負責，我就沒有再過問了。

一段時間過去，在千頭萬緒的職務中，又迎來了另一宗警察開槍案件。這是一宗多名匪徒持槍行劫案件，發生在九龍鬧市中一間名貴鐘錶珠寶店。在匪徒即將離開珠寶店的時候，接報警員陸續到場，匪徒開槍拒捕，幾名警員開槍還擊。警方沒有人員傷亡，算是萬幸，也展示出警隊專業訓練的成果。據我回憶，匪徒一死一傷。遭一槍擊斃的匪徒，警員發射的子彈先從他右側肋旁射入，子彈橫穿左右兩邊肺葉，至左邊肋旁穿出體外，再進入左手臂才停下。再一次，我為子彈的穿透力深感不安。

我硬著頭皮再找上司商量，報告了我對子彈的最新觀察，並冒昧地詢問新訂製子彈的進度。原來新製子彈已經運抵，上司正在煩惱如何才能「低調地」替換現有的子彈。我對這份「低調」的堅持並不苟同，但能理解。1997 年前後是政治敏感時期，輿論對政府部門的一言一行往往以負面方向解讀，何況執法的警隊？子彈更替明明是力求進步和專業惠民，卻也可能被報道為浪費，甚至罔顧公眾安全。

我這位上司在外籍警官中是出名的能幹和專業的，此刻也深受我的「不安」打動。他已有更換子彈的方向性構思，說出來給我參詳。我在前線的日子頗長，一聽他的構思就能斷定此路不通，漏洞百出。他沒有反駁，因為他也覺得我的意見入情入理。由於沒有萬全之策，他只有繼續苦惱和沉

思。我想了想，請他容我回去想一個週末。

新舊子彈外觀一般無異，必須有周詳可行的計劃才可確保「低調」得來但仍可徹底地萬無一失。我把這件不是自己份內責任的事攬到身上，實在有點莽撞，何況根本毫無把握。雖然我正積極思想離開警隊，但仍希望對機構、對社會貢獻，愛鄰舍如同自己，只可惜智慧能力有限。

我禱告，不知主會否悅納我對這件世務的關心，並賜我解決這事的智慧。從主的面前起來，我有了一個頗為複雜的構思。週一，我找上了總槍房的大主管，請他審視我的計劃是否可行，還有商討他可配合的技術安排。我們用了幾天研究，並為執行細節構圖。感覺算無遺策之後，我把重點寫了出來，與警司一拍即合。他心結一解，樣子輕省了許多，索性把這個原本由他親自處理的項目交了給我。

警隊有五十多個槍房，每個槍房都有若干數量的點三八子彈，考慮到值班人員需要一定數量常規備用，更換子彈不能一次過辦完，必須分兩次進行，即共涉及達一百次的「送舊迎新」安排。除制定一個嚴謹的領送日程外，還需要一套程序確保各刑事部門可 24 小時佩槍的人員也沒有遺漏掉。新舊子彈一般無異，若是疏忽混亂了，這個缺陷將難以彌補。為了執行上萬無一失，每個警務單位需委任一名督察級人員全程負責，並提名存檔，以備出錯時可紀律追究。與此同時，我提供了一列注意事項清單協助他們仔細辦事，他們得按清單提示定出兩次更換子彈的數量，以及刑事單位收發子彈的具體安排，並在完成後逐項回覆。

總槍房作了十二分的準備，按著我預先定好的日程，及各單位通報了的子彈更換數量，預早把新子彈分配好。每個單位把舊子彈還來，隨即可把新子彈領走，數點和領送，在五分鐘上下已能完成。原本以為會是非常緊張的兩週，程序

運作得極之順暢，大功總算告成，沒有半點差池。回收的子彈可作日後訓練之用，也算不上浪費。

　　我等候離開警隊已有一段日子，有幾位長輩都認為我應該留在警隊崗位上榮神益人，可是我的心比基甸 [14] 更忐忑。那時剛結識了一對從內地來探親的夫婦，他們因為信仰受過多年的經練。我們交通 [15] 非常投契，我也請他們為我的等候代禱。在他們離港前的早上，毛姨給我打電話，告訴我她禱告過後的強烈感動，鄭重地勸我繼續服務警隊，為主所用。她就是主差來回覆我的最後一位使者，我順服了。

---

[14] 神揀選基甸作以色列人的領袖。他的社會地位低微，擔心自己不能勝任，神給予他雙重的證據，以堅固他的信心。（〈士師記〉6:36-40）
[15] 基督徒之間常用「交通」一詞，代表基於共同信仰的真誠交流，分享和鼓勵。這詞彙在聖經原文的意思也應用在彼此代禱支持和物質互惠之上。

25 行動管理急召應對醜聞

　　既然決定把千里以外的事業抱負投放到當前的崗位上，心裏確是踏實了很多。畢竟在我的工作環境裏，有權力、有資源，只要主願意，我不愁沒有服事世人的空間。

　　年近政權回歸，好一些外籍和本地警官選擇離職，一下子警隊出現了大批升級的機會。1996 年有 90 位升級總督察，1997 年則有 100 位，我就是其中之一。由於這個特殊背景，難免有濫竽充數之嫌，因此許多高級警官對這兩年升級的人都存有戒心。

　　1997 年 9 月，我又回到曾帶給我另類經驗的小瀝源警署，只是今回換了個角色。這時我是三粒花總督察，坐正助理指揮官（行動），算是警署內的第二把交椅。小瀝源警署沒有大變，仍是「小樂園」，大小罪案和公安事件不多。雖然前任留下了不少陋習，但是我迅速地給糾正了。

　　一天晚上，我駕駛自己的私家車在區內巡查，沒有知會外巡人員，希望能更了解警政的實況。我發覺泊在僻靜街道上的零星貨車，在不構成嚴重阻塞或潛在危險下被發了告票；一些低密度的鄉村附近，泊著居民的私家車，同樣在深夜時分給發了告票。片面的說，這是勤力和嚴厲執法；反觀熱鬧的街道上那些混亂交通和近乎零的執法行動，結論就不

同了。很明顯不少前線人員想避免執法時與市民衝突，同時又想在數字上可以交差[16]。

交通的執法算不上是警察的優先工作，可是見微知著，從這捨難取易交功課式的態度，其他警政工作的質素可見一斑。我發下指令，在晚上 9 時至早上 8 時，除非有嚴重阻塞或潛在危險，否則應該容忍車輛泊於指定車位以外；凡在道路轉彎處泊車的，因影響駕車者的視線，就是潛在危險，則另當別論，任何時候都須予以票控。無須多說，前線失去了這些「快餐」，只好更著力針對旺街上的交通違例情況。這才是我的用意，也是社區最需要的，哪怕投訴數字會略有增加。不久後，警隊發展了一套交通違例選擇性執法政策，也是相同的概念，又給了我一點英雄所見略同的鼓舞。

趁這崗位壓力不算很大，我細心建立了一套人事管理辦法。警署內 80% 的警力歸我監督和指揮，我在辦公桌後安設了一塊大白板，將我的一百多名人員的相片，按隊伍和級別排列其上。為了提升行動效率，我用不同顏色的貼紙標註了具有特殊技能的人員，如駕駛警察電單車或大小警車、操作電腦指揮控制系統、槍房管理、警員學長等等。此外，女警的數量也很關鍵。在人手緊絀的情況下，她們的額外功能非常重要。按著數量和類別，我把人員平分於不同隊伍中；在不足的範疇上，我致力爭取更多訓練名額。總之，盡量向外爭取，對內平分。如此這般，這策略為我在新的階級和新的崗位開了個好局。

正是「好景不常」，11 月底傳來了一個緊急指令：一週後我須調任警長晉升遴選委員會。這樣的調動與一向的提名

---

[16] 警隊並沒有為一般交通執法定下數字目標，只是前線警官或有存在以數字為本衡量工作表現的心態。

慣例大不相同，甚至沒有預先向警區諮詢；況且，要我離開當時的崗位也非我所願。一兩天後，沙田警區指揮官（一位英籍總警司）在一個場合對我說，他為了我那突如其來的任命曾特意求見了總區指揮官（助理處長階級），要求收回成命。據他說，他從來沒有為任何人向總區指揮官提出過這樣的請求。原來總區指揮官也有他的苦衷，只兩三句說話，我的警區指揮官全然拜服，不再爭取了。

事情原來是這樣的！每年警隊都會舉行不同階級的晉升遴選。各總區內部先經過一番提名程序，然後推薦考員到總部層面再被甄選。為此，總部須從各警區抽調警官，組成遴選委員會以評審考員。1997 年的警長遴選程序中，由於考員眾多，共設立了四個遴選委員會。據傳媒報道，在遴選委員會工作的初期，廉政公署接到了貪污投訴。在蒐集一定資料後，廉署對委員會面試的過程進行了秘密監視，之後拘捕了幾名涉案警官 [17]。

當時那些警官正被停職調查，雖然貪污罪名只涉及部分考員，但遴選過程已然蒙污，已經考核的成績也失去了公信力。警務處處長毅然決定把遴選成績全面作廢，下令重組遴選委員會，晉升評審重頭再做。副處長親自向各總區指揮官通上電話，責承他們親自挑選誠信「絕對可靠」的下屬，急速上任，在警隊信用岌岌可危之秋，不得有誤。

在這樣的背景下，我的警區指揮官決不能異議。當然，我知道後深感榮幸，莫說只是擔任遴選委員，就是任務再艱難十倍，也不想推辭了。可是我還是覺得奇怪！我是頭一回和這位總警司共事，基於階級差距不小，平素也很少接觸，總區指揮官更只見過一面。他們怎會對我如此信任，如此委

17 最終，被調查的警官有定罪入獄的，也有被勒令退休的。

以重託呢？究竟甚麼人在背後說了我的「好」話？時至今日，這還是一宗美麗的懸案。

重組的四個委員會共有 12 名委員，其中有四位基督徒，包括我在第 13 篇提及的模範警官馮 sir 和我，還有一位不久後提早退休當傳道人的弟兄。

「感謝神藉著我們在各處顯揚那因認識基督而有的馨香之氣。」（〈哥林多後書〉2:14）

26 升級文化與人群管理

　　1997 年 12 月，我走馬上任重組後的警長晉升遴選委員會。四個委員會都各由一位警司當主席，並有兩位總督察任委員。基於一個非比尋常的背景，所有委員一方面懷著重建警隊誠信的重大使命，另一方面預期一言一行必然備受監視，因此對工作都加了十二分的謹慎。

　　願意當差，又通過招募考核的人十居其九都是熱心、熱血、有抱負的人，很自然人人力爭上游，對升級趨之若鶩。一名荷槍實彈的執法者天天在街上應對著各類型的挑戰，這樣的人累積了閱歷和膽識，氣度形象也往往突出於親友之中。然而，若長期不獲升級機會，薪資維持在最基層，他們於親友群中就顯得格外尷尬和諷刺了。故此，一般年資越長，爭勝心就越烈，失敗對其的打擊也往往越大。

　　全警隊約有兩萬名警員。在警區內篩選後獲推薦到是次遴選委員會的剩下 1,600 人，而升級名額則只有約 300 個，這樣的競爭不可謂不激烈。我參與的那個委員會要評核 400 名考員。根據考核報告，個個都「曉飛曉昧（昧，潛水的意思）」，顯然多少有點「水分」。到了會面的答問，就看出真正具備知識見地和多類型實戰經驗的人確實很多，我心下佩服的也不少。無奈名額所限，能晉升的只有小部分考員，

我對一些未被推薦升級的人有一份虧欠，心想將來或能為這事做些甚麼。

出任晉升遴選委員期間，我在警察總部上班，曾參加了幾次以諾團契 [18] 的週會，與一些在警察總部工作的信徒們有很好的交通和分享（更多的發展見第 57 篇）。

1998 年 3 月遴選委員會的工作告一段落。我早前已獲批在夏季放大假，其間的三個月，我被編到葵涌分區警署擔任助理指揮官（行動）。與小瀝源相比，葵涌分區繁忙得多，屬下人手多近一倍，人流罪案也較多。我的指揮官警司陳 sir 非常勤力，事事上心，件件過問。或許因為我的到任是過渡性質，他有點不願放手讓我發揮。

我上任初期有一段人事插曲。一天從總區來的公文，通知我們一名特遣隊的女警華女通過了總區失蹤人口調查組的甄選，現詢問適當的調職日子。失蹤人口組是總區層面少有的軍裝單位，對軍裝人員的升遷很有利，能甄選成功是非常難得的。在我看來這是一件好事，豈知特遣隊隊長（一位士沙）煞有介事地來找我，強烈反對華女的調遷。原來華女在特遣隊已工作兩年，勤奮出色，所以肩負了幾項難度較高的工作，他認定難以找到替代人選。

雖然有些擔心士沙會向陳 sir 告狀，但我必須制止這樣的歪理。我會見了華女，確定了她想調去失蹤人口組的意願，告知她士沙對她極佳的工作評價，並為她對隊伍一直以來的貢獻致意，告訴她是時候由我們幫她一次了。至於她出缺的崗位，我任由士沙從其他小隊抽調能員接任。

4 月 5 日是清明節，傳統上前後兩週是掃墓高峰期，凡

---

[18] 「以諾團契」是由一些在警隊工作的基督徒於1980年代發起組織的非官方團體，作為彼此鼓勵的平台，至今已頗具規模。

警區內有墳場、骨灰龕的都會作出特別的人潮管理安排。這年的清明節恰巧是週日，估計人潮會較往年多。我到任不久，陳 sir 簽署了一份行動指令，為區內的荃灣華人永遠墳場作出部署。這類的預案，按理應該先由我這崗位草擬給指揮官考慮。大概因為我是新到任的，而這類行動每年清明和重陽都一般無異，每次預案基本上一模一樣，只是改一改日期而已。家父骨灰也安置在這個墳場，對地形我算是熟悉。讀完預案後我有點異樣感覺，預案內的指示頗為粗疏，我還是親身到現場考察了一下。

荃灣華人永遠墳場位處一個山頭，入口是一條很斜的馬路，斜路下方的入口連接著一條頗為寬闊，但平素不算繁忙的雙程大路。蘭桂坊慘劇仍歷歷在目（見第 14 篇），我一看到這條斜路便馬上神經緊張了。

為了方便掃墓人士步行進出，在掃墓特別安排期間斜路將暫時封閉，除了緊急車輛和靈車外，其他車輛不許駛入。預案設定斜路左邊的上行車道為人流進入墳場之用，右邊的下行車道則為人流離開墳場之用。這個安排合理，可是風險警示不足，彷彿沒有意識到人流下行的危險性。

在警力分佈方面，類似的預案一般都聚焦管制到達的人流和車輛上，我倒有不同的想法。我認為離場的人流管理比入場管理重要，離場的人流管理得宜，墳場內的可容空間自然就多了，這樣可更為保障入場人流的安全性和順暢度。因此，應該將更多的警力和指揮關注放在離場的管制上。

為了分隔入場與離場的人流，在大馬路上的公共交通「落車站」必須安排在距離斜路入口的一小段路程處，好為斜路入口騰出少許緩衝地帶。當時斜路與大馬路交匯口偏右恰巧有道路工程進行，進度顯示清明節前是無法完成的，那麼該處預案中所定的「上車站」根本不能操作，這反映出草

擬預案時又出現了「可恨的因循」。我推算，若借助道路工程，把上車站改在右邊較遠一點位置，大概離斜路出口 100米，便可營造一段較長的緩衝地帶。這樣，等車乘客就不會堵塞從斜路下行的人流，避免了人流擁擠導致的安全風險。

我細心謙虛地向陳 sir 反映了我大致的觀察，他雖然頗為自負，但也為自己的失策表示歉意。我草擬了一個修訂預案，把較妥善的人潮管理概念和措施加進去，很快他簽署了替代方案，並由我任行動指揮，統籌執行的細節。與此同時，陳 sir 又批准我在週日的人群管理行動早上告假三小時，故此我無須缺席主日聖餐聚會。

往後兩個月，雖然陳 sir 仍如常的過問許多細節，但也顯示出對我的相當信任；他還告訴我會爭取我在放假後仍能回到同一崗位上。其實，我也為假期後的崗位掛慮。有兩個崗位是我相當抗拒的，一個是要在交際上八面玲瓏的警民關係主任，另外一個就是在黃賭毒非常嚴重的荃灣區出任行動主任。我真的希望能回到現在這個崗位。結果呢？主的道路高過我的道路（〈以賽亞書〉55:9）。

27 色情光碟老鼠拉龜

1998 年夏季，一家四口窮遊歐洲，又闖了兩個月。我們仔細籌劃行程，確保每個週日都能上教會記念主；其間我還有兩三次被邀請講道。從夢幻回歸，最不想發生的事情始終發生了 —— 出任荃灣警區行動主任。

在這個崗位上我面對排山倒海的難題，事事戰戰兢兢，工作壓力算是我警務生涯中最大最重。無論怎樣，我都無法想像自己是一塊可勝任的材料。感謝主給我約書亞的應許 [19]。

大多數的警區都設有行動主任，由總督察出任，職責可歸納為三大類。第一，擔任警區指揮官（總警司）的行動助手，為各方面大小的行動範疇制定對策，並協調內外資源執行；第二，管理警區內的交通政策與執法；第三，負責除邪工作，這泛指黃、賭、毒等類的執法行動。荃灣警區行動主任這崗位的可怕之處就在於黃賭毒問題，它的深廣程度直追油尖旺。又因社區的居住人口多，荃灣社區對警方的執法期望相當高。

---

[19] 約書亞蒙召繼承摩西帶領以色列人進入迦南地。神勸勉他剛強壯膽，不要懼怕，並應許與他同在。（〈約書亞記〉1:1-6）

我屬下的除邪隊按編制只有兩隊，各由一名督察或高級督察主管，每隊還有一名沙展和五名警員。在我到任之前，除邪隊在編制以外多加了一隊人手針對色情光碟泛濫的情況。我上任不足一個月，一組新加坡內政部官員到訪，想了解香港警隊應對色情光碟的執法工作，他們被安排到荃灣警區來交流，可見這個問題以荃灣警區為香港之最。

在 1996 年前後開始，一些有背景的集團在荃灣地鐵站附近的兩個商場內租用舖位售賣色情光碟。到情況受到警方注意的時候，問題已非常嚴重，當中涉及超過 30 間店舖。社區人士以至滅罪委員會都很關注，敦促警方嚴厲執法，警區為此增加了一隊人手專責針對這個問題。在各方面的資源配合下，經過兩年的執法行動，除邪隊終於將售賣色情光碟的店舖數目減至 20 間。店舖少了，區內外的顧客卻有增無減，利潤自然更是可觀。犯罪集團想盡辦法與警方進行拉鋸，竟然鬥出了一個旗鼓相當。荃灣警區漸漸感到「老鼠拉龜」，似乎這問題就此扎根荃灣。這就是我上任時的形勢。

有些數字令我費解。在我到任前的 7、8 月份，按月作出的拘捕只有 13 及 16 宗。20 間店舖明買明賣，每店舖平均每月被檢控少於一次，罰款幾百，就是請個「道友」做替死鬼 [20]，多揹一項案底也不嫌多！犯罪集團的營運成本很低，這也說明了為甚麼他們與警方對峙絲毫不落下風。

為甚麼拘捕宗數那麼少？有幾個答案（藉口）：犯罪集團有人把風，警察未到就已經關了門；每次拘捕後處理證物需時；高層不願發放超時津貼，只以休假作補償，因而減少了工作日子；執法不能集中於某些店舖，避免招來偏袒、貪

---

[20] 在色情架步、賭檔和煙格等類的經營場地，犯罪集團多會聘請一些癮君子，在警方掃蕩的時候自稱負責人頂罪，好讓真正的經營者脫身。

污指控等等。之前，曾有集團把幾千元存入除邪隊隊長戶口後向廉政公署匿名舉報，聲稱隊長因貪污而執法偏頗。看來執法上要有顯著進展，還是要從內部開始！

我的頂頭上司是警區副指揮官，是一位英籍高級警司，專業能幹，沒有廢話。我向他請示，原來他監察很嚴謹，許多以前的超時津貼申請不獲批准是因為行政疏漏。他澄清了沒有不願發放津貼的意思，只求不被濫用。副指揮官原則上也同意增加一名隊員以應付處理證物的「瓶頸」。最關鍵的是他批准了我的一個創新選擇性執法策略。

沿用的執法方式是平均地搜查各間店舖。手法看似公平，卻沒有針對性，只不過平均地增加了每一間店舖一點點成本而已，難怪成效不彰。我改變了執法方向，把不同店舖編定執法優次。首先，執法行動集中於新開的店舖，直至不再營業，那麼就可把店舖數目封頂。其次，針對開設最多店舖的集團，直至規模縮減，做不了行頭一哥。再其次，重創情報顯示經營上有財政困難的，讓其提早關門大吉。最後才輪到其他店舖。我著除邪隊員把這個新政策廣傳開去，不怕他們「知己知彼」。一個月後，新策略在增多的執法行動配合下，兩個一向經營四間和六間店舖的集團縮減規模至三間店舖。形勢立竿見影，警方與色情光碟集團之間的對壘大有此長彼消之勢。

增加人手是個佳話！由於荃灣警區轄下兩個分區的警務都非常繁重，哪怕我只是在他們幾百人中要求一個，他們都說「無能為力」。我初來甫到，也得謹慎人事，於是只要求了一個健康欠佳的人員。由於前線大多輪班工作，對安置健康欠佳人員都很頭痛，因此這個要求得到了正面回應。一位與我投契的分區總督察推薦了這位年青女警 Macy，介紹説她的病情有點反覆，卻非常殷勤工作。事實上，Macy 比別

人舉薦所描述的更要忠誠勤奮，漸漸成為我在這崗位兩年來最得力的助手。她從我身上分受了福音的好處，也勇於為敬虔度日付出代價。

Macy 一人可做兩個人的工夫，對處理證物貢獻匪淺。不過，更見效的是我簡化了處理證物的程序。每次的拘捕都搜獲數以百計的光碟，一直以來除邪隊都要先看過所有光碟，評估可能違法的數量，才把案件控上法庭，程序費時失事；被捕人士往往認罪，尋求輕判。有見及此，我指示下屬只看三五隻光碟，憑基本證據，就可告上法庭。若不認罪，除邪隊再全套處理。

果然新程序釋放了許多執法時間，超時津貼又到位，加上有能幹的隊長上任，掃蕩色情光碟店舖的工作變得越來越凌厲，其中一個月作出多達 51 次拘捕。在檢控書上我規定要加上一句：「售賣色情光碟情況非常泛濫。」法庭每天都要處理好幾宗這類案件，也討厭極了，於是判案越來越重，罰款 5,000 港元，甚至 8,000 港元，再犯者還押，定罪者入獄。犯罪集團因損失慘重，有的不給「替死鬼」付罰款及安家費，漸漸願做「替死鬼」的人也少了。

雖然與犯罪集團周旋曲折甚多，形勢有起有伏，但總算走對了方向，六個月後色情光碟店舖只剩下少於 10 間。不用多說，滅罪委員會讚譽四起！我的警區指揮官何 sir 已對我另眼相看。我自有當讚美的對象。

再過六個月，除了零星隱秘的個案外，問題算是根治了。

28 除污去垢重整情報網

在與售賣色情光碟集團鬥智鬥力的同時，其他的除邪工作並沒有停下來。政府視禁毒工作為重中之重，成立了高級別的禁毒委員會，推動全港禁毒工作；海關肩負打擊非法毒品出入口罪行重責；警隊亦設有毒品調查科，由總警司指揮，並以針對毒品活動為前線單位主要工作之一。

荃灣區毒品問題非常嚴重，執法極為艱巨，執法難度在打擊售賣色情光碟的十倍之上。衛生署在荃灣區登記了約1,100名道友，可想而知，連同沒有登記的道友，每天在荃灣區出沒的潛在毒品買家有多少，拆家又有多少，民生受影響的程度又有多深！可惜，問題已是根深蒂固，連社區人士都好像接受了這個「現實」，對警方執法成效也不寄予厚望。

與毒品有關的案件有分不同程度的。最普通的一種是道友藏有少量毒品作吸食之用，法庭通常罰款了事，然後送進戒毒中心。有買自然就有賣，較嚴重的是少量販賣，通常會判處短期入獄。至於大量藏有，如涉及運毒，則須入獄以年計。其他如製毒、包裝、分銷或經營煙格，全是重案，有可能被判入獄超過十年。

我仔細地觀察了大約三個月。與毒品有關的拘捕，我的兩個除邪隊平均每隊每月只有三四宗，多數與運毒有關，而

數量並不多。我對這樣的表現固然不滿意。許多擔任行動主任的只會一味給下屬壓力（俗稱「追 case」），我卻想抽絲剝繭地為除邪隊做一次「身體檢查」。

第一，焦點誤投。運毒的人行蹤飄忽又跨區，在資源的局限下，我們的執法成效只會事倍功半。就算成功破獲了一宗運毒案件，販毒集團可以輕易聘用另一個人運送另一批毒品，對前線的毒品買賣影響近乎零。我認為警區層面的緝毒工作，應該捨難取易，以先打擊淺層的販毒活動，減少對區內民生的影響為主要目標。因此，我主張針對街頭上毒品的明買明賣。

區內有上千個道友在活動，除邪隊沒有找不到這類案件的藉口；當然，要人贓並獲也非易事。販毒集團的客仔多，願意做街頭拆家「開飯」的也不少。一次拘捕對大局沒有影響，幾次拘捕影響也輕微，要是每月十個以上呢？還有，如果特別針對曾被拘捕，正在保釋期間的拆家呢？這些人若再被拘捕，送上法庭，因有兩案在身，法庭會將之還押候審。不錯，販毒集團很容易找到替代的街頭拆家，不過「生手」更易出錯。我的除邪隊依樣畫葫蘆，勤力出擊，街頭拆家逐漸買少見少。販毒集團又要出糧，又要付安家費，沒多久街頭拆家越來越難找，毒品活動也越趨隱密。這麼一來，警方漸漸佔了上風，毒品活動對社區民生的影響亦稍有改善。

第二，對前線工作監督不足。雖說每個除邪隊都有一名督察帶領，但是督察肩擔的文件工作非常繁複。現實中，他們只有約 20% 時間能在前線領軍。員佐級隊員有他們的一套文化，任由他們發揮則成效有限，甚至危機處處。

觀乎督察的文件工作，有整理案件證據的，有送律政司諮詢的，有上法庭作檢控的。此外，還有一種是與書面情報有關的匯報，不能不說其中有極多人力浪費。

涉及黃賭毒的書面情報多如牛毛，有來自內部警察不同單位的，也有外來的匿名投訴。十之八九都是「垃圾」情報，可能是資料太少而無法有意義地跟進的，亦可能是虛假的，成因不便在此詳論。只是，沒有人敢在初期判定情報無用，我也不敢。於是，一則情報，一個檔案；而督察要就每個檔案每月匯報一兩次，大都是「偵查後無發現，會再密切留意」等例牌。他們寫得煩，我也看得厭。接下來我還要就著每個檔案向上司定期匯報。面對這麼一大堆的垃圾檔案，我的肝火隨之上升！

主又給了我一個靈感，自創一套「環保」方法。我建議原則上為價值高的情報保留獨立檔案，雖然這類的情報近乎零。其他情報按黃、賭、毒分類。「黃」再分類為色情場所、街頭賣淫和售賣色情光碟；「賭」再分類為非法賭場和收受非法投注；「毒」再分類為荃灣分區和梨木樹分區。幾十個情報歸納到這些大的分類檔案，然後每個分類檔案編製一個情報清單，每次按分類檔案綜合檢視和匯報，報告更全面到位，又省下不少文件工作。上司欣然接納。於是，督察隊長及他們的隊員大大減少了人力和時間上的浪費，更能投入前線行動，提升執法成效。

第三就是問題線人。起先，除邪隊的拘捕個案多源自個別隊員的「線人」。當我詢問線人背景和提供情報的動機時，回答的人往往顧左右而言他。隊員沒有申領線人費，我更如墮五里霧中。當中有兩個可能，一是申領程序繁複，他們情願自掏腰包；二是線人志不在金錢。前者不理想，必須補救；後者則黑影幢幢，陷阱處處，不是為錢又是為了甚麼？越想多了解，他們越是躲躲閃閃。在巨大的工作壓力下，魄力幾近耗盡，我也曾想過裝糊塗地從這條正邪之間的鋼線路走下去，然而，「光明和黑暗有甚麼相通呢？」

（〈哥林多後書〉6:14）求主給我開一條光明路，哪怕是一條窄路。

關於線人的處理，我的經驗是「零」。於是，我找上了一位學堂同期，就是那位第一次測驗最低分，卻晉升最快的兄弟。他當時已是一位 CID 警司，也信了耶穌，對我毫無架子，知無不言，言無不盡。依他的建議，我找來一份有如論文般厚的機密文件，咬緊牙關把它啃下了。

經三番五次的訓示和鼓勵，除邪隊中幾位較單純的隊員跨出一步，申請登記幾個「睇錢份上」的道友任線人，並申領數百元的線人費，以獲取有關街頭拆家的情報。登記線人的敏感程序需要警區指揮官親自處理，可想而知整個過程都備受嚴謹監察。看來，我一向的信用發揮了作用，事情比想像中順利。由少數登記開始，落網的街頭拆家多了，從他們又挖出更高層次的情報。如此這般，除邪隊漸漸構築了一個小型「情報網」，藉此屢破嚴重販毒案件，包括在村屋和酒店房間操作毒品包裝中心、經營煙格等等。

雖然毒品活動禁之不絕，但販毒集團也明顯退避三舍。這樣的禁毒工作才算得上有點意思。更使我欣慰的是我能在光明的制度下操作。磊落坦蕩，無限感恩！

在我兩年的任期內，經我登記的線人共有 30 名。在指揮官樂見的情況下，「線人費」曾把他夾萬中的儲備掏空，這是誰也沒法預先想像的，包括我。

29 自甘墮落還是逼良為娼

在除邪的工作中，掃黃是我感到最困抑的工作。一些可以自主的女性甘於墮落，以出賣色相為生，一點尊嚴都不留給自己。香港的經濟發展穩健，基層的失業率又低，政府也提供安全網，何苦淪為妓女呢？

我旗下的一隊除邪隊在主打禁毒之外，還要兼顧掃黃工作。大概哪幾天在禁毒方面沒有甚麼進展，隊長就會派出幾名男隊員「行街」，遇到街頭妓女露骨的兜搭，就以「在公眾地方誘使他人作不道德目的」罪名作出拘捕，算是有些成績。幾次行動後，我察覺到街頭賣淫活動在區內越來越猖獗，估計常有二十多名妓女在荃灣街頭搵食，30 至 50 歲間，大都是來自福建省，以旅遊或探親為名來港的女子。嫖客在區內活躍地找尋對象，協議好價錢就往附近的公寓交易。其間常有良家婦女被嫖客問價騷擾。調查顯示妓女都是出於自願，並沒有集團在背後操控。

我想起前幾年在深水埗區也出現過嚴重的街頭妓女問題。時任深水埗警區行動主任的一位師姐（退休前官至副處長），借用傳媒的報道，配合連串的拘捕行動，很成功地壓下了那個勢頭。我又想起前幾年的一個法改運動，大大提升了社會對兒童遭受性侵犯的關注，修訂法例和法庭程序，改

善資源調查，並構築跨部門合作。之後，越來越多這類的案件浮出水面，也得以公正處理；犯人能被繩之於法，受影響的兒童能得到更適切的照顧。這個運動的成功源自一位英籍警司的視野和決心。眼見無法在官僚體制內推動改革，她低調地借助了輿論。

輿論是一把兩刃劍。明知山有虎，在上司的允許下，我計劃舉行記者招待會。在此之前，為了顯示問題的嚴重性，我們組織了幾位女警以平常女性打扮（有點難為了她們）在荃灣舊區「行街」，結果有五個嫖客向女警們「問價」，嫖客同被以「在公眾地方誘使他人作不道德目的」拘捕。其中一名女警向嫖客表露身份的時候，我正在附近，目睹那嫖客當場跪地求饒。早知今日，又何必當初呢！

記者會頗為成功，有十多間報社採訪。應我的邀請，荃灣區滅罪委員會主席也親臨支持。會中我先講述荃灣區街頭賣淫的趨勢，然後由除邪隊隊長交待執法成效；我更高調地預告會針對安排妓女持雙程證來港的旅行社作出調查，並會透過國際刑警香港聯絡處要求福建當局協助。

其實我預視調查不會有甚麼結果。不過可以想像，輿論一經發酵，內地在港機構注意後，會輾轉向福建政府及相關的旅遊單位問責，打擊這類安排。同時亦可以預期，已經來港的妓女會轉趨低調，到荃灣區尋花問柳的嫖客也會減少。荃灣區果然平靜了很長一段日子。更妙的是，輿論報道引起立法會議員的關注，以此質問保安局，一番漣漪效應，其他警區也增加了類似的執法行動。

警區情報組每月給我一份報告，提供區內一樓一鳳的資料。維持了好幾個月，情況大致沒有變動，都顯示著十位鳳姐的資料。除非涉及操控，一名鳳姐在一個單位內經營是沒有觸犯法例的。只是，社區對一樓一鳳非常抗拒。有些鳳姐

把大廈的保安密碼直接在報章公開，更有嫖客找錯地址，給良民家庭帶來不少騷擾。一樓一鳳除了引來狂蜂浪蝶，威脅治安外，恐怕也會對附近的男性居民造成不良風氣。

荃灣分區的助理指揮官（行動）是位資深的總督察。一天他煞有介事的找上我，告訴我區內一樓一鳳的實數在 20 間以上，他的屬下從一份報章的廣告中節錄了這些資料，並實地走訪證實了。我深知情報組的質素，雖然不感出奇，但對實數還是有點震驚。

在抗議情報組粗疏的同時，我們還得共同努力避免情況惡化下去。由於法例上的直接工具不多，我們只好逐一巡查鳳姐住所，查證是否有人在背後操控，並在附近進行防罪工作，增加截停搜查可疑人士，避免有賊人以「嫖客」身份在附近犯案。如此一來，除邪隊和分區的特遣組彼此分工，這處巡查半小時，那裏防罪一句鐘，勤勤懇懇的行動減低了鳳姐和嫖客對民生的影響。生意稍減，有些鳳姐索性搬往別區。如此苦苦操作了幾個月，鳳姐數目漸次減至只有六名。滿以為再努力下去，有望能在荃灣區把這個問題清零，我實在是太天真了！再下一個月數目反彈，又努力把數字壓回六個，之後又強力反彈。何解？

我們找上了新來的鳳姐們，直接了當的探討她們搬進荃灣的原因。原來如此！鳳姐們為了讓嫖客得到她們的資訊，都會在某報紙賣廣告，這點我們早就知道。所不知道的是，她們會統計不同地區的鳳姐數字，到自己生意不濟，或在原區遇上麻煩時，會評估各區的「潛力」而考慮將鳳樓搬遷。當他們見到人流多如荃灣的地區，而鳳姐只有寥寥幾個，自然感到吸引。真是茅塞頓開，不禁慨嘆現實，鳳姐們自甘墮落，不會因警察的行動改過自新。無奈！我把鳳樓目標定在十個以下，把省下的人力投入其他除邪工作上。

耶穌說:「光來到世間,世人因自己的行為是惡的,不愛光倒愛黑暗。」(〈約翰福音〉3:19)

任內有兩宗掃黃案件最使我難受。受惠於禁毒工作所建立的線人網,順藤摸瓜,除邪隊先後搗破了兩個色情架步。架步裏的妓女們都是 20 歲上下,由內地偷渡來港的。這些女子都是原籍偏遠地區的純真姑娘,本意是偷渡來港做黑工,賺錢養活鄉間家人,卻在受騙來港後被強迫接客。我們登門破案的時候,看見姑娘們神情委屈,含淚沮喪的樣子,實在為她們心痛。雖說是「獲救」,她們仍要為非法入境而面對刑責。

架步的主持都是低層次的從犯,根本不是主謀。我屬下的除邪隊隊長並不甘心就此結案,他和我一般心志,除惡務盡。我簽了一紙公文要求懲教署准許警方會見正在羈押的姑娘們。除邪隊得到更實在的證供後,通緝主謀,並成功在邊境口岸將主謀截獲,能將犯人繩之於法是多麼的大快人心!只可惜隊長因程序出錯,在破案之餘也招致紀律處分。我與上司都無能為力,對他不無虧欠!

30 的士高和K仔狂潮

　　的士高（Disco）是 1990 年代中期新興的娛樂場所。踏入一間典型的 Disco，立時會聽到超頻音樂，並感受到地面隨著聲波震動。大舞池內閃著超光彩燈，舞池外則漆黑一片；男男女女擠在舞池狂熱舞蹈，卻沒有舞姿可言。表面上，看似正經生意；事實上，集團背後往往另有計算，包括容許毒品在場內銷貨，甚或為黑社會招攬無知少年。

　　我到任的時候，荃灣已經有一家領了酒牌的 Disco 在區內某座商業大廈 16 樓經營，生意非常好，特別是週末，越夜越熱鬧。治安和執法基本上由警區 CID 警司監督下的反黑組主導。由於位處大廈 16 樓，樓下又佈滿了 Disco 的把風，負責人可在警方抵達前做好準備，暫停不法活動，並疏散未成年男女。

　　我上任不久，另一個集團於一個改裝自戲院的場地新開了一家 Disco，以各樣的優惠招徠，吸引不少區內外人士光顧，週末多達 700 人。由於背景複雜，間中有刑事毀壞、傷人、打架毆鬥等發生，警區指揮官何 sir 對於這個發展深感憂慮。可是，法例上給予警方的工具近乎零。反黑組經常以查牌為由巡查，藉此施壓，希望集團知難而退。其實他們還未領有酒牌，又有甚麼牌可以查呢？反黑組連法庭搜令都

不願申請，執法意志如何，可想而知。無論反黑組有多威猛，巡查也不過半小時；問候幾句，又沒有甚麼可以坐實，也得收隊，於是舞照跳。這樣的拉鋸非常典型，反對簽發酒牌只是例行公事，可以預期酒牌還是會簽發的。

1999 年 3、4 月間，我上任剛過半年，對付色情光碟的行動如火如荼，禁毒工作的方針和情報也在修正初期，裏外鬥爭都非常費勁，加上街頭妓女和無數的其他責任，我的工作壓力瀕臨爆煲。身體日見浮腫，面色暗啞，脾氣也有點急躁，內心常勸自己平靜下來。然而，每想到正弱邪強，許多年青人徘徊道德邊緣，冷眼旁觀的我良心不安，想作出貢獻又感到心有餘而力不足！

「你求告我，我就應允你，並將你所不知道，又大又難的事指示你。」（〈耶利米書〉33:3）主給了我一些靈感。毅然向上司自薦領隊後，我作出了詳細的部署。第一擊不需要「多」，最重要是「準」；只要能坐實點甚麼，以後就可反客為主。

在一個週六晚上，我帶領一隊除邪隊，模仿反黑組的方式巡查了那兩家 Disco。我們做個模樣而已，接著夜宵去了。Disco 裏的黑勢力在我們巡查後自是更加放肆。就在這個時候，另一隊除邪隊員打扮得「鬼五馬六」，以顧客身份付費入場；在改裝自戲院的 Disco 內一邊跳舞，一邊觀察販毒活動。事後大家都說這任務又難又驚。試想隊員沒有佩槍，要是給人認了出來，輕則被揍一身，重則一刀兩洞。

不到一個小時，內應傳來了報告。我一聲令下，已安排好的警力一同起動，我們二度光臨，勒令開燈，請出負責人，我展示法庭以懷疑有毒品為由簽發的搜查令，宣佈搜查整個場地和所有人。就在我們進場的一剎那，當內應的隊員已制服了幾個目標，不讓他們有機會「卸貨」。高調坐實了

幾個販毒藏毒案，場主和有背景人士也不敢囂張。我們底氣強了些，接下來就是搜查在場的五六百人，若能搜上兩三個小時，正合心意。想不到這樣逐個搜查，還能從幾個人身上的底褲鞋襪裏搜出毒品來。回到警署已是早上6時多，跟進被拘捕人士和證物的工作由隊長們主持，我小睡了半個小時，便與妻兒會合上教會去了。

只一次小小成績，警區提振了決心，其他隊伍見我一擊即中，也躍躍欲試，可惜講時天下無敵。上司從來沒有催促我做點甚麼，現在回想，那是他們的信任。為了延續執法能量，每隔三四週我還得請纓一次。除邪隊士氣高昂，檢討行動後也提升了技巧。為了讓集團防不勝防，我們每次都變通戰術，有時扮顧客打擊販毒活動，有時針對未成年男女，帶回警署進行保護婦孺程序。有一次我們慢條斯理的進場，讓他們把毒品丟得滿場都是，然後地氈式搜出散置各處的一百多件毒品，不論是用口香糖貼在桌子椅子下面的，還是混在枱面地上的。我作出指示：一處毒品，一個案件，於是這個場所一天內有超過一百多宗毒品發現的紀錄，他們申請酒牌變得難若登天。

7月的時候，我策劃了週末再次出動。可是走漏了風聲，在前一個晚上，改裝自戲院的Disco場主已向顧客預告了「襲大幫」的行動，並吩咐不要來「散貨」。是晚我巡查了兩次，場內都只有二三十名顧客。即便這樣，我們還是搜出了兩份毒品，拘捕了一名女子。翌日場所貼了告示，宣稱裝修，暫停開放。9月底酒牌聆訊失敗，場所重開後生意一落千丈。

這些策略稍加變通，即使是那位處16樓的Disco也抵擋不住。面對凌厲的執法，顧客大減，少年顧客也絕了跡。一次週末，我領隊到16樓Disco巡查，場主見我到來非常

激動，企圖打我的時候被一位反黑組沙展攔了下來。

到 2000 年初，另一個前身亦是戲院的地方又開了更大的 Disco，週末有近千名顧客。無奈之下，我們只得再度出擊。正在拉鋸狀態之際，場主因牽涉嚴重的三合會罪名而出走，隨後被警察總部通緝，場所關門大吉。

在這些成果背後，我招來了警務生涯中的第一個警察投訴。又因為懷疑有內鬼為集團通風報信，我也向廉政公署作過舉報。其實，我不敢低估與黃賭毒周旋可能引致對人身和事業的凶險，勇氣和保護都得從主求來。

荃灣警區上下，耗費大量氣力，算是守住了門戶。然而，Disco 的風潮席捲油尖旺和灣仔，當時許多工廠大廈裏紛紛舉辦類似 Disco 的「搖頭」派對，甚至在毗鄰的深圳，「的士高」開得如雨後春筍。可憐又可惜！有時想，無論自己做得多成功，從大局看，還是沒法挽狂瀾於既倒。

在娛樂場所搜獲的毒品中，常見的有大麻、迷幻藥、搖頭丸和冰。一份我們以為是冰毒的，經化驗後證實是 Ketamine（俗稱 K 仔）—— 後來正名為氯胺酮 —— 相信是全港首宗。此後這毒品便常見於娛樂場所中。K 仔是一種麻醉藥，對人的生理和精神都起副作用。

警方有一個執法的難題，當年 K 仔在法例上被定為「第一類毒藥」，是沒有「販賣」罪名的，販賣 K 仔的人只能控以「藏有」罪名，罰款 500 港元上下了事。司法的阻嚇力近乎零，毒販更是有恃無恐。警區 CID 警司的一句說話刺激了我，於是，我據理力陳要求警察總部向禁毒委員會建議將 K 仔改列為「危險藥物」，與海洛英和冰毒等同級司法。結果禁毒委員會迅速接納實行，沒有瞻前顧後，拖泥帶水，前後不到半年時間，在官僚體系內算是一個小小的奇蹟。

31 暴風雨中眾志成城

在我的職責中有一項是與天然災害有關的。每當紅雨、黑雨、懸掛八號或以上風球時，我的角色將會是主持警區控制中心，協調行動資源，以應付各樣保護市民生命財產的工作。警區控制室就設在警區指揮官辦公室隔鄰，兩室有一道橫門相連，方便指揮官隨時介入控制室的指揮工作。實際上，常設的總區電台會照常接受 999 報案和安排總區內的外巡人員執勤，前線的行動仍由分區的指揮同事肩擔，故此，警區控制中心的功能其實有點多餘。話雖如此，我仍希望緊貼前線同事，隨時隨事做補網撿漏的工夫。

1999 年多風多雨，前所未見的有八個颱風吹襲香港，其中有五個需要懸掛八號或以上暴風信號，包括兩個颱風在香港陸上掠過。在平日，每一次「午夜凶鈴」響起，我都特別緊張，不知有甚麼麻煩需要化解。風暴卻不同，由於會有預告，心理已作好準備，況且能在直接保障市民生命財產的重要事上扮演一個角色，我還會有一點期待。半夜接過電話之後，想像著風暴時的市面情況，我駕車出門，一方面當心著疾雨和狂風，留意在路面和在烈風中橫飛的雜物；另一方面又要抓緊時間，不想延誤任何協調工作。

有兩次在風暴中值班的印象最深刻。一次是 1999 年 8

月 23 日，颱風森姆來得非常之有戲劇性。森姆於 8 月 22 日傍晚在香港西貢登陸，由於吹東北風，香港有八仙嶺和飛鵝嶺作屏障，大部分市民都不會覺得有很大影響。只是森姆帶來破紀錄的雨量，當晚一架民航客機降落時發生意外，造成 3 人死亡，200 人受傷。

事情還沒有結束。當森姆橫過香港向珠江口漸漸遠去時，整體風力減弱。天文台於凌晨 3 時許改掛了三號風球。然而，風勢漸轉西南，荃灣區沒有山嶺屏障，變得非常當風，麻煩才剛剛開始。早上 6 時許，天文台突然發出黑雨警告，我們都有點失措，幸好 22 日晚上我留在辦公室睡「睡袋」，早上未到 6 時我已能在警區控制中心主持運作。當時道路交通情況不明，指揮官何 sir 受水浸所阻未能上班，早更人手情況一時間並不確實，再加上未能與兩個分區的骨幹指揮同事聯繫上，我惟有「揸住雞毛當令箭」，下令所有夜更同事不得下班，可以小睡一會，但必須留在警署待命。

早上 9 時多，早更人手大致到齊了。由於不少緊急事故正在處理中，山泥傾瀉、路陷、塌樹、水浸等等，我打算先諮詢分區的指揮同事才決定是否釋放夜更人員下班。那時我才知道，荃灣分區的警司及行動總督察都正在深井新村山泥傾瀉現場親身指揮，不但要疏散村民，還要清點人口。另外梨木樹分區的警司也正在一個鄉村裏疏散有塌方危險的村民。我突然感到欣慰，救災當前，平素同僚之間的人事考量、城府、算計，此刻都拋到了九霄雲外，四五十歲的都在外當風受雨，以赤子之心兌現著他們入職時的誓言，的確是非常深刻的一幕。

在山泥傾瀉的現場，經一番數點，警方發現有一名獨居中年男子失蹤。該男子的小屋給山泥埋了一大半，平時他隔三岔五的往內地跑，當下說不準是被活埋了，還是身處內

地。消防人員挖掘時遇到不少困難。大概當時各處「烽煙四起」般召喚消防人員，消防隊決定先從這裏撤退。經入境處查核證實該男子沒有離境，我們再次要求消防馬上進行挖掘。直到下午 4 時左右，他的遺體終於給挖出來了！從電話中，我聽得出荃灣分區那位老練總督察的一絲沮喪。

沒過多久，另一次難忘的經驗就發生在同年 9 月 16 日。一級颱風約克同樣正面吹襲香港。由東至西，約克橫掃了香港南丫島、長洲、大嶼山等地，最終在珠海登陸。就影響香港的風力而論，它是有紀錄以來最強的，比後來 2018 年的超強颱風山竹吹襲香港時還要厲害。凌晨 3 時許，天文台懸掛了八號風球暴風信號，我帶著高昂的士氣開車回荃灣警署，透過警區控制室監察著兩個分區的行動情況。約克風勢逐漸增強，5 時許天文台改掛了九號風球。不一會，風力以破紀錄的強勢掠過香港，6 時 45 分十號風球高掛。

深夜裏兩個分區算是平靜無事。照我採用過的人力安排，所有夜更人員暫緩下班。到了 7 時許，控制室人員向荃灣分區報案室作某些詢問，三個電話竟都沒法打通。我直覺事非尋常，於是急急致電值日官及總區電台，看看葫蘆裏賣的是甚麼藥。原來，大約 7 時開始，很多人致電 999 報案，塌樹、路陷、水浸、村屋損毀、棚架倒塌、汽車被困等等的一大堆，估計是因為越來越多人睡醒，發覺了半夜沒有注意到的問題。可是，由於天氣非常惡劣，前線人員只剩下兩個分區裏各自的兩部巡邏車運作「接波」。999 台已經累積達三十多宗報案，卻苦無前線資源可以配用，只好要求報案人自行向分區警署報案。真是豈有此理，不知有多少報案人正在熱鍋之上，這般的推卸又怎能解決問題？顧不得發怒，我靜心默禱，求主助我應對。

「神是我們在患難中隨時的幫助。所以地雖改變，山雖

搖動到海心。」(〈詩篇〉46:1–2)

　　一瞬間我已有了計較。警車的數字是當下的瓶頸,或者更準確的說,警車司機的數目才是關鍵。想起我在小瀝源初任總督察的時候,在白板上不是專門標示了有俗稱「義氣牌」的人員嗎?我稍一統計,荃灣分區內可動用的大小四輪警車共有八九部,於是從運輸組找出荃灣分區的「義氣牌」名單。因為聯絡不上荃灣分區的指揮同事(必定另有急務),我致電特遣隊隊長,把「義氣牌」名單「唱」了給他,擲下一道鐵令,以 15 分鐘為限,組織六隊車隊,載滿警員到不同地點接波。特遣隊隊長是一名資深高級督察,效率比我想像的高。起初他還擔心其他單位人員不聽調動,豈知一呼百應,眾志成城,不到十分鐘已能相繼開車,向總區電台上榜特勤,接波去了。

　　與此同時,我找到梨木樹分區的行動總督察,她已經注意到只有兩部巡邏車不足以應付案件,卻苦無對策。我直截了當說:「找『義氣牌』!」她想通了一半,只是一時之間不知道誰有義氣牌。我提示她運輸組辦公室,那兒定有資料,她明白透了,說聲「唔該!」就掛線去了。

　　其間,在隔壁辦公的警區指揮官何 sir,聽到我的協調方向,從相連的橫門走了過來,半吩咐半建議的著我也用上他的專用司機。哈哈!這樣上下一心,我從靈魂笑到臉上。

32 應對千年蟲複雜簡單化

1999 年是多事之年，不但多風多雨，還要面對兩件世紀大事，一是慶祝「千禧年」，另一則是拆解「千年蟲」災難。

聖經記載的「千禧年」是預告世界末日後基督在地上掌權一千年，於其中有份的人是有福的。現在借用「千禧年」來迎接 2000 年，祝福新紀元的第三個一千年開始，卻忘掉了禧年的真正意義，可謂背本就末！當年世界普遍瀰漫著歡欣的氣氛，在香港經濟低迷期間，各項慶祝活動也頗振奮人心。除了警力緊張一點，工作上也無甚麼大礙。

「千年蟲」卻是前所未有，以後也不會再次發生的資訊科技恐慌。早期電腦為了節省存儲的硬件成本，普遍以六位數字來儲存日期，即年、月、日各兩個數位。年份以「98」代表 1998 年，「99」代表 1999 年，那麼 1999 年 12 月 31 日之後的「00」會代表甚麼？普遍的恐懼就是，如果電腦將「00」誤認為 1900 年，會成為電腦程式中的「蟲」，導致電腦不能正常運作。設想大規模電腦癱瘓，影響到銀行結算、電訊服務，進而影響交通燈信號、地鐵行駛，甚至日常供電供水等等，將會是何等的災難！

「千年蟲」商機無限，資訊科技界大肆煽風點火。公私

營機構都不敢怠慢，不得不斥巨資徹底檢視電腦系統，確保有合適的方案解除「千年蟲」危機。然而，面對這空前的問題，誰也不能也不敢擔保沒有差池。因此在預防以外，政府還得考慮為各種可能出現的亂象編製應變預案。

不過，我傾向相信這是杞人憂天。大多數可能引起的民生亂子，如供電、供水、電訊等等問題，既然不是荃灣警區獨有，就應該先由警察總部和新界南總區先設定應變框架，再由警區按實況加入具體細節。在未有這些框架下達之前，我情願按兵不動。

我真是想得太美了。9月中的一個週四，總區高級行動警司召開緊急會議，向總區內五個警區的行動主任通傳了總區指揮官的命令，要各警區編寫行動卡（action card），作為前線人員應對「千年蟲」各項治安問題的隨手指南。可是，高級行動警司沒能提供必須應對的問題清單，也說不出行動卡要用甚麼格式、該有甚麼資料，只鐵定行動卡必須於下週一總區指揮官主持的會議上，由各區的指揮官提交。提交前還要先行演習，以便報告效果。只用三幾天為這項世紀難題憑空制定全面的應變預案無疑是「不可能的任務」，與會的五區同事都表現沮喪。

心沉谷底，對於長官們把難擔的擔子放在我們身上，自己一個指頭都不動，我十分鄙視。心想，我辦不到你又能奈我何？只是，每每面對特殊的挑戰，氣餒時交託主，總會有莫名的魄力應運而生。正是：「我甚麼時候軟弱，甚麼時候就剛強了。」（〈哥林多後書〉12:10）

我得想像在「千年蟲」的影響下，市面及治安上可能會出現甚麼亂子：部分地區或全面停電、交通燈失靈、地鐵故障、防盜鐘大量誤鳴、銀行或超市受到衝擊等等；警務上又可能會出現甚麼岔子：報案系統故障、對講機傳訊受阻等

等。屆時一旦大亂，人手分配自然緊絀，甚麼都想做，到頭來卻只會甚麼都做不成。我必須先定好務實的行動優次，並將最低的人手和理想的人手區分開來。行動指示要言簡意賅，要考慮前線人員臨危的酌情能力，還得將所有指示局限於一頁紙內，方便前線人員隨身攜帶，真是談何容易！然而，這些構思也算得上有一點輪廓。

可我不能閉門造車，我緊張地通了幾個電話，把兩個分區的幾位資深前線同事請來辦公室。大家都意識到事情的重要性，拋下一切階級和崗位上的芥蒂隔膜，「腦震盪」了三個多小時。有我的輪廓在前，他們的經驗精髓在後，果然把幾篇預案用最精簡的指令勾畫了個十之六七。我把整套預案沉澱了一個晚上，經歷著主所應許出人意外的平安。

週五我整天閉關，像木頭人似的呆在辦公桌的三呎範圍內，腦袋卻像開動了渦輪增壓引擎般運轉，務必把前一天的成果梳理好，還得將未想透的關節打通。我決定用表列方式，將每項問題的行動指示濃縮到一張 A6 大小的紙上，方便前線人員攜帶。助手 Macy 以超頻的效率在文書上全力配合，還得把一切非緊急的事務攔在門外。好不容易，我把十項預案的行動卡都草擬好，送到兩個分區試行。

週一當天，我的警區副指揮官往總區開會。他帶上了三套那草擬好的行動卡，一份呈給總區指揮官，一份給高級行動警司參閱，餘下的一份給他自用。下午將近 4 時，當我正在快馬加鞭的追趕耽擱了幾天的工作，副指揮官忽然出現在我辦公室門口。他還戴著軍帽，顯示他剛從總區回來，第一時間找上門來，笑容滿面，不像來找晦氣的。他說總區指揮官非常滿意我的行動卡，其他警區不是未完成，就是交上幾個大檔案的文件，都被狠狠地批評了一番。總區指揮官下令，各單位必須以荃灣區的為範本重做。他相信很快就有人

給我打電話，索求行動卡的樣板，所以特意先來預警一聲。他還指示我為他補做一套行動卡，因為先前給他的那套在會議後不知被誰搶了去。聽得我和 Macy 目瞪口呆，總算化險為夷。

週二早上 9 時前後，休假回來的警區指揮官何 sir 來電要見我，我三步作兩步跑的，一分鐘還未到我已進入了他的辦公室。何 sir 煞有介事的繞過他龐大的辦公桌，伸出手來要跟我握手，一臉的滿意。原來總區指揮官剛跟他通了電話，為的是那套行動卡，請何 sir 作代表向我表示謝意。

此後的兩週內，四方八面都是打來索取範本的電話，我和 Macy 都有點應接不暇。原本是新界南總區內的行動決定，唱得滿城皆知，由新界、九龍、港島到總部的刑事部門等二十多個單位，我們一概來者不拒。

最終，「千年蟲」一條也沒有出現。那麼上列種種的勞苦和貢獻，是成就還是幻影？我有時想，像這樣的泡沫工程，人生可真不少。不過主還是在看顧，在加力，正如一位文員在每週一次的查經中引用過的：「因祂笑臉幫助我，我還要讚美祂。」（〈詩篇〉42:5）

33 再與賭毒決戰有盈有虧

　　至 2000 年初，我擔任荃灣區行動主任的兩年任期接近尾聲，幾方面的工作都可說超額完成，只是針對「賭博」的工作分量一直不多。

　　非法賭場比較隱蔽，受惠於建立起的情報網，任內也破獲過三四夥。原先的非法外圍投注都是牽涉賽馬的，到了 1990 年代末期，隨著電視越來越多直播歐洲的足球賽事，賭波漸漸成為外圍投注的主流。當時手提電話日漸流行，要鎖定非法外圍投注收受人的位置就更加困難，所以各層面警務單位的執法行動都近乎零。

　　在一則偶然的情報驅使下，除邪隊兩次成功拘捕了較低層次的收受外圍賭波投注人，透過他們又收穫了更多情報。由於幾個更高層的目標人物分別在不同區域操作，我決定總動員，以三組除邪隊各跟進一個目標。

　　幾週後，看來時機成熟，我們策劃在某天晚上一場英超聯大賽時三組同時出擊。由於日間的工作已經超負荷，我決定當天晚上改在家中指揮。那天晚上有點冷，我在客廳放了兩部電話，一邊靠在沙發小睡，一邊來回電話以掌握三組的進度，頗有點像曹操閉上一隻眼睛睡覺的模樣。三組觀察的目標人物情況各異。大約凌晨 4 時，球賽即將完結，雖然進

展不如想像理想，但難得各隊就位，我下令同時行動。

結果目標人物在行動中都被拘捕了，卻只有一個是證據確鑿的，另外兩個則因證據不足，經一番查問後給釋放了。事後檢討顯示我們在某階段露出了馬腳。是次行動或許有點可惜，不過在警區層面能有這樣的嘗試，算是絕無僅有的了。更想不到的是這些行動竟引起了刑事總部的關注，往後他們發動更高層次的執法行動，屢建奇功。

被拘捕的人都有會見律師的權利。與律師交鋒又是另一個壓力沉重的挑戰，我雖不想應付，但更沒有任由隊長獨自應對之理。在應對律師提出不合理要求的幾次經驗裏，我發覺只要凡事循規蹈矩，心理和思想做好準備，不亢不卑，也不致落於下風。他們常把投訴掛在嘴邊，做個樣兒給客戶看，實際上要他們多動個指頭也非易事。反之，對他們一些可能違反操守的要求，我倒曾向律師會和大律師公會作出過投訴。

回到緝毒工作上，雖說成績很好，但是正邪還在交鋒，風波險惡，並沒有只盈不虧的保證。有幾次在情報和調查的引領下，隊員發現一些跨區的販毒活動，適當的拘捕地點在荃灣警區以外，為怕錯失良機或打草驚蛇，大家都不願事先驚動當地警區，而選擇直接行動。為甚麼呢？一方面是轉介情報不免有所耽延，當區單位往往要再觀察、跟蹤和調查，方肯行動；另一方面他們要不就是太過輕率，要不就是畏首畏尾，又恐怕個別警員和問題線人的關係過於密切。

其他單位來荃灣警區抓人我是無任歡迎的，我認為「門戶之見」或程序上的官僚文化，只會給犯罪集團有機可乘。可是，倒過來其他警區對我們就未必那麼客氣，招來的埋怨和高層投訴也不少，擔心說不定甚麼時候會越過了上司的紅線。我每次都戰戰兢兢，指令涉及跨區拘捕都必須先徵得我

的批准。雖然忐忑，但倚靠主我也總算心安理得。我不能以自身功過衡量，優先考慮的應是社會利益，願將個人的事業得失交託於主。

有一次，一則發展已久的情報掌握了一名販毒集團的骨幹成員。我集合了兩隊除邪隊一同周旋。其中一隊在葵青警區突擊一個住宅單位，屋內藏有頗多海洛英和冰毒，現場有一對年青夫婦，女子有孕在身。程序上那隊隊員必須作全面搜查，那男子願意合作地把毒品交出，只是苦苦哀求搜查時不要太過混亂，免得苦了事後收拾的妻子。存著對孕婦的顧慮，隊員略作搜查之後，把男子帶回警署。豈知婦人之仁令隊員吃了一個大虧！

拘留期間男子向值日官投訴，聲稱毒品都是警察插贓，並指出還有一批被警員栽在家裏某某地方。投訴警察科沒有掉以輕心，聯同新界南總區重案組進行緊急調查，同日下午把除邪隊的辦公室搜了一遍，在我的同意下，連休班隊員的儲物櫃都被破鎖搜查。調查後他們都認定是中了賊計。後來，那毒販在高等法院罪成，判監超過十年。除邪隊的隊長和負責搜查的隊員都是非常用心的同事，卻因「疏忽」而受到嚴厲的紀律處分。這如同在我心上又扎了一刀，為我沒能保護忠誠的下屬而留下了一道傷痕。

在街頭前線那邊，正邪還在交鋒。每天上千名道友在區內起居，街頭拆家雖已變得隱密，但仍舊活躍。若要進一步打擊街頭販毒團夥，我已有江郎才盡之感。在一次閒聊中，一位沙展談及曾聽說過一個深層次臥底行動，可以作為參考，我提到苦無合適的臥底人選。這些都是聊天話，我並沒有真的放在心上。

兩個月後，那沙展鄭重的來見我，將物色已久、有臥底經驗、在另一警區工作的一位警員介紹給我。我這才認真起

來，做夢也沒有想過會策劃臥底行動。由於這類行動風險很高，我求教了那位同期出身、又是資深 CID 警司的朋友。我重組了除邪隊的成員，建構了一支可靠程度可比足金的隊伍，並從警察總部領了一個秘密行動的代號，親自預備了一份秘密檔案，全部自己編寫，不假人手，親身向警區指揮官解說和申請（大概讀者會對這類行動分外感到好奇，但因性質敏感，恕我不能多作交代）。

原先以三個月為目標，希望在我離任前能取得收成。可是整個行動難度不低，初時的進展非常緩慢。我接受現實，必須優先顧及臥底警員的安危。半年後，我已轉職到警察總部牌照課，當臥底行動轉暗為明的那一天，除邪隊總動員之外，荃灣警區還出動了所有 CID 單位以及分區的特遣隊，高調組捕三十多名毒販。除邪隊長按著約定把捷報傳來的時候，我的心好像還在與他們一起打拚。

主是信實的，祂成就了給我約書亞的應許（見第 27 篇）。

荃灣警區策動了一次成績斐然的臥底行動，實在頗為震憾，像是激起一波良性競賽。此後，不同層面的警務單位都有發動類似行動，此起彼落，對打擊犯罪集團收到深層實效。

八年後我在人事部工作的某天，一位身穿軍裝的沙展敲門而入，特來問候。他玉樹臨風，神情瀟灑，想不到就是當年的臥底。我慚愧，沒能立時把他認出來。對於這些無名英雄，我實在敬佩萬分。

34 除邪之最主恩救人

（注意：此篇涉及邪靈附體，俗稱「鬼上身」。讀者如感到不安，可考慮跳過這篇。）

　　除邪隊中有一名女警阿欣（化名），她與另一組的一名男警阿文（化名）是夫婦。阿欣多年前在接觸一些道佛儀式後被邪靈[21]附體（俗稱「鬼上身」），邪靈在某些事上使她獲利。她起先也不怎樣抗拒，日子久了，漸漸地邪靈有時捉弄她，使她發狂亂舞，要幾個大漢合力才勉強把她制伏；有時傷害她，曾在行車時打開車門要她跳出去，好不容易才給拉住。兩夫妻尋求過道佛界的高人幫助，求來符咒和神像等東西供奉。起初好像有效，可是安寧不了幾天又再發作，狂亂比之前更厲害。在一位沙展的提示下，我會見了他們。

　　那時，在這方面我沒有實戰經驗。不過，內子岱華早前曾幫助三位少女，把其附體的邪靈驅逐。其中一位信了主，加入了我們的教會；另一位過著正常人的生活；最後一位的發展則不詳。我和岱華討論了阿欣的情況，邪靈主宰身心時日既長，看來影響甚深，最有效的方法還是將福音傳給她，

---

21 根據聖經記載，跟從撒但墮落的天使，會用各種方法誤導世人，甚至附住人身。耶穌在世時，多次從人身趕出的污鬼，就是這些邪靈。

真誠信主、靠主的人才有長久勝過邪靈的把握。

一天晚上，我和岱華探訪阿文和阿欣，邀請他們打開聖經一同查考。會面起先還算順利的，他們對福音有著正面的回應。維持不了多久，阿欣開始臉部抽搐，嗓門兒變得像男性般沉厚，時而說話，時而吼叫。我們確定是邪靈附體，於是奉主耶穌的名跟她裏面的邪靈對話。邪靈一面喊說不怕我們，著我們不要攪擾他們；一面卻催促阿欣瑟縮到沙發角落，表現得非常害怕。

阿文見狀匆匆跑到廚房跪下祈禱，求耶穌憐憫。之後，他鎮靜下來，坦言完全相信我們的判斷，並建議暫時休息，改天再試，免得阿欣受到傷害。當時已接近子夜，與邪靈交鋒也不是一件安靜的事，實在不宜操之過急。我們看見阿文流露的平安和盼望，相信在這艱難的除邪鬥爭中，在主的保守下，終久必然得勝。禱告後，我們勸勉一番就告辭了。

翌日下午，各人都告了假，經沙展安排我們到訪了一個有驅鬼經驗的宣教團體。傳道人在這方面很有經驗，他還聚集了近十位正在受訓的年青門徒，顯然他們也渴望有實戰體驗。傳道人想達到的第一件事，是要分辨阿欣是真的邪靈附體，還是精神健康上的疾病。果然，唱了幾首以十字架和救贖為主題的詩歌，讀了幾段關於救贖及勝過魔鬼的聖經話語，阿欣臉現抽搐，邪靈的聲音又出來對抗。

本來安靜的場面一下子慌亂起來，因怕阿欣受到傷害，我們將櫈椅等硬物移到一旁。附在阿欣身上應該有三個邪靈，偽裝著不同的身份：一個憤怒吼叫；一個雄辯滔滔；一個撒嬌哭求。時而有人奉主名趕鬼；時而有人禱告求主憐憫；時而有人讀經；時而有人唱詩。這樣重複循環著，一直沒有得到突破。

我想當中欠了些甚麼，默禱一會後我也參與了。我對

阿欣説她必須真心相信耶穌，並自己將鬼驅逐出去。其他弟兄姊妹也贊同這個建議，不斷的催促阿欣回應。那時阿欣坐在地上掙扎著，怎樣也不能順利説話，就像被邪靈拘禁了似的。有時逼得緊了，從阿欣口裏出來的邪靈聲音含糊地唯唯諾諾，但仍沒有達到趕鬼的效果。大家都覺得邪靈已處於恐慌階段，於是不斷重複著禱告、唱詩、讀經、宣告捆綁撒但、勸阿欣相信，好像即將成功，卻又未竟全功。

靈機一觸，我問阿文他太太身上有沒有符咒等類物件。阿文從阿欣口袋裏掏出錢包檢查，竟然真有一道黃紙黑字的符咒。丟掉之後，我斗膽再嘗試，奉主耶穌基督的名捆綁邪靈，釋放阿欣回答。我問：「阿欣，我奉神的兒子主耶穌基督的名吩咐你回答，你是否願意相信主耶穌基督？」阿欣幾經掙扎，終於用她非常微弱的聲音回答願意相信。我再奉主名吩咐阿欣跟我説：「我，阿欣，相信主耶穌基督是神的兒子。」如此她用微弱的聲音，跟著説了幾句信靠耶穌的表白。她軟癱在地，抽搐和掙扎都已止住了。弟兄姊妹們接著鼓勵她重複剛才的宣告，她平靜地以越來越堅強的語調回應，看來邪靈已被驅逐了。

整個過程歷時一個半小時上下，我們把阿欣扶回椅子上，傳道人以〈約翰壹書〉4:2-3 測試她。阿欣一臉疲憊，卻把經文順利地讀了出來，沒有一絲窒礙。眾人都放下心頭大石，低頭同心禱告感謝，喜樂難以言宣。

想起剛才丟掉的符咒，我建議必須到阿文家清除一切道佛偶像等物。由於傳道人有約，他著一位資深的助手帶領。恰巧那位弟兄也有約，要晚上才有空，他勸我們先吃過飯再做不遲，阿文卻堅持必須先除偶像才去吃飯！這樣的新生命表現才算與救他們的恩典相稱。

耶穌説：「不要因鬼服了你們就歡喜，要因你們的名記

錄在天上歡喜。」(〈路加福音〉10:20)

　　是時候告別荃灣了。回顧這兩年間的波濤洶湧，危機四伏，是主拖帶著才能履險若夷，使這個虎穴之行成為平安之旅，也使祂的名照常顯大。新界南總區指揮官給我頒授了指揮官嘉許狀。那時候，指揮官嘉許狀通常只頒給偵破大案的CID人員，甚少頒授給軍裝人員的。

35 酌情審批保安人員許可證

2000 年夏季，我在離任荃灣警區休假前接到了通知，將於假期後調往支援部牌照課。原本希望在兩年後才尋求的崗位，現在來早了，當時真有點事與願違的感覺。既然對教會事奉沒有影響，與 1993 年調往 CID 和 1998 年調往荃灣當行動主任相比，我的心踏實一些。那個時候我又怎會料到，潛藏已久的一番抱負會在這裏萌芽！

在牌照課警司統率下有兩個總督察崗位。另一位總督察統籌酒牌和按摩院牌照的評審事宜，並監察警隊處理公眾遊行示威的政策和趨勢；我則主管槍械彈藥牌照和保安人員許可證的政策及審批事宜。我初來甫到，本以為新崗位的重要性會側重於槍牌的，事實卻剛好相反，80% 的精神時間都放在保安人員許可證的工作上。

《保安及護衛業條例》在 1995 年通過，詳細修訂了原來鬆散的保安業規管政策，以期提升有關專業，促進香港成為一個世界上最安全的城市。按照條例的設計，政府成立了「保安及護衛業管理委員會」，並賦予其權力審批保安公司牌照的申請。為此警務處的防止罪案課開設了一個單位，專門協助委員會處理保安公司的牌照申請。與此同時，條例也賦予警務處處長簽發保安人員許可證的權力，而我在牌照課

的崗位就是處長的執行代表。

按條例規定，從事保安工作的人必須先獲簽發保安人員許可證。事關從業員的生計，我審批的速度分外重要；對我來說，服務社會是推動力多於壓力，盡可能我都不會積壓工作。儘管如此，審批是有原則的，旨在將品格有問題的人過濾出去。

怎樣才算是品格有問題呢？內部定下了一些準則。只不過數以萬計的申請裏存在著很多的可能情況，內部準則是難以既具體又直接地應用於所有個案的，必須有酌情空間，由負責任的人作明智的決定。舉例說，一個曾持械行劫的人，雖事隔廿年，我還是不會批准他的申請的；或說對於一個四五年前被丈夫遺棄的女子，因孩子缺食偷過麵包的，我會酌情處理。

到任不久，我就發覺上一任的總督察所採用的酌情權非常寬鬆，拒批的個案甚少。種種跡象顯示，那不是基於價值觀不同，而是他避免應付上訴個案帶來的額外工作量。結果，有干犯過非禮罪的，有數以十計藏毒罪名的，就連犯多項偷搶罪的也獲批准，實在令我心寒。

基本上我認為應該審批從嚴，特別對於曾經干犯過偷搶騙、性侵犯或是黑社會案件的人。市民大眾不會知道負責他們物業和人身安全的保安人員是甚麼背景的，我的簽名將會是他們信任的基礎，我怎能不慎重呢？每天有上百份的申請須由我審批，經我批准的會簽發為期五年的許可證，那些考慮不批准的則有另一番跟進工夫。

要是對某宗申請有所保留，我需要先發信給予申請人一個申辯的機會；在充分考慮他的回覆後，我才會正式決定是否批准。在拒絕申請的同時，警方須通知他有上訴的機制，這就是我們的「文明」。由於上訴是免費的，上訴個案隨著

我的拒批宗數增加而同步上升。我必須為每宗上訴個案尋求律政司協助辯護，隨之而來是大量的文件工作和報告撰寫，還要出席由前法官主持的聆訊，總計的壓力甚大。倘若從嚴審批，增加的上訴個案必會帶來龐大的工作量；敗訴了還可能招致上司的問責。在許多次的掙扎中，我都選擇了難行的路，為的是希望良心對得住神，也希望對得住世人。

由於工作量大增，我對支援我的文職人員也有些歉意，想不到他們卻表現積極，對我的審批尺度有「舉腳」支持般的態度。此外，每宗上訴個案都要尋求律政司協助辯護，對於造成他們的人手壓力和增加其外判案件的支出，他們竟然沒有對我的拒批原則持保留意見。另一邊廂，按一般的公務員文化來說，行政上訴委員會的秘書處應該會因為大量增加的上訴個案，在明裏暗裏均有表示；可是他們對我的友善尊重程度超乎想像，看來我並非孤芳自賞，無的放矢。說到底，保安人員的質素牽涉廣大民生利益，我怎可猶豫呢！結果，我拒批的個案是往年的十倍以上，一年裏的上訴案件與過去五年的總和看齊。

上任不久，另一位牌照課總督察任滿離職，崗位由另一位三粒花接任。Cecilia 是一位超能幹的師姐，正派、敢言、對工作熱心熱血。她以 10 年年資晉升總督察（我用上12 年），在那個對外籍同事嚴重傾斜，還有點重男輕女的年代，確是耀眼的成績。後來 Cecilia 當了總督察九年還未能晉升警司，那與她的工作態度和能力大不相稱，實在令我感到意外。信仰上，正如她自己形容過的，她是一位「神婆」，即是精通種種迷信道佛鬼神之事。

Cecilia 到任前，我在投訴警察科結識的主內姊妹仙姐（見第 13 篇）給我打了通電話。又是無巧不成話，就是仙姐剛剛接任了 Cecilia 在人事部紀律課的前一個崗位，交接期

間仙姐向她傳了福音。雖然未有成果，但總算打開了話題，仙姐希望我能跟進這件靈魂工作。可是，Cecilia 的寫字樓在我的樓上，我和她的政策工作互不牽涉，各忙各的，因此很少見面談話。公事都沒多少接觸，信仰話題更不知從何說起，加上我的交際技巧近乎零，如何跟進這件靈魂事工呢？

　　「恩典和真理，都是由耶穌基督來的。」（〈約翰福音〉1:17）求主親自成全！

36 事奉和保安業的突破

關於傳福音給 Cecilia 的想法，仙姐建議我們三人一起吃午飯，並在用飯期間探討信仰問題。這是一個不錯的破冰安排，Cecilia 非常豪爽，即使是我這不擅交際的人也感到她是一個很容易交上的朋友。可是，希望藉著一次的午飯談話把福音傳到她心裏去是不切實際的。即便多幾次這樣的機會，在緊張的午飯時間，擠迫的餐館，喧嚷的環境，顧著點菜和寒喧，又得吃飯和結賬，如何能靜心消化靈魂的信息？我思前想後，給了仙姐一點想法，我們也各自禱告，為這個共同關心的靈魂仰望主。

她倆接受了我的建議，每週一次於午飯時間或下班後一起在辦公室查考聖經。這樣簡單的三人查經組，在主奇妙的帶領下經年的持續著，漸漸成為了一個傳福音和堅定信徒的小平台。

一位優秀的警官，在世人看來擁有過人的條件，又資深於各樣迷信的「學問」，卻打從開始就以敬畏的心對待聖經話語。Cecilia 有許多發問，總是帶著誠懇和謙卑的態度。我想到主的話：「清心的人有福了，因為他們必得見神。」（〈馬太福音〉5:8）

不久，Cecilia 要參加晉升遴選面試（之前已失敗了好

幾次）。她說自己非常緊張，面試前禱告交託了主，就感到十二分的平安和輕省。她自發找上了一所距家不遠的教會，並積極參加聚會查經，很快就受洗歸主，貫徹始終、熱切地跟隨耶穌。

我也有幸被選上了參加同一屆晉升遴選，在約 500 名總督察中，有 72 名被甄別進入面試。我因在總督察中年資最淺，按報告的評分排在 72 人的榜末。我沒有奢望，因升級的名額只有二十位上下，能被選中「陪跑」已感難得。想不到在沒有壓力之下，我在面試中竟然有超水準表現，委員會的主席陳 sir 非常欣賞我平實而破格的回答。單就面試表現而言，我算名列前茅，只是綜合我的考核年資還未及晉升門檻。可喜的是，Cecilia 過了關，晉升警司後調任到另一個崗位。她把福音帶過去，我們的查經小組又添了新對象。

在保安人員許可證的新申請上，我所堅持的審批從嚴立場已算是上了軌道。可是，數以萬計在職保安員的品格又怎樣監察呢？想到對社會的影響，我還須另闢戰線。

按照法例，凡干犯暴力及性侵犯罪行而被判入獄的，以及牽涉黑社會、偷竊或行騙等罪行的保安人員，警務處處長有當然權力將他的許可證吊銷，且不設上訴機制。那麼我面對以下兩個問題。

第一，我怎會知道哪個保安人員被法庭定過罪呢？我到任的時候，資訊服務部已著手建設介面，把相關的系統連上，每天自動配對一次，把新定罪的保安人員查找出來。有符合法例所列罪名的，我就可以把他的許可證吊銷，乾脆俐落。話雖如此，新介面建成初期，過去幾年沒能查找到的紀錄給一下子吐了出來，可弄得我金睛火眼了好一段日子。

第二個問題則艱巨得多。法例列明的罪行有限，現實情況卻複雜得多。舉例說一名保安員在工作的屋苑裏被一名

住客辱罵，老羞成怒，刑事毀壞該住客的汽車，他雖被定了罪，但未有被判入獄。在這樣的情況下，我並沒有當然的權力吊銷他的保安證。但像這般有仇必報的衝動人，我怎能信賴他擔任保安工作呢？另外一個更常見的例子，就是干犯非禮罪行的人往往不會判處入獄。感化官普遍認為這類罪行源自心理毛病，需要另類的懲處和輔導。在這樣的情況下，我也沒有當然的權力吊銷他的保安證。可是，將心比己，市民能接受一名非禮罪犯負責他和妻兒的保安嗎？何況任誰都不敢小看他有干犯更嚴重罪行的風險。

法例訂明，警務處處長對於沒有當然權力吊銷許可證的個案，可向保安及護衞業管理委員會申請，運用其普及權力吊銷或暫停某保安人員的許可證。在這方面，法例算無遺策，可是在執行上就沒有那麼單純。委員會有七八位成員，是獲特首委任的香港精英人士，主席為一位行政會議成員，亦是資深的政界中人，分量十足。可是這些人士除了自己的生意或專業外，同時擔任許多公職，保安及護衞業管理委員會只是其中之一。要每個月出席一次會議也還可以，若是還要額外出席聆訊，處理我有關吊銷許可證的申請，他們就表現得很為難。像我這樣偏執、以公眾利益為重的，就曾跟委員會出現過緊張的關係。其中一名當然委員是保安局高級助理秘書長（官階等同助理警務處長），就曾主動「賜電」跟我這個八品芝麻官交鋒超過一個小時。委員會的秘書處也曾暗示，委員會難以處理我眾多的申請。

其實，就工作量而言，我也厭倦處理那麼多的申請。我曾累積了幾份這樣的檔案在辦公室的鐵櫃裏，掙扎著是否非向委員會申請吊銷許可證不可。可是我良心不安，對機構、對社會，我是公僕；對神，我更感敬畏。咬緊牙關，我把積存的檔案一口氣提交了申請。

一天，委員會聆訊一宗非禮個案後，在會議上，以八位社會精英，對我一個三粒花的形勢下，主席異常客氣但又似笑非笑的詢問我：「你是否會為每個類似的個案都作出申請呢？」那是單刀直入要我表態。我心跳加速，一邊聽著，一邊默禱求主給我當說的話。我靜默了一刻，故意不看各人的口面，算是對這個發問稍作無聲抗議，然後回答主席說：「我不能為將來的所有個案現在作出肯定的回答，不過按我可以想像的情況，我找不到一個應該不作申請的理由。市民倚賴我們照顧他們的利益，我認為沒有市民會接受任何干犯非禮罪行的人繼續擔任他們的保安工作。」主席和委員們都沉默，沒有反對，也不表贊成。或許，沒有反對是因為事涉公眾利益，無從反駁；沒有贊成是因為私心。

事後得知，委員會經內部討論，最終決議修訂法例賦予警務處處長權力，在任何許可證持有人因性侵犯罪行被定罪時，不論是否判處監禁，也必須吊銷他的許可證。當然，要進行法例修訂會令保安局增加許多工作量。經修訂的法例在2003年生效。

這麼直接簡易的改善措施，要如此嘔心瀝血才能爭取成功，這樣的管治現實，為我所不恥。

37 海外訓練及晉升遴選的曲折

　　警隊非常重視訓練，可惜因資源所限，海外訓練的名額非常難得。我在荃灣警區當行動主任的時候曾申請過，可是石沉大海；2001 年我再度申請海外訓練機會。當年恰巧首次舉辦一項在北京進行、適合總督察參與的課程，我本著漁翁撒網的心態，也把申請遞了上去。

　　2001 年中，人事部為北京舉辦的課程安排了面試！主持面試的是總警司何 sir，他就是我在荃灣當行動主任時大部分任期中的荃灣警區指揮官。他曾在暴風森姆襲港期間，半命令半建議要我用上他的專用司機；又在我提交應對千年蟲的行動卡後代表總區指揮官和我握手，以示感謝。我們再次見面有十二分的親切。面試時還請來了一位普通話老師助陣，應是為了測試申請者的語言能力吧！

　　老師首先詢問我的「酒量如何」，我感到突兀，但隨即會意。我還在思想如何回答，何 sir 已笑著對老師直說，不用問了，Victor 是不飲酒的。其實我不是絲毫不能飲，而是不願意跟隨警察同事們的飲酒討好文化，所以下定決心保持距離。何 sir 未必明白我這點心事。既然在關鍵問題上栽了，其他對話已是無關重要。

　　兩三個月後，人事部警司來電通知我北京課程的申請沒

有成功。這是意料中事！我還沒來得及失望，他補充說我通過了海外訓練的甄別，會在 2002 年 2 月中到英國倫敦接受為期四週的訓練，那才是喜出望外。

前文曾提及 2001 年初我在晉升遴選中有很好的表現，加上可以接受海外訓練，我對 2002 年初進行的遴選提高了期望。我的警司上司常常讚賞我的工作，又誇我有過人的晉升潛能，他還說我能即時勝任作他的上司，我判斷他有九分真誠。豈料，在 2001 年底作晉升考核的時候，他對我的工作表現給了一個 B 值，推薦晉升的力度也是 B。一份表面上不錯的報告，事實上對我的晉升機會是有破壞性的，並且沒有反映他一向對我的評價。我心裏明白，這是為了提拔牌照課的另一位總督察，故要先把我壓下去，再堅定地抬舉她，增加她的勝算。我很失望，但沒有提出異議，我將人生和事業交託主，決意不求於人。

牌照課所屬的支援科總警司加簽了報告，添上幾句比空氣還輕的評語，無奈！考核報告的把關人是支援部的助理處長，這類角色接近橡皮圖章，通常只會加簽或降低評級。況且，我日常工作上甚少直接與他接觸，檔案也很少呈至他的階級，工作地點又不同，他如何得知我真實的工作能力和態度？意外的是，在我沒有提出異議的情況下，他把我的評級提升為 A，接見我的時候還誠懇地讚賞我的工作，表示對兩位下屬有保留的評級大惑不解。頓然，我的兩位上司像枉作小人了。

「不要自己伸冤，寧可讓步，聽憑主怒；因為主說：伸冤在我；我必報應。」（〈羅馬書〉12:19）

憑著我在去年面試時的優異表現，加上今年助理處長 A 級的考核報告，我以評分第 28 名順利進入了面試階段。但 2002 年初的面試，我與委員會的化學作用並不理想，面試

成績並未有把我的評分提升，仍然維持在總分第 28 名的位置。升級名額為 24 名，那等如說我落選了。

警隊的晉升制度是有後補安排的。因應年中可能有預期以外的空缺出現，例如有警司職級以上的人員身故、辭職、提早退休或編制有所增加等，六位排名在落選前列的總督察被置於後補之列。就在此微妙的情況下，我成為後補第四名，機會不高，但也不是完全沒有機會。這樣的心情最折磨人，天天如坐針氈，這份難熬的心情對我日後主持警隊晉升系統時起了很大的改革動力。至於我上司力捧的那位總督察，她沒有成功，連後備也沒有被選上。

海外訓練如期舉行，2002 年 2 月初，趁著農曆年假期間，我先與妻兒往法國旅遊，學習滑雪，並共同度過在英國課程的第一週。送機時我依依難捨，才感受到思家的憂傷，事業前程的分量頓時輕了許多。

四週的受訓課程內容至今已是非常模糊，只記得兩個有趣的性格理論。Myers-Briggs 的理論模型有 16 種性格類型，15 位參加課程的警官要自我檢視，認定一個類型，用以對照較早之前在一份問卷測試出的結果。不吻合的也許表示自己潛意識否定自己在某方面的性格傾向，例如一些英國警官認為「外向」的性格優於「內向」，也有不少學員認為「思考型」在決策方面勝過「情感型」，因而不自覺地否定本身的性格傾向。在這個小遊戲中，竟然只有一位學員的測試結果與自己認定的性格傾向完全吻合，那就是我。我不是比人聰明，或許只是比別人更公正地面對自己。

Kirton 的性格模型相對簡單，他指出「適應型」的領袖傾向在既有的制度和政策中尋求更好的方法；「創新型」則會尋找另類方案，不拘泥於現存制度或政策。前者力求改善，後者不惜改革。過分了，前者會墨守成規，後者則離經

叛道。測試以分數顯示，多少只表示傾向，不代表優劣；86分為中線，分數往下的是「適應型」，反之，分數往上的是「創新型」。大多數學員都認為自己是大約平衡於兩者之間，結果卻頗為有趣。一位學員平素因為意見多多而遭人排擠的，在測試中顯示最具創意；我排在第二，屬輕度「創新型」；其餘 13 位皆是「適應型」，只是輕重有別。教官指出警官大多為「適應型」的，「創新型」雖是少數，但也是與時俱進的警隊內不可或缺的，只是與人共事時會遇到不少挫折。

我常自思考，性格傾向沒有好壞之分，是否合用則視乎情況和所擔任的角色。能否善良忠信的作事，才是人生貢獻的關鍵（〈馬太福音〉25:21）。

獲頒指揮官嘉許狀時與牌照課同事合影(2002)

在葵青區出席防罪活動(2003)

38 墮入低谷人事猛於虎

2002 年 8 月我離開牌照課重投前線。支援部助理處長因我在牌照課的貢獻頒授了指揮官嘉許狀。這是我獲頒的第二張指揮官嘉許狀，在那個時代算是難得。別的同事都喜歡裱掛在辦公室內，我沒有。這些獎狀不過是虛榮，何況與我掛的家庭相片和聖經話語格格不入。

葵涌分區對我來說並不陌生。1998 年我曾在此擔任助理分區指揮官（行動）三個月。四年過去，可說實力倍增，重投此職理應信心充足，説甚麼也想不到我會在這裏度過人生和事業的一個低谷。

到任前兩個月，家母照醫生要求，著我們兄弟陪診，才得知她的淋巴癌復發，大家都心情沉重。家父在 1977 年病故，當時我才 14 歲，母親在醫院當雜役持家，含辛茹苦，好不容易才守著我們長大。2002 年，母親 70 歲，八年前首次發現患上淋巴癌時，化療過程非常難熬。此次癌症復發，若不是醫生堅持，她打算隱瞞著我們，不治不理，靜靜捱過最後的路程。我們三兄弟平素都堅強沉著，這一天都軟弱下來。大家都明白癌症復發難治，但仍然鼓勵母親積極治療，我請求她給我們留一個好榜樣。

那些年，前線警政遇上十年不遇的挑戰。1997 年底爆

發亞洲金融風暴，同年在香港又爆發首次人類感染禽流感，香港經濟受很大衝擊，往後幾年更每況愈下，百業漸漸蕭條。失業人數增加，在業市民收入大減，負資產數字飆升，破產、走佬、自殺等見怪不怪。在外，治安問題惡化；在內，政府削減開支，導致警力不足。警隊成員欠債問題日益嚴重，有人遭紀律處分，甚至革職；有人稱病逃避紀律調查。我到任未滿一週，就有一名警長因欠下巨債在警署內吞槍自殺。還未說沙士（SARS）疫症就在 2003 年初於香港爆發，如此內外交困，行動管理自然事倍功半。

葵涌分區及毗鄰的青衣分區同屬葵青警區統率，治安問題並不複雜。在經濟不景氣影響全港治安的氛圍下，偷盜、搶劫、爆竊和車輛罪案等已不是個別地區問題。葵涌分區其實頗為幸運，除了這些「快錢」罪案之外，黑社會及黃賭毒都不顯著；位處新界區域，卻沒有鄉紳勢力的負面效應。只是，最可怕的問題在內，而不在外。

葵青警區前指揮官（總警司）是在我到任前幾個月才退休的。他在位四年之久，以俗稱「舊制」的方式管理警區，以低罪案率為目標，這本是無可厚非。然而，目標不是問題所在，手段才是。正經的做法應該是聚焦提升防罪和破案效率，積極與罪犯周旋，前景應該是樂觀的。

據說前警區指揮官領導下的年代，口頭上奉行正經的一套，卻耍了許多小聰明，「技術」地把罪案數字「化裝」，例如將搶劫和爆竊說成「盜竊」，兩案說成一案；更甚者以事主「不追究」為由以「求警協助」備案，不予立案作刑事調查。此外，他對投訴數字嚴重過敏，一個分區每月只有幾宗投訴還嫌多，凡事均負面地未審先判，因此巡邏警員在少做少錯、可免則免的心理下，都不願截停搜查。警力漸漸積弱，精力均不在執法，而是致力在受害人報案後大案化小、

小案化了。只要將見報的罪案數字做得「好好睇睇」，分區指揮官們每天都得到上司的嘉許。從此，上有上的邀功，下有下的無為而治。

葵青警區現任指揮官和副指揮官都只到任幾個月，他們把警政方針 180 度調整了。分區內的人員，不論上下，心理都難以調節，實力又未能配合。我的英籍分區指揮官上司（警司）及助手們曾極力為前朝方針辯護，慘成整肅對象，弄得焦頭爛額；前線人員更是手足無措，方向迷惘。我就在這樣的情況下空降在助理指揮官（行動）的崗位上。

在葵涌分區起步時，我的處境有點詭異。新方針不許「搣波」，於是主要罪案數字上比去年同期升了超過 50%。已經累積了無數「黑豬」的分區指揮官，每天在葵青區指揮官的「早禱會」上都受到兩位上司的「折磨」，警區負責 CID 的警司也不免落井下石，因此分區指揮官在早禱會前和我們開檢討會議時都好像快要上斷頭台似的，開完會回來又好像判決了一天緩刑般蒼白。一方面他不覺得自己有錯，另一方面對不能一夜扭轉分區內所累積的種種歪風而認定是我辦事不力，終日沒事尋事般將所承受的壓力加倍傾倒在我的身上。

母親的病情越來越嚴重，進出醫院頻密，主診的李醫生是位仁醫，他不肯放棄的態度使我深深感佩。母親身體各類指數顯示她並不適合激進的化療，李醫生不言妥協，要為母親定出可行方案。可是，口服化療藥物因為對身體損害太大而無奈終止，電療安排又遇上不少局限，我們對發展下去的情況不得不作最壞的準備。工作本就繁重，人事擠壓更是複雜；我勉力揣摩著正確方向，可是短期成效不彰。往往晚上 7、8 時才能勉強下班，因而未能每天探望母親，即使可以去也是短暫的慰問，我深深自責。每天懷著未報親恩的

內疚，扛著超負荷的工作壓力，我自覺有某程度的抑鬱在醞釀。

內子岱華在復出教學後，三度被家長選為最佳老師。在校長和同事們極力挽留的盛情下，她毅然把教席辭去，好能常在母親身旁陪伴守候。在那個失業率高企的年代，這樣辭職算是義無反顧的了。雖然不該由她代我盡孝，但也稍稍略減我的愧疚。

「死是眾人的結局」，我的職業有較常人更多地與「死亡」接觸，本來不應該過於激動，可是母親對福音的鐵石心腸，令我感到無比難過。家母在本地的道佛迷信上非常虔誠，即使在 1960 及 1970 年代的艱苦歲月裏也不接受教會的賙濟。她非常疼愛我們，就是從來不肯跟我們上教會聽福音。唯一的例外是 1997 年前後的一場大病，她與我們共住了一段短時間，為了顧及我們週日上教會的意願和不忍岱華留下陪伴的犧牲，曾自願跟我們上教會去。在聚會的時候，她刻意雙目緊閉，可見她對我們是何等的愛惜，對耶穌又是何等的決絕。眼前的她轉瞬間將去而不返，每次在牀邊我給她讀經，她總眼望別處堅決的拒聽；我握著她手禱告，她又板著臉毫不反應。面對即將永別，我獨個兒禱告的時候常自淚流滿面。

39 開墾荒地由零開始過

　　我的工作心態也許比較單純，對明刀明槍與罪案周旋
的方針，我是百分之一百二十的支持。可是我的分區指揮官
和近二百名下屬們，在經年的小聰明薰陶下，都在潛意識裏
抗拒著，就算沒將我當作敵人，也把我視如陌路，加上每天
「高企」的罪案數字都在打擊著我，這該如何是好？

　　「耶和華如此說：要開墾你們的荒地，不要撒種在荊棘
中。」（〈耶利米書〉4:3）

　　在上司們的鬥爭和下屬們的抗拒中間，我力求沉著，
管控好自己本已高低起伏的情緒。想起自己曾在羅湖難民營
和落馬洲口岸當「開荒牛」的艱辛，我把埋藏已久的那份開
墾精神抖擻起來，加一把禱告，決心由零開始做起。

　　說到底，社會治安仍是所有人的共同目標。眼下先將不
能改變的人和事放下，從能做的事做起。警力不足在可見將
來是無法改善的，加強執法行動的深度卻有很大空間，如：
增加截停搜查，以提高防罪效率；利用電單車和警車等機動
巡邏，以擴大軍裝的覆蓋。這其實跟我初出茅廬在上水分區
時的策略並無二致。

　　起初每個巡邏隊的截停搜查數字在每月三百宗上下，實
在少得可憐。我遊走在鼓勵、訓示和責備之間，好不容易把

這類行動提升了五六倍。雖然起先如交數般重量不重質，但當見到有「撞彩」般拘捕了通緝犯、涉及藏毒或藏有攻擊性武器等罪犯時，警員因此獲得了成功感，加上我大肆宣傳讚賞，從而引發出一股良性競爭風氣。此消彼長，前線人員的信心和積極性不斷強化，哪怕起初的進展非常緩慢。這類行動對潛在罪犯的遏抑效果是不容小覷的。

正如預料，投訴警察個案增加，我上司的神經還處於前朝狀態，板起了「不理三七廿一」的黑面。那刻，我在投訴警察科的經驗派上用場，一方面抵擋著上司們的過敏反應，另一方面指導調查和善後。遇有誣陷成分的投訴，我為下屬平反之餘，還會將他們專業處理案件的情況宣傳一番。當然不可過猶不及，是非不分，訓斥和指導也有其時。當減輕了前線人員對被投訴的恐懼，防罪行動的積極性也便有增無減。

為了增加分區內駕駛警察電單車和警車的人員，我親自爭取訓練名額。這個任務可不是易事，要有決心，也要死纏爛打。爭取還要講階級的，不能靠下屬來做。不少前線人員歡迎多元工種帶來的挑戰，也因工作貢獻有所提升而受到鼓舞；況且他們參與一定程度的義務駕駛工作還有象徵式的津貼，何樂而不為呢！增加了能駕駛警車的警員，就能顯著地加強機動巡邏，有時更可善用後備警車停在罪案黑點以發揮阻嚇作用。在暴風雨期間和特別行動需要時，這類機動能力更可直接提升應變效率。

受惠於在牌照課的經驗，我強化了保安人員的防罪素質，這一點對防止爆竊和車輛罪案所起的作用非常關鍵。區內有數以百計的樓宇，特別是工廠大廈，面積龐大，車流人流俱多；而且貨櫃碼頭就在區內，附近露天停車場不計其數，只靠警方防罪有如杯水車薪。保安人員的角色必須策略

性地提升，方能起到顯著的防罪成效。

　　我的策略是軟硬兼施。一方面協助住宅、工廠大廈和停車場改善保安措施，嘉許有功的保安人員，並傳授一些保安知識和技巧；在他們因工作與人發生衝突時，我授意前線人員給予兄弟般的支援。另一方面，我派警員專門巡查，將犯嚴重疏忽的保安人員按法例檢控。雖然耕耘得非常辛苦，但也漸見成效。其實提升保安措施和保安人員的實力是有長遠的社會效益的。

　　在爆竊案件中，警區指揮官尤其關注地面店舖在深夜發生的罪案。他認為在樓宇內爆竊難以防範，情有可原；對地面店舖的爆竊案件則認為責無旁貸。他會為每宗這類的爆竊案開一個紅皮檔案，指明要我分析研究、查找不足，追究問責並草擬改善方案。每次見到這個「紅色炸彈」我都十二分氣餒，說甚麼話都只是官面文章，能有效防範這類爆竊才是正經。

　　分區內有兩個舊區是遍佈地舖的，範圍也不小。退一步看，當中有兩個弱點，一是夜更巡邏人員的積極性，二是他們有一個小時回署休息的空檔。如果我是竊匪，我會等巡邏人員回署後才下手，一個小時綽綽有餘。

　　試過幾個辦法都搔不著癢處，我用上了一個非常討厭的手段。我指令區域沙展負起防罪全責（每個區域覆蓋好幾條咇份），在巡邏警員當值時確保他們的積極性，截停搜查的數字是其中一個指標。在警員回署休息的時候，區域沙展要爭取其他資源作適度的巡邏，如警車或電單車，他們也可夥拍其他沙展填補這個巡邏空檔。為此我設計了一份簡易表格，要有關的區域沙展每天填寫呈報，好讓我用「放大鏡」審視他們的措施。當然，這群平素最能推卸責任的沙展們頓時感到壓力非常沉重，又是抗議，又是埋怨。不過，地面店

舖的爆竊案件也就再沒有發生過。

提升士氣是老生常談，非常重要，卻很難成功，尤其在那個經濟環境下。友善、溫和、理性，本來就是我的態度，寬嚴有度，小事不妨糊塗，大事決不馬虎。在我到任前，同事病假數字頗高。處理濫用病假方面，我在落馬洲小分區和田心分區工作時積累了不少的經驗。不過，經細心分析後，我發現在「練精學懶」的人性背後還有些結構性問題。在人力緊張的情況下，小隊領導往往使用種種藉口不記錄超時工作，以免安排補假；另一方面又高度限制前線人員告假。然而，陪父母看診、兒女學校家長日、親人賀宴或必要的私人事務，請假是人之常情，不批准後果如何？惡性循環，病假數字高企。

在以紀律手段對付濫用病假之餘，我必須釜底抽薪。首先要公公平平的待人（〈歌羅西書〉4:1），超時工作得按規章補償，不欠分毫。另外，把每更的最低出勤率統一為 60%，讓人員名正言順地有合理的放假空間。為甚麼是 60% 呢？因為每一名前線人員在一年 365 天中，每週一天的法定例假共佔 52 天，還有 26 個隔週休假，17 天公眾假期和可賺取平均 27 天例假，加上每月須預留一天作訓練和平均一天因超時工作的補假，算起來剛好 60% 出勤率，任誰都要「服」！公公道道的實行起來，每更預設的人手好像少了，工作的積極性卻隨「開心指數」提升，病假也大為減少。在重要行動時不准休假就變得合情合理，一呼百應。

40 人生事業松樹代替荊棘

2002 至 2003 年間，我仍在事業人生低谷中默然。沒想到十年之後，大兒子以優異成績碩士畢業，也經歷了半年待業的磨練。他竟在教會週年感恩會站出來，為主領他到了谷底而感恩，因為往後就是高升。為甚麼我經歷低谷的時候沒有這樣的視野呢？慚愧！

一次無意中的慷慨給我帶來以十倍計的人事紅利。我負責軍裝的防罪工作，總督察 Gary 則負責 CID 的刑事案件調查。一天，Gary 煞有介事地來找我，他的一名探員結婚休假，因人手緊絀而想向我借調一位軍裝警員短暫補缺。其實我的軍裝人手也同樣捉襟見肘，但我二話不說就同意了，他表現得有點意外！我認為這只是應有之義，一隊 CID 只有五名探員，缺了一名即缺了 20% 的人力；軍裝巡邏隊一隊大約三十人，少了一人則只是 3%，所以其實很化算。Gary 好像從沒聽過這樣的分析。

至於實際人選，他禮貌地讓我決定，我反建議由他挑選，既然是他要用的人，他才知道誰最合用。不過，我向 Gary 提出了兩個要求：首先，盡可能每次借調不同人員，使更多軍裝同事受惠；其次，若借調人員表現稱職，務必在他們的「行為簿」內作適當報告反映，這自也是 Gary 的應

有之義。巡邏隊的領導們都循例的抗拒一番，但是這樣合情合理的安排，我不出三言兩語就把他們「說服」了。

正如許多警署一樣，葵涌分區的軍裝和 CID 之間本來有許多陳年的嫌隙，這樣簡單的人事合作一經開始，兩下的嫌隙漸漸消減，友好的表達反而越來越多。曾借調到 CID 的警員提升了自身功力之外，也樂於正面宣傳一下在 CID 的見聞和難處。有時軍裝遇到較複雜的非刑事調查，CID 還會積極地給予意見，甚或挺身代勞。對我最直接的好處是每日分區指揮官開檢討會時給我的刁難，有時 Gary 會巧妙地幫我化解。

「你們用甚麼量器量給人，也必用甚麼量器量給你們。」（〈路加福音〉6:38）

戰戰兢兢地工作之際，元朗分區的行動總督察來了個電話，他因聽說葵涌分區在反爆竊方面頗有心得而奉命請教。我說我每月還要應付約 30 宗爆竊案，又怎敢居功？這才知道元朗分區每月爆竊案竟上百宗，真令我有點驚訝。我自然是知無不言，絕不藏私。

一天，梨木樹的新任行動總督察也來了電話，聽說我定下了最低出勤率而奉命請教，我當然樂意宣傳一下 60% 出勤率的背後理念。這個 60% 的最低出勤率在我離任葵涌分區前已被新界南總區採納為統一的軍裝單位出勤指標。

雖然警政日漸改善，但是我上司的情緒卻沒有兩樣，大概他每天所受的折磨還是一般無異。前一屆的後備晉升名單中只升了兩位同事，由於我排在後備第四，終於好夢成空。轉眼之間又到週年考核和新一屆晉升遴選的時候了，分區指揮官上司給了我一個 B 值的報告，我不服，但也是意料中事。在母親危病之時，我已有很多思慮，不想再給自己的情緒添加壓力，只好在主的腳前伏得更低。不出幾天，葵青

區指揮官會見了我，提升了我的考核為 A 之餘，還說了許多欣賞和鼓勵的説話，並表示對我能通過此番晉升遴選充滿信心。

母親的救恩才是我最關心的事，若我有可付出的代價，我會二話不説。事實上，除了禱告，我已經無法可施。2002 年 12 月 31 日，因為是除夕夜，特別容易牢記。母親打來了一個至關重要的電話，溫柔地告訴我她決定以後不再拜祖先，並想拆掉家中的神櫃。這對我實在非常震撼。對她來説，嚴嚴守住傳統信仰代表對家父和祖輩的忠誠，如今她竟能放下。在我緊張的詢問下，母親表示願意相信耶穌，我和她在電話中禱告，也提醒她凡事倚靠主。

歡喜之餘，我還是半信半疑，要是她只是為了讓我安心而作出友善的表示，是沒有意義的，因為主知道萬人的心，只有真心接待主耶穌才會得救。

我還要在福音真道上跟母親「補課」。照往常一樣，我趁探病時打開〈約翰福音〉要給她誦讀，她竟連忙尋找老花眼鏡，這是前所未有的。我給她解釋經文時，她歡容地聽。我再次詢問母親是否真心誠意相信耶穌，她表示相信；我問母親是否承認自己是個罪人，她承認，並且引用以前參加聚會時聽到過的信息來回應我（當年她閉目拒聽）。忍住眼淚我又握著她的手禱告，結束時她與我同説「阿們」。感謝主憐憫了她，也憐憫了我。

2003 年農曆年後，母親出院和我們同住了幾天，岱華日夕相伴。因母親身體精神急轉直下，我揹著她又送回了醫院，她就再沒有出來了。2 月 13 日，早上 7 時許醫院來電通報了母親「危急」。我告了假，通知了兄姊和弟弟，與岱華往醫院趕去。母親的身體已經給整理過，停放在另一間房間，讓家人見上最後一面。樹欲靜而風不息，大哥親了母親

的額頭，我和弟弟也跟隨著，已經涕淚縱橫。照著之前向母親要求過的，從她手上解下兩顆戒指，一顆給了弟弟，一顆帶在我的手上。我們把母親身體送到殮房，還是戀戀不捨。

母親從沒有向我們提出對喪儀的期望，我們一致同意以基督徒儀式進行。鄉下的堂姊來港弔唁，據她轉述，母親在她探病時曾表示喪禮將是基督徒的儀式，並請鄉親見諒。沒有向我說明也許已是心照不宣。2月23日是追思會，岱華先往殮房給母親洗濯和更衣；入殮時我們兄弟三人親手把母親放進棺木，都不假手於外人。雖然我年屆40，但仍像孤兒一樣的傷痛。可幸的，照著主的應許，這段分離並不是永別。

2003年6月1日，我的兩位兒子同日受洗，為耶穌作見證。2003年是值得紀念的一年。

「松樹長出代替荊棘；番石榴長出代替蒺藜，這要為耶和華留名。」（〈以賽亞書〉55:13）

41 飄風驟雨沙士震動全城

　　2003 年 2 月 22 日，香港出現首宗「嚴重急性呼吸系統綜合症」個案，英文簡稱 SARS，俗稱「沙士」，相信是由一位內地教授傳入香港。他傳染了其下榻酒店裏幾位不同國籍的人士，不但為香港帶來世紀疫症，更把病毒傳到英國、美國、加拿大、越南和中國台灣等地。

　　與後來肆虐全球的 COVID-19 比較，沙士的傳播率較低，死亡率則在十倍之上。香港，以至全球，當時都沒有處理這病的經驗；對於病理源頭、臨牀治療及社區預防各方面，完全沒有先例可鑑。染病新症幾乎每天出現，家人不許探病；接著陸續有病人去世，遺體經火化後才將骨灰交回家屬。疫情的驚人發展讓香港陷入一片恐慌，市民爭相搶購防疫物資。4 月 15 日世界衛生組織宣佈把香港列為疫區，並對香港發出全球旅遊禁令。工商百業士氣決堤，本已低迷的經濟像要萬劫不復似的。

　　政府和醫療界起初在應對方面相當失措，只能摸著石頭過河。那時，全港陷入一片混沌之中，一貫尖酸的輿論和悲觀的市民每天都在向政府和醫管高層問責。不過，我倒認為政府不但情有可原，其實功大於過。中大和港大的病理專家們日以繼夜地研究，務求尋出病理根源，以期對症下藥。

醫療前線更是目標清晰，像守衛家國的尖兵一樣，他們都在名副其實的「拚命」。據報道，台灣有不少醫護人員逃離崗位；反觀香港卻有許多醫生護士不肯回家，一方面留院方便長時間作戰，只在宿舍睡一會兒又往崗位跑去，另一方面也是為了避免感染家人社區。換句話說，他們是作了犧牲的準備；連醫管高層也有放下非緊急的管理工作而走上前線的。這些人性的美麗都深深的吸引著我。

沙士在醫院和社區急劇爆發，不少醫護人員受到感染，上至醫院的行政總監，下至清潔雜役，其中有六位公營醫護人員相繼殉職（另有兩位私人執業醫生染疫離世）；最扣人心弦的可說是謝婉雯醫生的故事了。謝醫生是一位基督徒，只有 35 歲。謝醫生的丈夫也是一位醫生，他因血癌已於早一年去世了。兩夫妻廝守的事蹟成為她殉職以後的一段人間迴響，令人感嘆。謝醫生本是內科醫生，在沙士爆發初期因醫院胸肺科告急而請纓走上前線，相信她是在為一名沙士病人急救時受到感染，4 月 3 日病倒，至 5 月 13 日辭世，全城哀悼。謝醫生受感染也許是意外，她犧牲奉獻的精神卻是一貫的風骨。不少人問為甚麼一位優秀的基督徒醫生會英年早逝，我不敢冒失回答；不過，我想人終有一死，死有輕於鴻毛，我卻羨慕如她之死。

謝婉雯醫生被冠以「香港女兒」的稱號，獲特首追授金英勇勳章，與另外五位殉職獲追授銀英勇勳章的同事同葬浩園，成為繼警察、消防為公殉職同仁以外的一支悲壯隊伍。「英勇」二字，當之無愧。本來在市民心目中醫護人員已是高尚的一個專業，如此邁至無私的層次，對當時支離破碎的香港社會發揮了重大的凝聚力。

當全城陷入惶恐之中，醫護人員在醫療系統內拚命的同時，警隊上下忘我地在外支援，由捉「垃圾蟲」到協助疏

散和隔離，所有其他人不能做的，不願做的，警隊都一力承擔，發揮著政府最後防線的角色。因應防疫工作，我的巡邏人員於某天檢控了幾個「垃圾蟲」[22]，成為警隊在清潔運動中的首例。為此，翌日行動處處長（高級助理處長階級）竟然來電讚許。雖然有點啼笑皆非，但對當時的情勢而言，警隊真的需要同舟共濟，事無大小，全力以赴。

各區警力隨時隨事支援。平素重型武裝的衝鋒隊，頓時成為協助疏散和隔離的主力。在葵涌分區就有一間診所被指定作為可疑個案的初步檢查點，我曾帶領同事負責病人運抵時的隔離工作。警隊出動調查複雜案件的超級電腦協助，成功追蹤鎖定東九龍的淘大花園 E 座就是社區爆發源頭。在移送居民及他們的財物往隔離營的行動中，警隊揹起了「敢死」的責任，協助搬運、護送和慰問居民。政府租用了 12 輛巴士作運送，卻沒有司機願意受聘，警察司機自然成為解決方案的不二之選。行動當天，警察總部支援部的助理處長（頒發過嘉許狀給我的那位上司）親身到淘大花園感謝參與的警察司機，與他們並列前線，以實際行動為他們打氣。如此種種，不勝其數。不是警察不怕死，只是各員克盡己任，連一句怨言都不肯說出口。

一番飄風驟雨後，沙士爆發至同年 6 月才漸次平息，香港總計有 1,755 人染病，其中 299 人死亡。

大概是 3 月底，我第三次參與晉升警司遴選面試。其中一位委員是高級警司，他問我有關警隊節省資源的措施，我分析了好幾個選項。這位長官是出了名支持「警署合併計劃」的，只是我認為計劃雖有好處，但當時已發展到走火入

---

[22] 食物環境衛生署是檢控「垃圾蟲」的主要部門，可是，在該上一個年度裏，全港只作出三次檢控，執法力度如何，可見一斑。

魔的地步，我不願奉迎他，所以故意避而不談。他沒有放過我，要我以葵青區為例，表態能否合併葵涌和青衣分區。

我嘆了一口氣，堅定的反對。最新的合併構思是把兩個分區合併後，由一名行動總督察擔起原本兩個分區的行動管理責任；原來 40 條呔份的分區擴大至 65 條呔份，原先的 200 名下屬增至 350 人。我表態說我肯定做得不好。試想，現在的 CID 總督察 Gary 朝七晚七工作，仍是疲於奔命，要他擔起兩個分區 CID 的管理責任，我表態說質素一定很差。我這樣回答是有點豁出去似的，長官面色鐵青，已沒有追問下去的興趣。但不知怎的，坐在旁邊的主席好像在竭力地控制著笑意，難道主席也與我所見略同？

未及返思，另一位委員接著發問 —— 她是一位總行政主任 —— 問的是政府應對沙士孰優孰劣。這正是我求之不得的題目。我第一句回答是：給政府打個 80 分。大概因為全城輿論都在挑政府的不是，也許大部分面試的同事都是以負面評論居多，一時之間三位長官都俯前了身子要聽我怎樣解說下去。據後來面試的同事傳言，委員會問到類似的問題時都先著他們給政府打分數，聽得我會心微笑。

「因為知道患難生忍耐，忍耐生老練，老練生盼望，盼望不至於羞恥。」（〈羅馬書〉5:4–5）

2003 年 6 月底我接任人事部服務條件科的研究課警司一職，驚喜交集。警司是另一個服務里程，無論在分區、機動部隊，或警察總部「課」級已是坐正的指揮官，可望對機構和對社會的貢獻登上另一個台階。雖說是有過一些歷練，我仍會自問：「你真的能勝任嗎？」

回到總部，先前因調職葵涌停止了的查經小組立即又運作起來，每週一聚。仙姐和 Cecilia 很是熱心，藉此接觸的同事漸漸多起來。這是我最感喜樂的部分。

人事部統率人事管理科、服務條件科和人事服務及職員關係科，共約 30 位警官和好一些文職官員。人事部的老總助理處長陳 sir 就是 2001 年我第一次參與警司級晉升遴選時的主席，那時他給了我一個優異的面試報告。陳 sir 友善地歡迎我，並告知我是他親自點名調來的。服務條件科總警司哈利 sir（化名）也會見了我。哈利厲害得多，辦公桌後面掛了「天下第二筆」的條幅，我有點好奇，也有點反感。他表明知道我的基督徒背景，並警告我在工作上不可冥頑僵化。我感到有點無辜，但又不宜辯駁。

我前任警司調任的同時，其上司也調任。因此，我是和另一位英籍高級警司巴尼（化名）同時調進來的。在他監督

的五個服務條件範疇裏，只有我負責的研究課，是個「一人樂隊」。這位高級警司身型高大，不苟言笑，還有點冷傲。他前幾年也曾擔任過我這個職位，這樣對我有利有弊。在他的指導下我應該較容易開展工作，但也妄想他會認為我能做得「比他」出色。

有幾項與服務條件相關的重要政策落到了我的頭上，首要的是「薪酬」，其次就要數「管理超時工作」了。前線人員平素每週 48 小時輪班工作，在外已是風塵僕僕，掛了一身裝備，面對不同的人和事，處理這樣那樣的案件，表面得抖擻精神，內裏實是疲累不堪，還要應付不能預測的超時工作，總計是有點非人生活似的。

鑑於警務性質，人員能否準時下班需視乎多變的行動情況。軍裝人員倘若作出拘捕，在為犯人錄取警誡口供外，必須記錄拘捕過程和羅列證據，又要處理證物，小案用上兩三個小時，大案則可能通宵達旦；處理屍體發現時，又要送屍，又要認屍；交通組人員調查交通意外；CID 探員辦案，全都沒有自己決定收工的自由。且別說，公眾假期上班亦是家常便飯。

我在前線指揮時，無論是在小瀝源當 CID，在荃灣主管除邪工作，還是在葵涌分區出任助理指揮官，我都深深體會到公平的超時補償機制對提升員佐級人員工作效率和士氣極為重要。試想若超時工作沒有補償的保證，人員在防罪和查案的過程中會盡心盡力嗎？抑或是感到氣餒或魄力不繼？

我對公平公正管理超時工作不單重視，還十分執著。「你們作主人的，要公公平平的待僕人，因為知道你們也有一位主在天上。」（〈歌羅西書〉4:1）

在 1998 年當我短暫過渡到葵涌分區的時候，就有過這樣的插曲。警隊正值試行削減工時，由每週 51 小時減至 48

小時。試行期間，人員每週內的首三小時超時工作是沒有補償的，這一點在試行期間大家都是接受的。當時有內部審計小組到葵青區進行常規審計，組員雖然官階不高，但內部審計是「欽差」角色，所有人對他們都禮敬有加，不敢得罪。

審計小組就著超時工作管理上常見的行政「錯失」，向各小隊內負責行政的人員作了一次詳盡的講解。會後我從一位小隊人員得知，審計小組指示公眾假期天的八小時工作，須扣減三小時的削減工時試行優惠，只記錄餘下的五個小時為超時工作。

豈有此理！我登門找上審計小組，肯定了沒有誤會，就直截了當：「這是錯誤的。公眾假期受法例保障，公務員條例規定若公務員在法定公眾假期當天值勤，部門必須在一個月內給予另一天作補假。故此，我認為必須足額地給在公眾假期值班的警察八小時的超時補償，以便補假。」我表明會通令我的所有小隊無須跟從審計小組的指示。我這般打擂台把審計小組嚇傻了。照我的建議，他們向當時在人事部擔任我現在這個崗位的警司尋求政策澄清。幾週後，人事部確認了我的理解，並通令全警隊遵循法例保障各員的公眾假期權益。

我的學問有限，何以對這個題目有這般悟性？那是一件神蹟，好像是預先給今天作準備。現在求仁得仁，我能親自操戈主理這項「管理超時工作」政策。

前任的警司剛完成修訂「管理超時工作」政策兩個月，得人事訓練處處長（高級助理處長階級）批准，已正式通令全警隊實施。按理說我可以安心一段日子；可是，在我上任前這通令已引起不少反彈。我細心研究過，經修訂的政策其實有好些小毛病，不是原則性的大問題，只要加入詳細備註就可解決。只是新引入的一項規則真的無從將就。

《公務員事務規例》第 543 條規定：「遇有公眾假期，該星期的規定工作時數可按有關人員該天的正常工作時數縮減。」對於大多數警隊單位採用的更份來說，即是每週工作五至六天，而每天工時在 8 至 9.25 小時之間，這項規例沒有應用上的困難。可是，水警的情況截然不同。

由於水警基地和巡航範圍偏遠，大部分人員都採用上班一天（24 小時），休班兩天（48 小時）的更份，加上每週一天例假，平均每週工作兩天（共 48 小時），休班五天。根據前任警司的演繹，新引入的規例應用在水警時，在有公眾假期的一週，減除一天 24 個工時後，就只剩下 24 小時的規定工時，即是說只須工作一天，休假六天。對員工來說固然是出奇的優惠，連一向維護前線人員權益的職員協會也覺得不合常理。對水警管理層來說，警力減半已是災難，一週內要是有兩天、甚至三天公眾假期時，應用此例更是匪夷所思，水警運作必定會被癱瘓，因此反響激烈。

前任警司在和我交接時仍然顯示信心十足。他認為經他修訂的政策毫無缺失，新規定是《公務員事務規例》，警隊沒有選擇性遵守的空間，不滿聲音只是無病呻吟。我不禁想到許多由總部單位頒佈的政策法規，都為前線人員所詬病，背後少不了一些剛愎自用的官員。我必須引以為誡。

沒想到上任伊始，我就要應對這個急症，並且沒有人指示可行的選項，供我研究。巴尼 sir 雖有相關經驗，但對當前的困局，也是老鼠拉龜，一籌莫展。我還能做些甚麼呢？

晉升警司典禮中上司同事來賀（2003）

完成高級指揮課程獲李明逵處長頒發證書（2005）

43 撒種收割拆解超時殘局

　　每次到主腳前交託工作，我都得到垂聽；為人的靈魂，我反倒沒有同樣的焦急和仰望，慚愧！

　　我 12 歲蒙主拯救。有一位在福音和事奉上給了我莫大幫助的主內兄長，移居加拿大近十年，時有回港探親。聯絡時聽到關於他在港寡居的母親，對福音還是抗拒；由於其弟妹們都不信主，他對母親的靈魂甚感無助。我曾幾次提出要去探望何伯母，可是提出那刻很熱心，之後這樣那樣的沒有付諸行動。「祂恩待那忘恩的和作惡的。」（〈路加福音〉6:35）我是其中一個。

　　偶爾我也會想起初出茅廬時在上水警署擔任我副手的士沙馮。他是我警務生涯中的第一位師傅，專業正派，能把福音傳給他是一件美事；對未能助他跨過關鍵一步，我深感虧欠。他最後一次離開教會時的背影還印在腦海。過去 17 年，我間中留意到士沙馮在某處駐守的消息，心中會默默的祝福他；想到他最終可能靈魂失喪，而我又沒有甚麼可以再做，心裏倍感憂悶。

　　回到水警的難題上，主給我解決問題的靈感是這樣的。在我加入警隊時，陸上的行動單位是清一色的每週六天輪班制，每天工作 8.5 小時，合計每週 51 小時。在削減工時運

動的初期還是沿用六天模式，只是每天減至工作 8 小時而已。至 2001 年，標準更份改為每兩週工作 11 天，每天工作 8 小時 45 分鐘。內勤警察則可跟從文職人員一貫的長短週制度，每兩週只須工作 10.5 天，每天工時長一些，好與標準更份人員的總工時看齊。

我的建議是回歸起點，以每週六天工作而每天 8 小時的原始更份為本，重構水警的更份。「以 8 小時為本」，水警值班一天工作 24 小時，即是有 16 小時是超時工作的概念，隨後兩天休息就可看為超時工作的補假，一天公眾假期只須扣減 8 小時的工時，與其他警務單位情況相若，就可以輕易管控。

巴尼聽到我的建議，本來冷傲的面孔又降了幾度，搖著頭直說不妥，認為難以將水警的更份模式跟 8 小時更份相提並論。我再建議向公務員事務局尋求指示，他又認為於事無補，說局方慣常卸責，很可能拖上一段長時間都不回覆。

其時 2003 年 8、9 月間，水警的情況已頗為緊張，中秋、國慶、重陽等公眾假期逼近，莫說聖誕和農曆新年的長假也為時不遠。水警分區紛紛向水警總部要求指示，巴尼抵擋不住水警總部的電話攻勢，也意識到再不正面回應，事情無可避免會鬧上高層。他著我陪同一起到水警總部開會，只是，他對如何解決問題心裏根本沒底。路上我遊說他容許我在會議上提出「以 8 小時為本」的概念作討論，他無可奈何，很不情願地同意了。與會的水警指揮同事都有點情緒，在水警總部負責行政的高級警司主持下給勉強按下去（其實巴尼和我都是代罪羔羊）。「以 8 小時為本」的概念初步得到水警指揮同事的正面回應，我們表明還需要進一步研究，如此才能全身而退。

我把建議具體化後呈上，巴尼又打了回頭，說這樣不足

那樣不妥的，老是不肯往上呈交，卻又理不出別的法子來。像巴尼這樣的典型參事官，非有十二分把握是絕不肯冒進的，要一段時間後我才懂得欣賞這份穩健。

9、10 月過去，又到了避無可避的臨界點，巴尼終於在我三番五次完善好的方案上加簽了，呈交總警司哈利 sir。得到其原則上的同意後，我在「以 8 小時為本」的方案備細了條文，除公眾假期的補償外，也應用在病假和例假的計算上；再以一紙公文交予水警總部作改動政策前的正式諮詢。只不過一兩天時間，水警總部的高級警司打來一個感謝電話，並隨後以全面同意作書面回應。先由老總陳 sir 以備忘形式發佈水警實施，待詳細修訂《警察總部命令》，把這幾個月內研究過可改善的小項一併整合，才頒佈全警隊通行。

過不了多久，哈利 sir 又帶來一道與管理超時工作有關的難題。新任的行動處處長接收到許多對管理超時工作政策不滿的聲音，尤其是關於申領超時工作津貼的政策。至此，我可以說對這個題目的理解達到足金程度，於是陪同哈利 sir 當面向行動處處長解釋。

不錯，申請以超時工作津貼代替補假，有一些財政管理原則是不能逾越的。其實，以為這些原則是申領超時工作津貼的主要障礙只是一種誤解，真正的癥結是預算的「分配」。

我一邊出示數據，一邊解釋：警隊每年超時津貼預算約為一億元，由行動處處長（即是他）決定分配。過去幾年行動處處長都扣下約三分之一作為緊急動員時備用，剩下的分配給刑事總部及各總區。如是者，總區又扣下約 20% 留在冬防加強警力時動用，分到警區的津貼配額只有原額的一半上下，因此，前線人員會感到配額捉襟見肘。雖然臨到年尾的兩個月，行動處處長和總區指揮官都會「慷慨解囊」，從扣下的配額中分些到前線，可惜往往為時已晚，總計每年申

領超時津貼的額度不足 60%。看來他們都曾在某些崗位參與過「扣下配額」的決定，至此大有一言驚醒夢中人之感！

哈利 sir 在週年考核時，主動重提他對我那「不可冥頑僵化」的警告，這次用意卻不盡相同，說他原先對我的擔心看來是不必要的，我不知好嬲還是好笑！

某天，午飯後在總部旁的花園散步時，我又想起士沙馮，對這個靈魂我感到無能為力，自怨自艾，只有為他禱告求主憐憫，並完成我沒能完成的善工。翌日早上 10 時許，我案頭的電話響起，一如平常我接聽了：「早晨，我是 Victor Kung。」那邊喜悅的答上：「早晨，龔 sir。」久違了 17 年的聲音一點都不陌生。帶點興奮，我回上一句：「馮樹榮！我昨天還為你祈禱呢。」我已是熱淚盈眶。

前不久，士沙馮在粉嶺的一所教會外看到兩句聖經話語，心有所感，於是重啟慕道之行，並決心信主，已定於聖誕節當日受洗。掛線後，我關上門跪下禱告，感謝主成全，「叫撒種的和收割的一同快樂」（〈約翰福音〉4:36）。

看來不單是我一直想念他，他也想著我。

44 假期管理及品格審查

　　當年人事部的寫字樓設於警察總部舊翼五樓，佔用半層，另外半層由行動部使用。讀者需要運用一下想像力，辦公室是沿著一道四方的環迴走廊佈局，兩個部門是前後相連互通的。從電梯大堂進門，轉左是人事部，第一間就是人事部老總陳 sir 的辦公室；轉右是行動部，第一間辦公室同樣是行動部老總的。

　　我觀察了一段時間，看見許多人事部同事上班時進門後會轉「右」，繞行動部反時針方向回到自己的辦公室，下班時同樣地情願走長一點路程離開。奇怪的是行動部同事也同樣迂迴地經人事部的走廊上下班，這是為甚麼？顯而易見，他們是避免跟自己部門老總碰面打招呼，否則有種種後果。這般人生百態，光怪陸離，有趣！

　　真的不要取笑人！某天我在走廊踱步想事，碰巧陳 sir 也在他辦公室外踱步，離遠看見我如獲至寶，招呼我到他的辦公室著我研究兩個項目，他的枱頭已寫下了幾點相關的筆記，看來不是即興。我的心情很久沒有這樣沉重過！

　　前些時候，「有組織及三合會調查科」（俗稱 O 記）的高級警司被廉政公署拘捕，涉及收受不當利益，輿論質疑被委任到如此敏感崗位的警官有否事先做好「品格審查」。陳

sir 指示我檢視警隊內所有必須的品格審查情況，並查找不足。如此機密的題目，聽得我滿天星斗！

另一個項目是關於「例假」的。所關注的是警隊成員累積的例假總數越來越多，這對前線運作構成壓力，更有潛在的人事管理隱患。這個議題一向是由人事管理科主理的，在過去幾年試行過幾項強硬措施都沒有成效，陳 sir 想我探討研究，並建議可行方案。說得我天旋地轉！

離開陳 sir 辦公室後，我拖拽著蹣跚的腳步，先去向巴尼報告新領的兩個項目。他反應激烈，罵不停口。難怪！這兩個項目明顯不是服務條件科的職責，落在我的身上，也即是落在他身上。何況他沒有信心我可以做出甚麼成績，勢必也會連累他。我巴不得他有向上抗議的勇氣。

這些沒完沒了的項目使我對福音更覺虧欠。我和岱華鼓起十二分勇氣，決心往何伯母處探訪。她獨居元朗，居住的鐵皮屋被建築地盤包圍著，好不容易我們才來到門前。幾頭惡犬在屋裏狂吠，一把頗年青溫柔的女性嗓子呼應著，我們道明來意後，開門出來的竟是一位瘦骨嶙峋的老人家。雖是首次見面，何伯母熱情健談，得悉我當差的背景，更滔滔不絕地憶述多年前在黑白兩道間謀生的往事，要在江湖上鑽營，也相當的唏噓。我邀請她聽我讀一段聖經（〈約翰福音〉1:1–14，以後成了我傳福音常用的開宗經文），她沒有拒絕。

伯母態度友善，卻總帶點江湖味，不知她有否聽進心裏。握著她的手禱告祝福之後，我們就告別了。對於有如此的探訪氣氛，算是有點意外。

兩個新的研究項目中，「例假」較易入手。我自己也有例假，在前線當指揮多時，對於「不放假文化」我可說瞭如指掌，可這是個死症啊！像我這樣善用例假的人可說極少，在暑期與妻兒往海外旅遊，增廣見聞，充電後再衝刺，何樂

而不為呢！為甚麼同事們都不願放假？

前線指揮官們有兩個常用藉口：香港人都是工作狂；許多人希望多累積假期，好在退休時能全薪放假。其實，還記得 1993 年我離開投訴警察科休假前，助理處長曾告誡我放假的決定對晉升考核不利（見第 16 篇）。無疑他是善意的，卻也反映了警隊中的「不放假文化」，休假要考慮到上司的眼光和別人對自己事業心孰輕孰重的偏見，即使是助理處長階級也深信不能逆轉潮流。

2000 年前受聘的公務員，例假可累積至 180 天。年資滿 10 年而例假累積少於 100 天的人數近乎零（我是少數的例外），累積滿 150 天以上的人數接近一半，趨勢更是有增無減。無論引入甚麼政策，對鼓勵前線人員放假都起不到作用。雖然制度上可以命令人員放假，但這種損人不利己的行為根本得不到前線指揮官響應。

我從主領悟了一個「煩」字訣，用軟功，上司們聽畢我的構思，都覺得這條「藥方」可以一試。

這個「煩」字有兩個寫法。首先是建立一個人事程序催逼前線指揮官積極管理，把例假高企員工分幾個警戒級別，將距離累積上限（俗稱「爆假」）只剩一年、六個月和三個月的，分別定為「黃」、「紅」和「黑」三區。人事系統電腦會定期編印清單給指揮官，著他們行動：鼓勵「黃」區人員放假；為「紅」區人員計劃假期；為每名進入「黑」區的人員開一個獨立檔案，緊急編定放假安排，還要解釋為甚麼過去九個月（在「黃」、「紅」區時）沒有管理好他的假期。

「煩」字另一個寫法是將「例假管理」定為總區和警區指揮官每月例會的常規議程項目，藉以檢討區內累積假期情況。可以想像，實施初期不見甚麼效果，但鐵杵磨針，或許有少數指揮官看見屬下累積假期比其他警區高，或者

「紅」、「黑」個案比別人多，又不想在例會上被上司針對，因而更積極「鼓勵」人員放假。如此心理一旦啟動，在相互較勁的心理下，我就成功在望。

在新機制實施後六個月，我又把握了一次催化機會。在對比刑事總部和六個總區的累積假期後，我發現其中兩個總區稍有改善。透過我的總警司書面讚好的同時，我們還請了兩位總區指揮官分享管理心得。果然，這次表現好的總區會希望維持著表現，其他總區指揮官亦自然不甘後人，一層壓一層，此後請假的人不再一面倒的被負面標籤，甚至會被視為是健康生活的表現。能在這人事絕症上起死回生，我的確有「神蹟」之感。

對於「品格審查」，我近乎一無所知。開始研究時有一定的難度，不能高調蒐集資料，只可低調打聽，因而進展緩慢，還好之後漸見端倪。由於涉及機密，我不宜詳細交代。綜觀各部門的相關政策分析後，我認為問題不大，建議了一些優化安排，當中涉及人事部和一些總部單位。我把報告沿指揮線上呈至老總陳 sir，檔案就沒有再傳回來了。在我調離人事部後，有一次與陳 sir 秘書通電話，她說陳 sir 把那檔案在桌前中央已放了八個月，她也覺得費解。我想，如果報告有缺陷，陳 sir 會毫不猶豫發回來再做，甚或把項目擱置；看來他同意我的分析和建議，然而茲事體大，影響其他單位，他仍在該做與難做之間躊躇著。

「要愛惜光陰，因為現今的世代邪惡。」（〈以弗所書〉5:16）多擔了兩個重量級項目，別人或許感到無辜，我卻認為善用了人生，為機構多作點實質貢獻。我彷彿感到人事部諸位長官對我的評價也有著微妙的變化。

45 薪酬津貼與今生來世

自從第一次探訪何伯母，我又把她淡忘了。等到我覺得實在太慚愧時，又在一個週末去探望她。我和岱華帶上了大兒子迦勒，一方面對迦勒有點操練意味，另一方面希望一名少年或許可對老人家增添溫情。伯母迎接我們進入，少了一份興奮，多了少許脾氣。禮貌上我說聲抱歉，指一段時間沒有來探望，她隨即回答：「三個月啦！」當頭棒喝，那份扎心至今還在。破了冰之後又是一番熱情的談話，迦勒的陪同果然倍添溫馨。這一次我給伯母讀了〈約翰福音〉2:1–11，這裏記載了耶穌所行的頭一件神蹟，變水為酒，我演繹著耶穌可以把淡而無味的人生變得芬芳。

三四個星期後，我和迦勒再去探訪何伯母，讀了〈約翰福音〉3:1–16 的耶穌論重生。我問伯母知不知道甚麼是重生，她說是神給的新生命。我感稀奇，她怎會知道呢？她說是我以前說過的。我正在思索間，伯母又有點惱怒起來，細心澄清後，我才記得是第一次探訪讀到〈約翰福音〉1:13 時，已經預告了第三章重生的意義。我有點汗顏，傳道的人竟然忘記傳了甚麼，聽道的人卻把寶貴的道刻印在心上。是主親自尋找她。結束時，迦勒為老人家禱告。

回到工作上的一項重要課題，警察的薪酬政策是各級

職員最關心的項目，恰巧落在我的肩頭上。由於薪酬的重要性，政府已經定下清晰的政策，按不同工種、入職學歷和專業要求歸類職系，構築適用的薪級表，同時定有一套機制，按人力市場的薪酬趨勢，每年調整公務員薪酬。

為此，政府委任一些社會精英組成了公務員薪俸及服務條件常務委員會（簡稱薪常會）及紀律人員薪俸及服務條件常務委員會（簡稱紀常會），作為政府在決定一般公務員與紀律部隊薪酬事宜的諮詢機構。此外，政府還有兩個委員會是為司法職系和首長級而設的。公務員事務局所設立的支援秘書處，是以首長級第三級的高級政務官出任秘書長，可見這四個委員會的地位和對公務員薪酬事宜的重要程度。

由於制度已相當嚴謹，平素沒有甚麼可變的，本以為無事可做的薪酬政策意外地翻起了連番巨浪，一波比一波洶湧。自 1997 年特區政府成立開始，不少社會精英進入管治班子，並引入商界作風管理政府財政。不料同年發生亞洲金融風暴，人力市場疲弱，史無前例地下跌的薪酬趨勢成了大動手術的議題。2000 年進行的一項入職薪酬檢討已將公務員的入職起薪大幅調低，警員和督察的起薪安排也在調整之列。縱使公務員強烈反對，政府還是透過立法連續兩年削減公務員薪金 3%，並引入可加可減機制。即便如此，輿論和新政府精英們仍是意猶未盡，再強勢推行全面薪酬水平檢討，正是司馬昭之心，所有公務員工會和警察職員協會都如臨大敵。

薪酬檢討方面，在高壓推動之下，政府感到來自警察四大職員協會的反對最難招架。一方面警隊在面對政治和社會情緒惡化的幾年間有功無過，另一方面警隊人員在文在武皆素有磨練，據理陳詞不輸政務官。為避其鋒，政府修改策

略，答應在整體檢討過後，才為紀律部隊進行「職系架構檢討」，實行逐個擊破，成功地把紀律部隊暫擱一旁，少說也可拖延兩年。

「紀常會」是一個高級別的諮詢平台，由一位行政會議成員擔任主席。每年警務處處長和兩位副處長都會與紀常會會面，介紹一下警隊的最新挑戰和發展。這樣高層次的會議竟由我來負責，不單要統籌時間、場地、聯絡等瑣碎事，討論的議題也得先行研究並向處長們報告，與會當天還要做「阿四」。本來是搞搞關係的例行公事，由於政府四面八方圍剿公務員的薪酬福利，這些會議變得別具意義，壓在我身上的擔子非比尋常。

照著老總陳 sir 的意思，我曾兩次邀請紀常會探訪高度機密的警務單位和工種（因事涉機密，不宜在此透露）。我運用創意，讓那些敏感工作的人員釋除階級和主客等溝通障礙，把日常執勤表達得更簡潔，並且貼近實情，莫說我這頗為資深的都聽得精彩，紀常會一眾委員更有點如痴如醉。其中一次在回程的車上，他們還忍不住在討論和讚嘆。主席問到某工種在常規薪酬以外還有沒有津貼（不知他是認真關心，還是隨口一問），我又觸了靈機，回答：「沒有。雖然津貼不能補償這工種的額外辛勞和風險，但將會對他們的貢獻給予一份支持和肯定。」主席立刻表示贊同，其他委員也附和。在場的秘書長未及阻攔，就這樣馬馬虎虎地作出了不是會議的決議。在當時削減薪津的大潮中，我帶回了一份沖喜。

由於高層屬意由巴尼在將來的職系架構檢討時披甲上陣（他們普遍認為用外籍人員陳詞會有優勢），未雨先綢繆，我先行蒐集過去幾十年間的薪酬檢討發展，把 1970 年代至2001 年間的六七個檢討運動歸納成一份十來頁紙的報告。

這報告成為了警隊首份清晰可據的薪酬檢討大全。我想雖然不能參與將來的檢討，但能略盡綿力也感不枉。

　　一天早上我收到仙姐的電話。一位高級督察 Louis 腦癌已達晚期，右身癱瘓，正在醫院，大部分時間處於昏迷中，仙姐希望我盡可能給他傳福音。在此之前我跟 Louis 只通過一次公事電話，談不上認識，也不知道他家人會否覺得反感。經驗、信心，我兩者皆缺，只是對這樣的邀請總沒有拒絕的理由。我約了仙姐和 Cecilia 於午飯時間同往探病，在進入病房前我們先行禱告。

　　Louis 的太太和兩位親友正在牀邊陪伴。仙姐湊近 Louis 耳邊傳達問候，原本像昏迷中的 Louis 移動了一下，眼皮有點反應。時機稍縱即逝，即使冒昧我也必須硬著頭皮一試。我握著 Louis 的左手，湊到他的耳邊，從那次公事電話談起，轉瞬間把話題帶到神的愛、人的罪、耶穌的十字架和永遠的救恩。一邊說話，一邊感覺到他的手傳來一些反應，我繼續說：「我們都有一條人生必走的路，耶穌呼召罪人悔改歸向祂，應許他們在今生有平安，在來世有永生。」「Louis，我想邀請你接受耶穌。」Louis 的左手用力握著我的手好一陣子，其他人大概也看得出來。我雖感欣慰，但對這件重如泰山的事決不能「想當然」處之。

　　想了一下，我跟 Louis 說：「我想正式問你是否願意相信耶穌？若願意請你舉手。」Louis 竟把左手舉了大半呎高，隨即又垂了下來。「你是否承認自己是個罪人？」Louis 又舉了手。「你是否願意悔改歸向耶穌？」Louis 也舉了手。兩位姊妹必是和我同樣的激動。

46 內外時務比無瑕更完美

　　Louis 的病情漸見好轉，甚至回家小住。此後幾個月仙姐、Cecilia 和我都輪著去探望他，堅固他信心之餘，也好給他太太一點支持。我與岱華把握機會先後帶著迦勒和以諾探訪，讓少年人操練關心別人和為他人禱告。後來 Louis 主懷安息了！我們也分享了這份安息。

　　晉升警司已超過一年半，至 2005 年 1 月，我才有空參與初升警司的高級指揮課程。課程包括理論和實習性的操練。在不自覺間我的信心更踏實了，也反映出過去在多元化崗位上的磨練。以前我不擅辭令，但如今在課程中無論是演講、介紹預案或是開記者招待會等都有上上的表現。

　　課程其中一個環節是到內地廣東省肇慶市的公安機關訪問三天。由於成員都是警司，禮節上須以助理處長做團長帶隊，好與接待的肇慶市公安局局長對等交流。「剛剛」遇著「啱啱」，輪到人事部老總陳 sir 帶隊。肇慶之行平平無奇，在公事交流之外，公安局還盡地主之誼，招呼我們到當地名勝轉悠。第二天早上大夥兒抵達了一個名勝地點。我在車上坐得較後，待我下得車來，領首的已經進去了。我驀然驚覺那是一座廟宇，是道是佛我沒有記下。稍一猶豫間眾人已經魚貫入內，只剩我一人在外。那麼將錯就「對」，我就沒有

進去了。一刻鐘後，一行主客走出門外合照，我站在遠處眈天望地，悠然自得。

其實，這類的表態機會不少。我的辦公室就在關帝房隔壁，陳 sir 辦過兩次拜關帝活動，大半個人事部都圍到我辦公室門口熱情地參與盛事，而我只管關門自閉。同事們想必也見怪不怪。

回港後不久是課程尾聲，最後一天循例由副處長（行動）作課程結束的最後訓示。鄧 sir 是一位受歡迎的長官，謙遜溫和，尊重他人，還是下一任處長的不二人選。通常這類訓示都是樣板戲，不期望有甚麼認真的交流，他卻偏偏又提出那項金玉其外的「警署合併」議題。課程中 16 位參加者，大都來自前線警區，其中有好幾位由 CID 總督察晉升警司，深受「警署合併計劃」之苦，對此可謂深惡痛絕！原本兩位刑事總督察擔任的職責歸到一人身上，由監督四五隊調查隊變成八九隊，由主理二百宗案件的偵查和檢控變成四百宗。就算日以繼夜工作，也只是疲於奔命，全無素質可言。課程期間茶餘飯後談及，他們都用上所有的助語詞，暢所欲言地批判一番。此刻副處長邀請各人給予意見，這些同事竟然來個「沉默是金」。

「警署合併計劃」的敗筆，我已在升級委員會面試時大無畏地表達過，又親耳聽聞過其他人慘痛的經驗，鄧 sir 卻好像只接收過一面倒的歌功頌德。我已不是初生之犢，但這議題的大是大非，明顯不單是警隊一件大弊，對服務社會更是一宗隱患。可是為甚麼同事們不把握這個機會表白呢？是感到約定俗成，已回天乏術？是明哲保身？還是升了級已事不關己？難道挺身而出的人就這麼稀罕？

暗嘆了一口氣，我舉手表示想回應，鄧 sir 對於能打破沉默自然歡迎，氣氛立時緊張起來。我採取了比面試時更謙

恭的語氣，表達了更有層次的觀點，並鄭重地引用了幾位在場同事的親身經驗作為佐證。鄧 sir 聽得臉上變色。當然他有打圓場的技巧，我也懂點到即止的藝術。此後數年，有些因「警署合併計劃」而被凍結了的總督察編制給解凍，並重新補缺；一些已取消了的總督察編制，以節省下來的資源重新創造編制。不愧有當處長之人的胸襟！

2005 年 4 月某天，我收到何弟兄從加拿大回港後的來電，得悉何伯母已因急病送院。晚上我往屯門醫院探望她，路途有點遙遠，也正好在駕駛時默禱和作思想準備。一踏進病房，我就聽到她對兒女發脾氣的說話，這和前幾次探訪時的溫柔判若兩人。我叫了聲伯母，兄姊們也提醒她：「龔偉國來探你。」伯母迅即平靜下來，親切的握著我手（後來證實是急性血癌，所以她全身難受）。我一面問候和安慰她，一面跟兄姊們寒暄。至關緊要的事不敢忽略，我跟伯母唸了兩節聖經，邀請她接受耶穌，她願意。我相信她在此之前已蒙主拯救，現在正好藉此讓她向兒女們表白。禱告完了，與她告別時，她很平安。

直覺猜到伯母時日無多了，我連續幾天黃昏都前往探病，見伯母平安，痛而不苦。一天，Louis 的太太邀請我們下班到訪，以表謝意。因趕著探病，沒有吃飯我就辭別了。那天事多務繁，來到醫院還是心神不定，我就先在大堂安靜默禱。隱約想起一段經文卻記不仔細，不知是〈約伯記〉（共有 42 章）的哪段，不料隨手翻開聖經竟然就在眼前：「我知道我的救贖主活著，末了必站立在地上。我這皮肉滅絕之後，我必在肉體之外得見神。我自己要見他，親眼要看他，並不像外人。」（〈約伯記〉19:25–27）竟是一段懷著信心告別肉身的經文。我情知伯母即將離世，那該如何安慰她呢？及至在病牀旁邊，伯母對我重複說道看見耶穌來接她，

她已經預備好了，我何須擔心？伯母安穩地接收了那段經文，我禱告把她交到主的手中，那天深夜主把她接去了。

2005 年 6 月，陳 sir 已決定要在我離任時給我一封讚賞信（letter of appreciation），以表彰我的貢獻，那時來說是非常罕有的。一天下午，總警司曾 sir（他接替了「天下第二筆」已一段日子）經過我的辦公室，煞有介事的召我到他那裏，神神秘秘的著我關上門，又細聲細氣對我說剛才陳 sir 見了他，對我的工作極之欣賞和滿意。聽到這裏我已知道這一招叫「先甜後苦」，真正要講的話還在後頭。果然，「不過，你還記得去肇慶訪問的事嗎？」曾 sir 竟然把我沒有進廟宇的前後細節說得一清二楚，那麼說來陳 sir 不但把這事看在眼裏，還放在心上，並視作我工作上的美中「不足」，還著曾 sir 把我輔導一番。於是曾 sir 長篇大論、苦口婆心、引經據典的，從三國說到康雍乾，意思就是「識時務者為俊傑」，我沒有反駁，也不肯點頭。待他說完了，我問：「陳 sir 還有其他不滿的嗎？」曾 sir 表現得有點錯愕，說道「沒有了」。「就只是一件不滿的事嗎？」我微笑鎮定地問。他摸不到我問題的用意，回答：「對！就此一件。」

回到辦公室，我關上了門，直想拍手和跳舞，心裏喜樂如江河滾滾，跪下感恩。幸好那天把自己分別了出來，為耶穌的緣故吃了一次榮譽的虧。至於除此之外別無過失，看來就不是江湖褒獎，而是真心實話了。一切一切，比無瑕更完美，我真的笑出淚來。

「屬血氣的人不領會神聖靈的事，反倒以為愚拙，並且不能知道，因為這些事惟有屬靈的人纔能看透。屬靈的人能看透萬事，卻沒有一人能看透了他。」（〈哥林多前書〉2:14–15）

47 閒中忙事樂對奇難雜症

人事部老總陳 sir 雖然嫌我美中不足，但還是破格地給我寫了三頁長的讚賞信，並特意為我安排了一個擔任機動部隊大隊長的機會。

那個年代，平均每年有二十多位新晉警司，而警司受訓於機動部隊作「連」級指揮的每年只有四五個空缺。機動部隊受訓經驗在警隊尤受重視，對工作有用，對升遷有利。陳 sir 的安排對我是一份好意，我是心領的；不過我對警隊內的訓練文化一向不敢恭維。至於訓練之後在東九龍總區的 60 週職務，我也沒有甚麼可以憧憬的，無論是日常治安，還是大型活動，都不見得會有顯著的貢獻機會。

2005 年 6、7 月間我和兒子們到了美國，不是為度假，而是為了迦勒探訪幾處大學。我們把想望放在禱告中，求主帶領迦勒入讀優秀的建築學院，食住良好，更重要的是就近有合適的教會。

8 月初我休假完畢，下一個機動部隊「連」卻要到 10 月 10 日才組成。其間有十週的過渡，我被安置在東九龍和西九龍總區的聯合指揮控制中心（俗稱電台）當第四組的台長，主要功能是統籌外巡人員應對市民報案及其他行動任務。四十多名組員中，多半是警長階級，他們的實戰經驗能

有效率地調配外巡人員；另外小半是警務通訊員，負責接聽
999 求助電話及擔任輔助警長的角色。絕大多數的案件都能
在組員的經驗範圍內執行，監督和行政工作就由兩位督察主
持，所以剩下我要做的常規工作少得發慌。

999 的接聽組就設在我辦公桌旁邊，故此我能隱約聽到
一般電話對答。許多來電沒有人說話，是作弄居多。有些來
電者非常激動，只顧說案情卻沒有交代地點，往往耽誤了警
員的到場時間。有些人非常心急，報案後不到一兩分鐘又再
來電抱怨警察未到。又有些來電還未說完話就掛了線，這種
情況尤其棘手，接聽組必須立即追線以尋找來電位置，然而
在保障私隱的法規下常常遇到困難。接聽電話的通訊員可真
要有相當的耐性啊！

我不是工作狂，只是對浪費光陰心有不甘。我常常有事
沒事的踱步到各警區分台與職員攀談，了解一下他們的工作
情況。可以想像，他們定會感到有壓力和緊張；不過，這也
間接提升了他們的效率。

一天，運輸署提供的交通監察系統吸引了我，觀塘分區
鯉魚門道西行方向塞車很是嚴重。由於情況持續，我索性到
觀塘警區分台了解情況。坐台的沙展是觀塘的老兵，他充滿
信心地給我講解。1980 年代以後香港工業北移，大多數觀
塘分區的工廠由生產變成貨倉用途，工廠大廈合適的車位不
敷應用。如此這般，在路旁上落貨的活動翻了幾倍，區內的
堵塞困局也就延伸至主要道路，沙展表示常有交通督導員在
工廠區內疏導交通，可惜這塞車已然是個「死症」了！

我在葵涌分區工作時，對工廠區的交通問題算明白了個
十之九九。除沙展提到的以外，還說漏了工廠區內很多人以
各樣雜物放在馬路上霸位，致使不少車輛要雙線停車來上落
貨，更有車輛爬頭插隊等等，而交通督導員又不敢挑戰這些

兇神惡煞的大哥們（物流從業員），往往會自我失蹤。

又是「死症」？在過往的崗位上，我對眾多深層次的「重症」、「死症」都沒有放棄過。我給沙展一道友善的指令，著他先找上在當區疏導交通的督導員和警區交通組主管（警署警長階級）要求解決問題。若仍沒有改善，便由我出面與觀塘警區行動主任或分區指揮官聯絡。半小時後車龍消散，此後在我的更份內難得見到鯉魚門道塞車。

下一個「死症」就沒有那麼容易解決了。西九龍漆咸道西行的交通阻塞情況一向都非常嚴重，我自己也領教過。現在借助交通監察系統觀察和分析，我發現交通瓶頸原來是在漆咸道順延至加士居道的交界。加士居道是四線行車，兩條快線通往西九龍走廊的高架公路。最外的快線規劃予公主道連接路下來的車輛專用，可直達西九龍走廊；由於流量不多，交通很是暢順。至於經漆咸道往西九龍走廊的交通，則都只能擠到另一條快線，這個瓶頸就是病根。由於這一條行車線遠超負荷，車輛在這關節上一塞，本意只想經漆咸道兩條慢線往尖沙咀和佐敦的車輛也給車龍堵住了；當龍尾影響至一公里後的蕪湖街路口時，就把往紅磡海底隧道的車流也堵上，車龍迅速延伸至一公里外的舊機場隧道，甚或更遠。

我琢磨著可否把公主道連接路下來的交通專道改為讓道，把通往西九龍走廊的最外快線給予漆咸道來的車輛優先使用。如此把瓶頸擴闊，保守估計經漆咸道往西九龍走廊的交通流量可提升 50% 以上；在改善漆咸道往西九龍走廊交通的同時，必定也能大大改善往紅磡海底隧道、尖沙咀及佐敦等地的行車效率。只是，這樣的改道雖然不難，安排試行也不廢吹灰之力，卻因官僚架構所「堵」。這建議必須先交由西九龍總區交通管理單位研究，再經交通總部向運輸署提出。

我把這個觀察和建議詳文傳達給西九龍交通科的高級警司後，彷彿石沉大海。一天，該位英籍高級警司來探望他的交通電台同事，趁此機會我向他提起此事。他沒有證實是否看過我的公文，只是說了一句話，表示一切方法都考慮過，沒有一項可行，然後拂袖而去，完全無意討論和解釋。平時，我對事業前途不怎麼重視，今天突然希望快些升級，好到西九龍總區去整頓一下。

我的性格內向，較善於針對問題深思分析並研究解決方案，與人交往卻比較被動，這是事奉主的一個弱點。士沙馮也是一位沉穩而內歛的人，自從 2003 年通過電話後，我們再沒有聯絡，只是互相祝福，心照不宣。這一天，士沙馮打來一個電話，情緒跟上一次截然不同。

這兩年間，士沙馮患了致命的急性肝病，經醫生評估後，他太太把部分肝臟移植給他。他得以活命之際，妻子卻因併發症死亡。他邊說邊哭，說因兩名兒子苦苦攔住，才把堅決赴死的念頭打消掉。我聽著已是淚流滿面，尋不出可安慰的話，只有隔著電話跪下禱告，仰望主的憐憫。那份悲痛至今仍扎在我的心上。

我常自祈禱，求主幫助我更主動關心別人，能與哀哭的人同哭（〈羅馬書〉12:15-16）。

48 事有輕重相愛務必真誠

　　調離人事部之後，我每週還會到警察總部帶領查經。某次聚會過後，其中一位平素英姿颯爽的姊妹，憂心忡忡地提出為她年老體弱的父親禱告，說對他是否得救沒有把握。代禱可說是舉手之勞！下一週查經完畢，姊妹又再提出為她父親禱告。這次我感到分外不安，平素帶領查經時引經據典，頭頭是道，又解釋真理，勉勵行善，如今肢體憂愁，豈能止於禱告？「我們相愛，不要只在言語和舌頭上，總要在行為和誠實上。」（〈約翰壹書〉3:18）

　　雖然我不擅探訪，但也必須勉力而為。我和岱華在一個週末往世伯府上探望。世伯是位有見識、有視野的漢子，二戰和國共內戰時當過兵，年青時已經相信耶穌。我小心察驗，感到世伯的信心是真實的，只是那段磨難日子給他留下創傷，心靈有點起伏不定。聊天中我聽多說少，可也把握著機會讀經和禱告，希望堅固他的信心。

　　以後還有兩次探望世伯的機會，他的外體每況愈下，內心卻一天新似一天（〈哥林多後書〉4:16）。不久後，世伯在平安中完結客旅人生。此後，姊妹和我們夫妻也結為深交。

　　還在電台的一天早上，6 時 45 分我就接了更，把每天的狀況報告讀完後，沒有甚麼該跟進的事項，還未到 7 時

30 分，是該享用咖啡、三文治的時候，幸好某些感覺在拖延著我。

在我辦公桌前天花以下安裝著一個顯示板，是特意為警示台長而設的。凡有 999 來電超過 30 秒仍未被接聽的，紅燈就會亮起；有超過一分鐘仍未被接聽的，警鐘就會響起。我當值幾週從未亮過響過。突然，顯示板亮起紅燈，有兩三位經驗老到的支援人員迅即衝到 999 台加入接聽行列。警鐘也響起來了。我正在盤算是甚麼原因，可惜我沒能從職員的對答聽得明白。事有緩急，不便立時過問，免得妨礙他們應對。只一分鐘間，警鐘和紅燈都已解除，增援的人員也撤下來，神情輕鬆，像沒有發生過甚麼事似的，督察們沒有過問，也沒有人想要向我報告。

我實在好奇，如此密集報案，不是天災火災，就是大型意外！我召了一位支援人員來詢問，想知道究竟葫蘆裏賣的甚麼藥。「只是 TADO（沒有人受傷的交通意外）。」何以有這麼多人報案！有多少輛車？「一輛。」甚麼車？「貨櫃車。」撞得如何？「翻了車。」我已經提起了十二分精神。在哪裏？「黃大仙龍翔道（一條連接東、西九龍和新界的主要幹線）。」你們怎樣處理？「都轉到交通台處理。」他看著我越追問越激動，竟還顯得大惑不解。

顧不得發怒，我向著一名督察助手斷喝一聲：「龍翔道翻了貨櫃車！」三步作兩步跑到交通台，督察助手也隨即跟上。兩位沙展已是額頭冒汗，正在努力應對。從交通監察系統清晰可見，龍翔道東行的三線車道被翻側了的貨櫃車全數攔住，車頭不但壓在分隔車道的石壆上，還把一條燈柱撞歪至對面西行車道上，把三條行車線也給攔了一大半。西行的車輛都在僅餘的半條行車道上擠過去，險象環生。現場交通混亂不在話下，在這繁忙時間，車流很快會牽連到其他主要

幹道，全九龍和新界南的交通勢有癱瘓之虞，對市民的影響不可謂不大。我心裏默禱，求主幫助！

總區交通前線已是快馬加鞭趕赴現場處理。督察立時多招兩位通訊員加入接聽，一名沙展正在通知公共關係科（這是標準程序），讓其通知運輸處，好安排電台、電視台和隧道等廣播狀況。

轉瞬間我已有了計較，必須把受影響的範圍進行隔離，把受困的車輛數目盡快凍結，然後疏導。事急馬行田，我吩咐一位沙展直接致電獅子山隧道公司（等不及經運輸處聯絡），廣播呼籲往九龍方向車輛避免駛進龍翔道；隨即吩咐另一位沙展通知交通前線人員在太子道進行交通管制，指示原意使用龍翔道往西九龍或新界的車輛改道。幸好龍翔道東行的車道在臨近意外現場有其他支路可以疏散，不致把車輛完全堵死。接著，我指示盡快安排重型拖車到現場。

一輪即時指令完畢，想到自己的交通行動經驗薄弱，必定還有疏漏，我給東九龍交通科高級警司打了通電話。8 時未到他已在辦公室，態度跟上一篇提及的西九龍那位有天淵之別，我還未及請他監督行動，他已督定親到現場指揮。

雖說這樣的車禍對交通造成的影響不少，但在及時的措施下對市民影響也算可控。早上 8 時半，我致電東九龍總區副指揮官（總警司）報告事件。由於這類性質的交通事故曾觸發長時間和大規模的交通癱瘓，總部很是關注。副指揮官也頗為緊張，問得非常仔細，好向行動處處長報告。

〈哥林多前書〉4:2 說：「所求於管家的，是要他有忠心。」望著電台環繞我的同事，雖說都是「好人」，但大多數都沒能心到手到。若不是有神的靈感動，我會否同樣庸碌？

49 組藍帽子拉雜成軍

　　機動部隊即是「藍帽子」，也稱 PTU，就是 Police Tactical Unit 的縮寫；因傳統的防暴角色，又稱「防暴隊」[23]。對於每名軍裝警員和沙展，不分男女，藍帽子都是必經的訓練。由於崗位組成比例所限，其他階級都是要經挑選才有機會參與的。大多數加入藍帽子的人員都非常雀躍，士氣高昂。

　　那些年頭，警隊常設六「連」（company 或稱「大隊」）藍帽子。每連共有 170 人，由一位俗稱「大隊長」的警司指揮，並由一位俗稱「大隊副」的總督察輔助。一連有四個「排」（platoon 或稱「小隊」），由四個總區各出動一個小隊的人力，每小隊 41 人，由兩位督察輪流擔任小隊隊長。

　　PTU 的任期分兩個階段，頭一個是 12 週訓練期，培訓體能、槍械、人群管理、突擊剿匪及防暴戰術等項目，可說多姿多彩。沙展及以上階級人員的訓練期更提早四週開始，針對他們的指揮角色進行前期訓練。PTU 的第二個階段則為期 60 週，各小隊回歸原來的總區執行機動任務。

　　我的 PTU 大隊將於 2005 年 10 月 10 日組班。在架構

---

[23] 警察機動部隊於1958年成立，專門應對戰後因經濟和治安不良所引發的騷亂。香港地位特殊，在1967、2014及2019年更發生過因政治角力而衍生的大規模且長期的暴力事件。機動部隊在香港擔起防暴重任，其訓練和成效可說舉世知名。

上，四個小隊由我和大隊副統率，另有四位骨幹成員輔助，分別是大隊士沙、運輸組沙展（俗稱車頭）、大隊長的司機和一名勤務員，一般都是十中選一的能人。我名義上出於東九龍總區，而大隊副則出於港島總區；勤務員是大隊副提名的，是他經年的親兵；另外三位大隊骨幹成員則應該由我從東九龍總區挑選。由於往後的 76 週他們將會是自己的「張龍」、「趙虎」，我不能漠不關心。

然而，我從來沒有駐守過東九龍，又怎樣挑選呢？東九龍總區裏主管員佐級人事調配的總督察曾與我短暫共事，雖不稔熟，但也算說話投契，我惟有靠她作初步甄選。車頭和司機的提名有一貫的做法，基於他們有較規範的工作責任，我並沒有太在意。

挑選大隊士沙是我最關心的！這個崗位特別難當，在防暴戰術上要持半自動步槍，充當我的隨身護衛和通訊員，體能要求高，精神壓力大，只是這還不是最大的挑戰。

大隊士沙平素擔當大隊長的協調代表，須面對小隊的隊長比他高級，小隊士沙又與他同級的情況。他若過於霸道，有狐假虎威之嫌，會損害團結；他若處事過度溫和，則對協調效率不利。正因為這角色拿捏難度甚高，而士沙的晉升機會渺茫，晉升考慮又重文多於重武（見第 68 篇），因此願意做大隊士沙的人近乎零，除非他與大隊長有過人的交情。

給我當大隊士沙的只有一個提名，他叫阿強。本來條件合適的有好幾位，但不是他們不願做，就是他們的上司以種種藉口不肯放人。這種情況下，阿強被提名反而有點可疑。我從傳真收到阿強的簡單人事資料，當然不足以判斷合適與否；加上傳真的相片漆黑一片，連「以貌取人」也無從說起。想到往後 76 週的合作，我心裏實在沒底。我沒有隨遇而安的瀟灑，惟有禱告，在基督耶穌裏享用神所賜出人意外

的平安（〈腓立比書〉4:7）。

我在接受了阿強的提名後才有機會跟他見上一面。阿強有點跳脫，帶點稚氣的笑容，跟我想像的老練江湖味大不相同。40歲未到已晉升士沙，在那個時候實屬罕見。他待人不亢不卑，處事幹練認真，態度誠懇寬容，直覺上他應該是一個上佳搭檔。可惜一波還有三折，阿強因心臟有異常狀況而體檢失敗，在搜尋「替代品」時我又處處碰壁。

當埋班日子越來越接近，許多協調和庶務的前期工作必須展開之時，我的心越發忐忑。就在這個時候阿強竟然請纓做「義工」，為我著手辦理一切預備工夫，好讓將來獲正式委任的大隊士沙可以順利接手。這份體貼和仗義跟我以前自發往石崗難民營做「義工」是異曲同工（見第7篇）。這樣素昧平生，大有惺惺相惜之感。耶穌說：「你們用甚麼量器量給人，也必用甚麼量器量給你們。」（〈路加福音〉6:38）

阿強的生日在10月1日，恰巧是國慶日，我就記在心上。平常我和家人都不慶祝生日，可那天我心血來潮就給他打了個祝賀電話。過了幾天，阿強自付重費找了位心臟科專家檢查，證實他心臟健康。峰迴路轉，他竟然由「義工」又變回了「正印」，用實際行動投了我信心一票。

在PTU埋班前大約十天，我約了大隊的骨幹成員一聚。大隊副是往年認識的，比我年長幾個月，搞笑世故，長袖善舞，處事與我有互補作用。八位督察中有五男三女，都是新面孔，性格背景各異，看來都正派開明，談吐斯文，說不出是他們的本性，還是對我的遷就。

車頭阿明畢恭畢敬，帶點幽默感，在PTU他得肩負領導13位司機和維持15部警車運作的重任。我被司機Karin嚇了一跳，竟是一位個子比我高、長髮披肩的美女，幸好她說話還帶點陽剛氣。原來Karin也不是吃素的，她不單是警

察籃球隊成員，更是警隊 200 米短跑紀錄的長期保持者。Karin 也是一位基督徒，是兩個小孩的母親。後來我聽東九龍總區那位總督察（也是女性）說，她是特意為 Karin 安排一位正經的老闆。不知這個說法是開玩笑，還是認真；不過，在基督徒的情誼上 Karin 確是與我互有裨益。

為了迎合訓練文化，受訓大隊都製作海報、拍照、過膠、購置小型裝備等等一大堆花招，力求隊伍事事漂亮，處處得體。這些都是開支，卻沒有公費可報銷。我不屑這些虛浮，可是其他人顯然沒有逆流而行的勇氣。以前的大隊做法大同小異，通常由「白恤衫」[24] 湊款，難以記賬的瑣碎開支通常由大隊士沙或勤務員自掏腰包，與車輛有關的自是車頭的義務。我感到不安！

前期訓練開始的第一天，我把阿強請到辦公室，談到那些開支，大家都心照不宣。我鄭重的請阿強成全我（我一邊說一邊拿出現金 5,000 元），所有這類開支一分錢也不能由任何一位同事支付，並且他必須全力執行，不可聽任自然。我還要求他簡單記錄支出和餘額，無須詳細，不用單據，用意是確保所有開支都有「出數」。要是款項不夠，自是由我補足。若有開支而沒有出數，就是他辜負了我。阿強聽著臉上變色，竟如背上千斤重擔。他想了想，認真地答應了我。大概他沒有遇見過這樣的大隊長，將來或許也難遇到。

---

[24] 軍裝警察的恤衫分藍、白兩色，警員和警長是基層階級，穿藍恤衫；較高階級的均穿白恤衫，在一連170人的藍帽子中只有15人。

50 裝模作樣訓練如戲

　　11 月 7 日週一，120 位警員入營是一件「盛事」，載運人員的 12 部車輛須按傳統於早上 8 時 30 分駛進粉嶺 PTU 總部。這操作聽來不難，為了達到這樣的排場，警員必須於早上 6 時許在各自警署集合，車輛按預定路線接人，到了粉嶺某單位聚齊，與小隊其他有階級的成員會集後，車隊再浩浩蕩蕩駛進 PTU 總部。

　　我不禁問：「那麼各員不就得於 4、5 時起牀？又不是甚麼行動大事，不能人性化一點嗎？不能把報到時間定在 10 時後嗎？各自前來 PTU 總部報到不就可以了嗎？裝模作樣！」當我知道這個安排時已來不及改變，作為補償，我指示將各員提早在警署報到的時段登記為「超時工作」，大隊副和幾個督察都擔心這個補償是否合規。他們忘記了我是「超時工作管理政策」的權威。我問：各員能否不在指定時間地點集合呢？「不能！」違反指令會受紀律處分嗎？「當然！」那天有否安排提早下班？「沒有！」我再引用（由我頒佈的）總部通令把他們點明。

　　車隊魚貫進場之後在偌大的操場按小隊分列停定，各小隊督察「吆喝」各自總區人員下車，一邊催促，一邊狠罵，不管是下車速度、走路姿勢、精神面貌、制服外觀，甚或專

業態度，沒事尋事的往死裏罵，直像噴火狂吼。我在辦公室外面的露台觀察，驚訝這群素來斯文的小官，其兇狠程度竟把我嚇傻。我明白他們是在施下馬威，更可能是做給教官看，何苦嚇壞這些警員呢！我想了一想，又失笑的自問，那些好像嚇破膽的警員又有多少人也是在配合著演出的呢？

埋班的第一週有很多基礎訓練環節，其中一項就是步操。平常缺少了練習，就免不了笑話百出，也引來教官們連番痛斥。某天下班時，其中一個小隊竟然在駐紮大樓後面補習步操，我隨即勒令他們停止，並且嚴肅地表達我的反感。我為自己定下一項管理目標，非不得已不會要求人員逾時下班。步操的重要性不大（雖然我在學堂步操排名第一），我不贊成超時練習，當領導的要知所輕重，不能因教官的辱罵就亂了套。其實，我內心並不十分憤怒，我欣賞兩位督察為人坦誠用功，然而他們必須上這難忘的一課，因為這類「稍微」過分的要求，往往會令他們越陷越深。

戰術訓練有幾個大項目，通過一連串小隊訓練，最終作為大隊綜合演練，對我也有考核的意味。我認為項目設計的用意非常良好，只是一眾教官們在進行時大都焦點錯投。

其中一次防暴訓練有碟「前菜」。在某個早上，我隊還在進行常規的體能訓練時，上頭傳來一個召令。我與大隊副向副校長報到，我奉命緊急出動到某處應對嚴重騷亂。行動詳情未明，當下的第一個任務就是緊急出動。在對講機裏我指示大隊停止所有活動，並在駐紮大樓外緊急召集。

不出一分鐘 170 人已齊集。我作出至為簡潔的訓話，處境如何，換上甚麼制服裝備，駕駛的路線等等，用不到兩分鐘的時間。換作真實行動，下一個指令就是回房整裝，上車待發。基於訓練要求，有關的 PTU 筆記（用粗體）訂明我必須訓示「演習指示」，例如不用實彈、不用藍燈警號等

一大堆，光是完成「演習指示」已用上了七分鐘。然後呢？我號令「狐狸第一、第三隊，預備，走！」，隨即第一和第三小隊地動山搖般衝上樓去整裝。稍一停頓，我再號令「狐狸第二、第四隊，走！」，我也連忙戎裝上身。約五分鐘後170人已在車上把人數報齊。

這次緊急出動在事後檢討會上鮮有地獲得好評，把不同小隊按駐紮樓層分批出動原來由我創了先河，至於六分鐘內完成整裝待發更是破了紀錄，只是我在其間「加插」演習指示被評為不知所謂。當我鎮定地引述那份「不知所謂」的筆記時，教官們都瞠目結舌，顧左右而言他。

又有一個大項目是在皇后山舊軍營進行的，以「特首」到訪一個場地為處境。任務的一方面是應付兩批不同陣營的示威人士，另一方面要確保「特首」車隊進出場地順利安全，當然還有記者在現場採訪，至於突發狀況則需要隨機應變。

按照「劇本」編排，時間頗為緊逼，我的車隊駛到皇后山舊軍營的大閘外，竟然先來了十多名示威人士突襲，但我在接受訓示時已特意澄清了演習範圍只限軍營以內，不知是教官們的協調失誤，還是故意要引我犯錯。我命令幾位隊員下車將示威人士疏導，並指示車隊擠了過去，然後向電台建議由當地警區派員處理。教官有兩個口，「沒有停車處理」自然成了我的錯誤。

在「特首」探訪的大樓以外，我設了三個公眾活動區，兩個分別給不同陣營的示威者佔用，兩者距離不能太接近，以避免衝突；第三個作後備用途。由於記者的「特權」身份，我把記者區劃在較優越的位置，方便採訪拍攝。在貼近場地位置我還設立了一個請願區，以供示威代表遞交請願信。雖然場地附近有「可疑物品發現」，也有不很合作的示

威人士和記者，「特首」預定經過的路線上又發生變故，但這些都在我預計之中，並有理有節地處理妥當。經過輕微調整路線，「特首」車隊順利到達了會場。至此第一階段的行動順利完成。

距離第二階段開始還有超過 20 分鐘，時間相當充裕。可能部署被視為過於順利，電台通知，「特首」的探訪會提早 15 分鐘結束，這是要給我時間壓力。我迅即把第二階段的部署提前 15 分鐘開始，那時離場的必經通道被兩名示威者攔住，由懷柔勸說至強制搬離自是小隊當然應對之法。接著幾十個群情洶湧的示威者，手持硬物以暴力阻擋去路，本來還有 15 分鐘才離開的「特首」，臨時又再提早了 10 分鐘，只有 5 分鐘用作應變是難上加難。

按早前的訓示，我透過對講機請求總區指揮官批准使用戰術驅離，對講機的那邊廂回應「roger」（是清楚明白之意）。於是我下令某某小隊提升裝備，予以武力清場，「特首」車隊在吵罵聲中順利離開。而我卻接到戰術訓練組長的電話，質問是誰批准我動用戰術驅離的。廢話！不論誰人接聽我的要求，會拒絕批准嗎？一眾教官們潛意識就是想受訓學員失敗，而不是留有餘地讓我們把所學的戰術正正經經地派上用場。

51 磊落務實迎對暗箭明槍

在 PTU 前期訓練時我受了一次沉重打擊，畢生難忘。

PTU 總部是所學校，三位大員分別是校長（總警司）、副校（高級警司）和訓練警司，領導著兩組教官及一個支援組，其主要責任是藉著 16 週的訓練計劃，將每隊 PTU 大隊訓練成能勝任各類型機動任務的團隊。PTU 總部其實沒有統率大隊的實權，大隊的行動調度權屬於警察總部的行動部，而大隊內部的管理實權則屬大隊長。可是 PTU 總部的幾位大員有點混淆了自己的角色，加上訓練警司的權力慾特別強烈，非得把受訓的大隊在掌心治得貼貼服服不可。

為期四週的前期訓練結束時會有個慶祝會，就是大夥兒打氣幾聲，然後吃喝一頓；由於傳統上有拜關帝儀式，因此更多人把這個慶祝會稱為「拜關帝」。1988 年，我在 PTU 當小隊隊長時就有這個環節，雖然當年我仍在試用期內，但還是冒著風險推辭出席。大隊長極不高興，卻沒有把我怎樣。如今我是大隊長，並且警隊已有明令不鼓勵人員拜關帝，我自然更順理成章的把拜關帝排除在慶祝會之外。豈料「同我吃飯的人用腳踢我」（〈約翰福音〉13:18）。

我的「無關帝計劃」是人所共知的。在慶祝會上我循例訓話鼓勵一番，之後就是大食會自由時間。可是氣氛不對

勁，按理是熱烈交談或是忙著加餸添飯，此刻卻異常安靜，不少人交頭接耳，接著一個一個的退了出去，過了不多久又一個一個的回來。原來十之六七響應另類呼召，到隔壁的關帝房吃燒豬及上香，這無疑是個有組織的「叛變」！我的心像給大鎚砸了個重傷，連提高嗓子說話的力氣都沒有，腦海一片混沌，在忍辱負重和大發雷霆之間來回跌撞。

終於我沉著地重組了案情。這齣鬧劇是由 PTU 的訓練警司親自監製的，以副校名義出資 1,000 元，代表著權力來源；我的大隊副甘願被利用，暗令幾位骨幹成員協調配合，圖個兩面俱圓。我問大隊副：為甚麼搞拜關帝？「但求出入平安！」過去在 PTU 的四週你有否拜過關帝？「沒有！」之後還會常常的拜關帝嗎？為甚麼偏要衝著我來？要是真的認為合情合理，何必隱瞞著我？他盡皆沉默！

我把阿強和阿明召來（沒有他們配合是辦不成這事的），他們見我傷心多於憤怒，顯得非常歉意。瞞著我是因他們相信我會把事情鬧大，對大隊不利，也就是對我不利。竟有以大局為重的苦衷！真假難辨！我選擇相信他們。可惜，他們不明白這對我的傷害有多大。「屬血氣的人不領會神聖靈的事。」（〈哥林多前書〉2:14）

我努力克服著「報復」的心理，公報私仇決不是一個選項。既然是針對我的基督信仰，我更不能以世俗的方法回應啊！我想到主耶穌被出賣的那份難堪，祂的榜樣是：「有人打你的右臉，連左臉也轉過來由他打。」（〈馬太福音〉5:39）「祂被罵不還口。受害不說威嚇的話。只將自己交託那按公義審判人的主。」（〈彼得前書〉2:23）「『僕人不能大於主人』，他們若逼迫了我，也要逼迫你們。」（〈約翰福音〉15:20）

不論處卑微或居高位，我願跟著祂的腳蹤走完人生。

我沒有為此事再做些甚麼，只把這道傷痕藏在心裏，與主交通。

訓練結束時，我給了大隊副一個優良的報告和一塊紀念牌子，刻著「光明磊落」，作為勉勵。

以訓練為名整治人的技倆還有不少。體能訓練在 PTU 當然重要，要求嚴格也是理所應當，長跑十公里、舉重、體適能循環操等等，五花八門，兼而有之。雖説要求很高，但是大多數同事都享受這些訓練，並且從中受益。不過，其中一次的體能操練卻很不專業。

一向由體能訓練專隊主持的操練，這次換了由戰術訓練組主持。指定負重用的啞鈴是超重的，由一個身形近似舊式「香港先生」的教官帶領；在泳池內訓練的項目，則由一位水性很高的教官帶領。對於我這般較為健碩、水性很好的人來説，還勉強可以應付。但是，明顯有不少同事力有不逮，卻不肯服輸，咬緊牙關堅持完成，受傷遇溺恐怕是遲早的事。事後我電郵訓練組長表達關注，要求在職業安全的考慮下，類似的訓練應由體能訓練專隊主持，並且堅持任何水上訓練必須有救生員在場值勤，以策安全。從此，這類「超負荷」訓練就再沒有辦過了。後來我才知道這些額外的高風險項目，原來都是體能訓練專隊拒絕主持的。

防暴戰術會經常使用催淚彈，為此大隊成員都配備了防毒面具。防毒面具裝了一個化學過濾罐，可以把催淚物質隔絕。我也獲分配了一個，並且過濾裝置上註明是「大隊長專用」。

由於訓練期間甚少使用實彈，為了讓隊員體驗催淚氣體的效力，某天晚上教官安排了試煙環節。在基地的一間小屋中央放了一個火盤，教官將許多催淚彈丟到裏面，釋放的催淚煙比一般在戶外發射時的濃度超出十倍以上。為了再加強

效果，教官還要求分批進入試煙的人員在屋裏小跑和做掌上壓等，務求令他們大汗淋漓，加倍感受催淚煙影響下的炙熱和刺痛。

我身先士卒，帶著第一批隊員入內試煙。不妥！所吸入的全是濃烈的催淚煙。我堅持著不肯放棄，嘗試微調防毒面具的位置，可是全無效用。我猛烈地喘咳，強忍著一口氣衝出了小屋。我伏在欄杆邊，摘下防毒面具，口水、鼻涕和眼淚直流，瘋狂地咳嗽，像是要把肺尖翻出來似的。稍過一會兒，喘著氣半臥在地上，我的體力已比平常少了一半，說不出是羞是怒。想了一想，這算不了甚麼。請阿強換來另一個防毒面具，我再一跛一跛的走入了小屋。這個防毒面具管用，幾分鐘便完了流程出來，只見訓練警司和幾個教官朝我這邊交頭接耳。

170 人的防毒面具，就只有我「專用」的那個失效。是整蠱？是意外？我不縈於懷，無論對職業或自身品格，就當它是個深度訓練吧！

52 世貿會議防暴訓練與實踐

　　1990 年代開始，世界貿易朝著全球一體化發展，消除
貿易壁壘，促進市場開放，已是大勢所趨。可是有些群體
將之視為威脅，常常發動抗爭。1999 年 11 月在美國西雅圖
舉行的聯合國世界貿易組織第三次部長級會議（簡稱 MC3）
就遇上了大型暴亂，警察應付乏力，催淚彈藥用盡，市長宣
佈進入緊急狀態，出動國民警衛軍等等，都未能在五天會期
內恢復公眾秩序。世貿最終取消了會議，西雅圖警察總長因
而引咎辭職。2003 年 9 月在墨西哥坎昆舉行的 MC5 也遇到
大型暴力示威，一名韓國農民為了抗議而自刺身亡。

　　MC6 竟然在香港舉辦。為此，香港警隊不敢掉以輕
心，足足用上一年工夫籌劃會議的保安事宜。MC6 定於
2005 年 12 月 13 日至 18 日在灣仔會議展覽中心舉行，由於
暴亂風險甚高，警隊在會議期間總動員維持公眾秩序。我的
大隊雖正在 PTU 訓練當中，亦沒有錯過這件警隊大事。

　　警方設置了一公里長八呎高的水馬陣，把博覽道以北劃
為禁區，分配給我大隊的任務就是守衛這條禁區線。我帶領
大隊的一半人力在日間守衛，由早上 10 時至晚上 10 時，下
班後就在 PTU 總部睡覺，隨時再上前線。大隊副則帶著餘
下的兵力在晚上守衛 12 小時。另外有五個完成訓練的 PTU

大隊與總區衝鋒隊，都訓練有素，在禁區外處理各式各樣的示威遊行等公眾活動。還有好幾個後備防暴隊，可隨事態發展從各總區調度支援。

會議進行頭幾天的示威遊行不乏激烈場面，衝擊、縱火，不過情勢還勉強可控。以韓國農民為主的示威者 [25] 未能突破在禁區外警隊的部署，對我的大隊沒有實質威脅。12 月 16 日下午是 MC6 的主要大會，情報預警示威者會傾巢而戰。早上 10 時許，警務處處長李 sir 到四處巡視，與我相隔十多米時竟然把我認了出來，他給我打氣說：「Victor，該預備好大戰一場。」他氣定神閒，我則有點緊張，不知道是因為他向我訓話，還是因為即將發生的衝突。

下午 1 時許，幾千個以韓農為主的示威者四處發難，左衝右突。聽電台的對話，可以意識到行動協調都已亂作一團，催淚煙的氣味時聚時散，示威者曾突襲到禁區前十米處，在正面衝擊我的防線之前又被其他防暴隊逐了回去，沒能越雷池半步。雖說我們都磨拳擦掌，士氣高昂，但畢竟兵力單薄，若真有示威者越過禁區防線，我也沒有信心能把他們全數攔下。

全港的後備防暴隊都調到了灣仔一帶，攻防了大半天，晚上約 10 時前後，防暴隊成功將大約 1,100 名暴徒圍堵在告士打道舊灣仔警署門外。那天晚上特別冷，衝突期間還不覺得怎麼樣，及至停下來，警察和示威者都輸了給凜冽的北風。示威者瑟縮著互靠休息，警察除了分批站崗的以外，其餘在路旁睡覺或吃飯，特首和處長來探班時也著他們不用站起來。衝突期間，有八十多名警察受傷，經一番考慮，高層

---

[25] 自1980年代開始，韓國人示威抗爭的威力被認定是「世界級」的。韓國防暴隊的裝備質素亦世界知名，香港警隊至今仍是採用同級的防暴裝備，俗稱「韓國裝」（Korean Kit）。

決定把被圍堵的示威者悉數拘捕。香港警隊自然聲名大噪，登上國際頭條不在話下。我雖然未有參與最前線的防暴衝突，但是真情實景就在眼前，不免增長了見識，可作分析和思考。有朝一日由我面對，我會有甚麼選項？會作甚麼決定？

回到訓練環境，煞科的項目是最後的大隊防暴演習。第一階段是在大埔三門仔處理一宗高官被圍事件。在我作出緊急訓示後，小隊隨即實施計劃。可能我的部署方案比教官們預期更俐落，他們似乎心有不甘，臨時又加插限制，變相把這階段的演習弄了個非驢非馬。

草草了事之後，另一個緊急指示馬上把我召到大埔工廠區。這是第二階段演習，是一項應對大型騷亂的防暴行動。預設的場景其實萬變不離其宗，以小隊為本擺列四個方陣，警告暴徒，向指定方向掃蕩；在路口分岔處我須給不同小隊分配前進方向和驅散任務；在路口交匯處我須協調匯合行動，全部都是對我指揮能力的考驗。小隊隊長們則須視乎個別暴徒的暴力情況，採用相應的武力應對：有小火可用隨身滅火器撲滅；個別近距離的抵抗用盾牌和胡椒噴劑抵禦；有近身攻擊可用上警棍應付；大規模的對抗可發射催淚彈驅散；出現致命武器可動用槍械等等。

掃蕩行動一開始，我就全套武裝坐在車上，由 Karin 駕駛，隨著大隊方陣亦步亦趨。阿強在後排，放著三部對講機和兩部電話，用作協調通訊。副校也坐在車上考核我的指揮工作。「暴徒」以不同方式搗亂和襲擊，小隊隊長按著情況化解和推進。在一個分岔路口，我把一個小隊分到小路上掃蕩，我隨著另外三隊繼續沿大路前進。還有約 100 米處又是另一個分岔路口，我已預備把另一個小隊分到支路上去，突然勤務員緊急報告說在前面徒步指揮的大隊副「不支暈

倒」。我正躊躇這個發展對我有甚麼考驗之時，大隊副秘密來電，說「暈倒」是校長臨時加插的劇情，目的是要我下車作徒步指揮。

這個突變確是始料不及，在呼吸間，我泛過一陣禱告。思前想後，大隊的任務才是主軸。在眼前行動中，作為大隊的靈魂，我扮演著最重要的角色；我的安危、通訊的便利和指揮的效率都是行動成敗的關鍵。身處車上受襲風險明顯較低，視野較高、較廣，對全局掌控更佳，環境較安靜有利於使用對講機，車上的廣播系統有助向徒步人員發施號令。除非某些客觀環境阻礙車輛前進，否則我沒有半點理由要改作徒步指揮呢！雖然答案清晰無比，但我還是為了應否「投其所好」掙扎了一會！不錯，在指揮原則上我不肯妥協。檢討會上一向修養甚好的校長在這一點非常不滿，我解釋了，堅持了，並沒有表示退縮。當然，他的官階決定了誰對誰錯。

訓練完畢後大半年，我已在東九龍 PTU 領軍。一天，在將軍澳工廠區進行防暴演習時，PTU 校長親臨主持，他同樣的友善。演習的場景還是大同小異，交代了要求之後，校長微笑著對我說：「Victor，我同意你的觀點，能在車上指揮是最合適的。」難得！我也以誠懇的微笑回敬。

「惟獨從上頭來的智慧，先是清潔，後是和平，溫良柔順，滿有憐憫，多結善果，沒有偏見，沒有假冒。並且使人和平的，是用和平所栽種的義果。」（〈雅各書〉3:17–18）

最激烈的防暴訓練簡稱「十號營地」(2005)

在世貿會議期間，面對暴力示威者蓄勢衝擊禁區時作出戒備。(2005)

機動部隊結業會操（2006）

與岱華在我的裝甲車前合影（2006）

在我夫妻倆的家長之中，岳丈對福音最為友善。中年以後岳丈身體狀況一直走下坡，常常進出醫院，受慢性疾病煎熬。感謝主的憐憫，就在這個下坡期間他接受了救主，於 2004 年 5 月 10 日安息。岳母是在 2006 年 2 月 1 日離世的，沒能領她歸主是我們的終生憾事。

岳母離世三天之後的 2 月 4 日，是我的藍帽子大隊完成訓練的結業會操。又是裝甲車，又是直升機，陣容和排場較學堂的畢業會操更加威風。大隊各員都士氣高昂，心情興奮。我是會操總指揮，是場中央發號施令的榮譽人物，步操也算是我的強項。不過我心中感覺淡淡的，不知道是因為岳母離世帶有一份悲戚，還是一向對這類虛浮的輕視。

訓練結束後，四個小隊各自回歸原來的總區。三位骨幹成員和我，與其中一個小隊，加入東九龍常規的 PTU 大隊，接替部分任滿的人員。一如所料，工作量低，悶得發慌！在總區的 PTU 辦公，小隊每天按不同日程到各警區去協助防止罪案；大隊的行政工作多數由比我早半年完成訓練的三粒花大隊副處理。雖然開會看報告等事務還是不少，但剩下非由我辦不可的工作近乎零。

自從 1997 年香港回歸祖國之後，社會的政治氛圍一直

欠佳，反政府的風潮越演越烈，有事無事都會發作。可是警隊在政府管治取向和寬容的司法環境下形成非常「克制」的警務文化，對處理示威遊行方面變成服務提供者，多於是一個執法機關。

東九龍總區很少有公眾事件，倒是要經常支援其他總區。由於東九龍常有一個 PTU 小隊當通宵更，我直覺相信出動到我們應對突發事件會是遲早的事。鑑於以前的一些衝突中，其他 PTU 在戰術上的表現不如理想，我指令每個小隊每週抽出兩個小時作戰術溫習，預備隨時派上用場。

以諾團契在東九龍行動基地有一個聚會點，每週一次於午飯時間進行。我和 Karin 也參加，聚會人數不多，卻有很好的交通，各人對查考聖經都非常投入。與會有兩位同事，重案組探員 Jason 及翻譯員 Nancy，跟我一見如故。不久，他們和 Karin 也自發參加在警察總部每週一次由我帶領的聚會。

自從 2005 年與士沙馮那次悲傷的對話後，我們都更主動地增加了聯絡。士沙馮振作起來了，退休後參加了醫院的義工計劃，幫助病人。他決心要把家中設置多年的偶像清除，卻感到信心不足，難以獨自處理；無奈教會牧師又因事忙，遲遲未能幫助。我自告奮勇，他有點喜出望外。

一個主日的下午，我帶著以諾前往士沙馮家，一方面對兒子有操練意味，另一方面也需要年青力量搬搬抬抬。我領讀了〈詩篇〉115:3–8：「我們的神在天上，都隨自己的意旨行事。他們的偶像，是金的銀的，是人手所造的。有口卻不能言，有眼卻不能看。」及〈使徒行傳〉17:29：「我們既是神所生的，就不當以為神的神性像人用手藝，心思，所雕刻的金，銀，石。」清理完畢，以諾以禱告感謝結束，士沙馮才展現放心的笑容。

一天，在平靜得可怕的工作中，來了一個任誰都想像不到的任務，現在回想起來還是感覺有點「無厘頭」。2006年大約 6、7 月間，上司來電轉達人事部一個詢問，說提名我參與澳洲警察行政學院（Australian Institute of Police Management, AIPM）[26] 一個為期三週的課程，想要知道我到時候能否出席。我對海外課程已不感興趣，離家的感覺太難受，AIPM 的課程又是出了名要求嚴格的。可是我真的沒有不得已的理由，也就沒有推辭。幾天後正式公文到來，竟是一份國際訪問學人（International Visiting Fellow）的提名！甚麼？心裏有「不詳」之感。

要查出葫蘆裏賣甚麼藥，我致電人事部和警察學院，也聯絡上澳洲 AIPM，拼湊出一幅圖畫。同年較早時，香港警隊與 AIPM 協議了一個合作項目，挑選出某些訓練課程，互換教官，以期用另類方式深度交流管理和訓練心得。AIPM 已率先派出一名資深學者到香港參與一項警官課程的教授工作。這個計劃聽起來很有意義，只是我是何許人也，何以偏偏選中我？

加入警隊之時我只有大專學歷，1995 年藉修讀理工學院的兼讀課程取得了碩士學位。而碰巧那一年理工學院升格大學，就在這個情況下我才算是取得大學學位資歷，其實我在學術上只是個三流貨色。英語方面，我只能勉強説是中等水平。經年的歷練下，筆頭上書寫報告還算可以放上桌面，要學術教授可真的沒底；英語的聽説更是信心不足，別説還要應付澳洲口音。

我想，這項計劃如此重要，決沒有派人魚目混珠的道

---

[26] AIPM在大洋洲警界享負盛名。澳洲七支警隊（聯邦與全國六州）及新西蘭警隊的警務總長均是AIPM的監督指導成員。

理，心裏有無數疑問。為甚麼不從警察學院的教官中挑選？為甚麼不從英籍同事中挑選？為甚麼不從海外留學、英語超群的同事中挑選？為甚麼不從本地正規大學畢業的尖子中挑選？遍問不明，除非我親自問上人事部老總鄧 sir（陳 sir 已退休），我是不會得到真正答案的。可是鄧 sir 為人嚴肅，不苟言笑；何況提名表面上是對我的器重，我豈敢質疑？我沒有問上去的勇氣，背後原因至今仍是個謎。

越想越是要命！如果是別的任務，我總可打聽前人的經驗，蕭規曹隨，不至太過失禮；偏偏這項任務是香港警隊的首例，誰能為我提供「路上的光」？越往下問，心越往下沉。課程定位是培訓督察，不過可能有警司參與；香港警隊也提名了兩位總督察以學員身份參加。為期三週的課程中，我會擔任六位教官其中一位，負責至少兩課講學，同時要帶領一組學員，並在多項課題上輔導他們、引導討論、監督學術活動，更要為大量的專題作業批改評分。要求如此精細，絕無轉彎餘地，又怎能蒙混過關呢？

我從來沒有這樣沮喪過！我有多少斤兩？我固然會禱告，但也意識到禱告之後仍然沒有自信可言。也罷，橫豎看來，這事必有神的美意，否則說甚麼也不可能落到自己的頭上。

54 隻身赴澳度日如年

2006 年 9 月，我陪同迦勒到美國辛辛那提（Cincinnati）開學。現在回想，迦勒沒有因我的同行表示反感，是對父母十二分的體諒。美國小城的公共交通落後，為了方便迦勒往返教會聚會，我給他買了一輛小車。至於他會否善用，這份顧慮惟有交託主及迦勒了。他把我送到機場的那天，我感覺分外傷感。六年之後，迦勒碩士畢業時把車子賣掉，其間貫徹始終，沒有辜負初心。

11 月 23 日我隻身赴澳。AIPM 位於悉尼北郊的 Manly 半島上。課程共有六位教官，除了常駐 AIPM 的 Andy 外，還有來自澳洲的一位總警司和一位警司。國際訪問學人中有來自美國 FBI 學院的副總監 Dave、加拿大皇家騎警的警司 Bob 和我。無論從哪一個角度看，我都相形見絀。

這個旗艦課程的講者在學術理論、政策制定、指揮策略等等都有一定分量。印象仍深刻的包括：一位顧問教授的環境檢視；一位消防指揮官分享在大型山火中行動的複雜和困難；Dave 藉他帶領特種部隊突擊大衛支派的經驗講述個人領導的重要；我有幸分享 MC6 的保安工作。

30 位參加者中有 5 位是我的組員：來自新西蘭的 CID 督察 Paul 擁有大律師資格；其他都是澳洲人，Wayne 是警

司級獄長，Rob、Dean 和 Brian 都是督察。面對我這個唯一的黃皮膚組長，他們都以眼神一致通過了「不信任」決議。我是倚靠主，硬著頭皮，厚著臉皮，度日如年般捱著。

為了減壓，有幾天傍晚我在 Manly 海灘漫無目的地讓海浪沖刷，甚麼都沒想；週六便到附近遊歷，腦袋近乎空白。最開心的是在週日上教會，結交信徒，我還有幸被邀請在最後一週講道。

照著課程的安排，每天教官都要帶領分組討論和活動，難度不低，既要開場，又要結尾。組員有問，我要有答；即使我問人答，也得回應。真是文武傾盡，身心俱疲。每早晨，每晚上，我得低頭跪下求主憐憫。雖說澳洲口音別樹一格，卻給我明白了十之八九；許多學術課題雖是首次涉獵，不過參照自己的經驗也明白了十之七八；實用的管理題目又大多是我應用過的。好險！

一次在大課堂裏討論領導才能，一位學員自信地提出必須「信任」（trust）下屬；有些人並不認同，卻不能點出問題所在。暗嘆一聲！我站起來跟大家分析，信任可分兩方面，一是「品格」，一是「才幹」。正直的人可能辦事不力，才幹過人的又未必忠誠；就算只論才幹，能破案的又不一定能做好檢控文件。故此作為領袖，必須因應不同處境和任務決定信任誰。一時鴉雀無聲！另一位學人總警司 Fred 對我說「very profound」，意思也許是「有見地」吧。好彩！

有一次小組討論「病假管理」，各人都咬牙切齒，紛紛提出這樣那樣的鐵腕方案，然而這般輕易下結論實在是管理大忌。對於病假性質、規模、可行選項及方案利弊等，若不仔細考量，會出現誤判並藥石亂投。我想人人皆有患病時候，斷不能全然以負面看待。平均每年每員有多少病假？相比其他公職人員是否嚴重？可疑的病假是有跡可尋的，多數

發生在不受歡迎的更份，或與假期相連。有的病假更反映結構性問題，例如更份安排不善、申請例假困難，甚或是制服裝備影響健康等。

在討論「晉升政策」上有人建議在警員和沙展之間增設「下士」階級，以增加升級機會。我則提出資源和分工的考慮：若沒有額外資源，設立新階級豈不是會削減沙展和士沙的編制？若有額外資源，為甚麼不直接增加沙展和士沙的編制？增設「下士」會否得不償失？除了財政分配，還要考慮到有沒有實質的階級分工等等。各人好像聽得一頭霧水，又好像若有所悟。

批改作業更難。功課有七份之多，對學員來說是重擔，自然傾向草率疏漏，這對教官指導和批改造成的壓力甚大。想從寬「放水」？AIPM 採用了獨特的批改方法，避免教官濫做好人。教學總監 Tim 會為每份功課隨機抽樣，要求六位教官按才能項目先逐項評分，再公開辯論以達共識，然後教官就按照共識各自批改組員的功課。為了防止教官有意無意偏離共識批改，Tim 還要求教官在給予評語的同時，只用鉛筆記分，以便他修改，作最後把關。嚴謹程度可謂滴水不漏。

我與組員們只是萍水相逢，三週之後就各奔天涯，再無瓜葛可言；不過這課程對他們的前程很重要，我總不能「符符碌碌」誤了他們。想深一層，要靠批改時「放水」，既行不通也欠公允，倒不如把重點放在指導上，提升他們的功課質素才是正經。只恨我實力有限，未必幫得上忙。

照著 Tim 的提示，我建議組員把功課的草稿先給我過目。收到第一份功課的草稿時我頗費躊躇，發現他們平時意見多多，集成報告則膚淺含混。我咬緊牙關，在草稿上一一加上自己的意見。由於課程時間緊迫，我得避免把建議說到

雲霧裏去，要盡可能具體清晰，有甚麼元素相關而重要，甚麼數據易找而有說服力，方案選項應多於一個，選項的利弊，財務考慮等等。我的意見把他們的草稿寫得滿目瘡痍，感到有點過意不去。我反覆告誡自己沒有資格觸碰他們的語法，可是當見到明顯的文法失誤、兒嬉的格式、十行文字才用上一個休止符等等，我怎能佯作不見呢？可以預料他們會有不少怨言。

幸好，組員們在正式提交的功課裏都採納了我大部分的意見。我盡量積極批改，為給予高分的地方加倍著墨，在較弱的部分加上建設性的意見。寫評語時，我得先在電腦草擬，把文法檢查好，反覆增補修改，才手寫在評語頁上。每天晚上戰戰兢兢，要到子夜後才敢放下筆來，對功課的批改患得患失。我冒昧地找上 Tim，希望他能在早期給我指導，改善批改功課的質素。可是 Tim 總是客客氣氣的，沒有給我具體意見，只說做得好，可以放心繼續。

第二週功課壓力越來越重，有其他組別成員把壓力反映在對教官的不滿情緒上，甚至在討論時拍枱離場；相反，我的組員對我的態度越來越親切友善。或許他們跟其他組別成員對比過功課指導和得分評語後，得出了某些結論。隨著課程進展，功課越來越多，組員的分析和行文日見進步，我更大膽地給他們較高的分數和更佳的評語（雖然我很擔心 Tim 未必認同）。

課程將要結束，駐校教官 Andy 閒談時提到我表現專業，並說學員對我有很高的評價。在課室走廊遇到 Tim，又請教他有關我的批改質素，他認為「中肯持平」，是最少被修改的一位教官，還再美言了好幾句。抹一把汗！我明白西方人的禮貌，他們沒有令我太過難堪，也算是美德。

55 文武盡傾集體回憶

　　來到 AIPM 的最後一天，組員即將各奔天涯，他們送我一件高球衫，在衣領背面都簽了名。

　　這個 AIPM 的旗艦課程以傳統的高桌晚宴作結，澳洲七個警隊的處長和一些高管都來出席，不少學員的妻子也盛裝與會。如此長途跋涉前來，重視程度超乎想像。

　　宴會上 AIPM 的總監 John 發表講話，都是標準的之乎者也，洋洋灑灑，加點風趣。感謝幾位訪問學人作出「有價值的貢獻」自是江湖規矩，用不上半分鐘。他把我的名字遺漏了，我也沒有介意。誰料話鋒一轉，John 說必須特別提到從香港來的國際訪問學人 Victor Kung。他口中的盡心、專業、組員的讚賞、非比尋常的貢獻等等一大堆，好像在形容另一個人似的。我忽然感到面紅到了耳根，沒敢與四方八面投射過來的目光接觸，幸好當時喝了點酒，已緋紅的臉把那份尷尬給藏了一大半。我這才意識到原來 Tim 的評價和 Andy 的印象都是衷心的。

　　小信的人，豈有祂難成的事嗎？（〈耶利米書〉32:27）感謝主，祂讓我帶走一份難以言宣的收穫，代替多月來的煎熬。前文曾說我沒有把任何嘉許獎狀掛在辦公室，經此之後，這張出任過 AIPM 國際訪問學人的感謝狀成為我辦公

室的常規點綴，只有我才知道這區區一紙代表了主多大的造就。

我答應岱華，要換一個心情帶她再訪美麗的 Manly。終於在 2017 年，我與岱華往澳洲旅遊的時候，帶她來訪這曾是我「熱窩」的 Manly。來到 AIPM 門口，岱華很想進去一看，我卻遲疑，覺得有點冒昧，畢竟已 11 年沒有聯絡，定必人面全非。在她的催促下，我順了她。我們踏進行政主樓後，一位中年女士親切地上前招呼（我對她一點印象都沒有）。她直呼我的名字，還給岱華提說了 2006 年我的一些小事，又把我說成令人印象深刻、極受歡迎的人物。我好不尷尬的同時，又重溫了主美妙的恩典。

我還在 AIPM 的時候，一宗公眾事件在香港發酵。維多利亞港的填海工程引發過幾年的爭議。本來在司法覆核之後，政府可照修訂了的規劃發展，可是節外又生枝，港島中環天星碼頭的「鐘樓」[27]，被反對團體推崇為香港的集體回憶，發起了保衛鐘樓運動，又藉故來個寸步不讓。

12 月上旬發起的示威升級為「佔領」運動，港島總區不敢掉以輕心，把中環天星碼頭圍封得滴水不漏。縱使我身處澳洲，還是非常關心屬下 PTU 的行動參與。雖說五個陸上總區都各有一連 PTU，但是值通宵更的 PTU 小隊數目不多。我屬下的 PTU 因應西貢區的爆竊案件頻繁，差不多每天都有一個小隊通宵當班。我直覺認定動用我的 PTU 應付中環天星碼頭的突發事件近乎必然，因此千叮萬囑屬下小隊把戰術和裝備預備好，隨時候命。

12 月 14 日是我在 AIPM 的最後一天，同一天晚上也是

---

[27] 港島中環天星碼頭的鐘樓並不是尖沙咀鐘樓的那類老建築，基本上只是在碼頭牆身安裝了幾枝時、分、秒針而已。

中環天星碼頭的關鍵時刻。大約晚上 9 時前後，13 名示威者突破防線進入碼頭圍封範圍強行佔領，另外還有近百名示威者在封鎖線外搗亂。港島總區 PTU 的一個小隊迅即增援，我屬下值下午更的小隊在即將下班時，奉命重組前往港島支援。被編值通宵更的另一個小隊，上班時同樣被調度增援，我的大隊副也就緊急前往領軍。如此，那天晚上在港島中環天星碼頭的行動陣容中，東九龍 PTU 反客為主。

那些年，警方都是以極度克制的方式處理這類抗爭行動。在勸喻和談判都失敗的情況下，12 月 15 日凌晨約 3 時，下達命令要將佔領人士盡數拘捕，由東九龍 PTU 的兩個小隊執行。我巴不得也在現場。

從澳洲回來後，我最關心的自然是 PTU 當天的行動細節。帶隊的大隊副、士沙阿強和其他督察都口沫橫飛，眉飛色舞，說得與現場直播無異。阿強給我看了些新聞影片，緊張和混亂的場面看得我血脈沸騰。訓練時飽受批評的小隊，在各項人群控制戰術上都非常到位，甚麼穴位壓點控制法、二人拘捕法、四人拘捕法等，哪怕平時雞手鴨腳，此刻做得比教官示範還要完美，有節有序的把 13 名佔領天星碼頭的示威者逐一移離現場，悉數拘捕。我心裏暗讚阿強打點裝備一貫的毫不馬虎，小隊隊長們又是忠誠可嘉，對我叮囑的預備工夫做了個百分之一百二十。

影片中，東九龍 PTU 的車輛陸續起動，要將被拘捕人士運往警署，一些在場的示威者突破了警察封鎖，衝往車道要把車隊攔下，場面混亂，險象環生。其中一幕，一名示威者衝到一輛已經開動的警車前，警車在不足一呎的距離下緊急煞停，那示威者趴進車底之際，斜刺裏閃出一位 PTU 士沙，如「飛將軍」般後發先至，把那示威者從車胎之間拉了出來，並控制在行人道上，儼如拍戲似的！我不禁抬頭望著

阿強，見他神情得意，就知道沒有認錯人了。

能在職場留下一件代表作，無論是 AIPM 還是天星碼頭，倒真是我們多年後的集體回憶。

每個完成訓練的 PTU 小隊回歸東九龍總區的時間不同，離任時間也就有別，平均每 12 週就有一個小隊任滿離巢。分離自有一番感觸，調任何處總是各員最關心的事。1990 年我在邊界分區總管行政的時候，已經特意就到任人員的住所來編配崗位（見第 10 篇），如今我的隊員何去何從，負責安排的人是如何決定的呢？我決定先下手為強，請即將離任的人員在東九龍四個警區裏按喜好填報三個意願。經整理後我提請總區行政單位參考安排。既然我已經包攬了大部分的繁瑣工夫，他們也不好意思推辭，結果十之八九都能按頭兩個意願編配。

有些任滿的督察也會趁此機會尋找有利發展的崗位。一般來說，督察謀求特別崗位會以備忘錄形式（memorandum）向主事單位的指揮官申請。備忘錄上款列出自己的指揮上線讓其知悉或表態，通常上司們會循例加簽，或在加簽後簡單寫上「支持」或「推薦」。我有幾位德才兼備的督察也提交了特別的申請，例如衝鋒隊隊長是十中選一的職務，保安部和商業犯罪調查科更是五十選一的難度，對於他們的年資近乎不可能。我覺得只加簽他們的申請，有點辜負了他們。攀人事、拉關係我是辦不到的，不過嚴謹地預備一份公文，具體陳述他們的工作態度和潛質卻只是舉手之勞，慶幸他們終能得償所願。希望他們也會被這一份身教所感染！

在AIPM擔任國際訪問學人時帶領的小組成員（2006）

在AIPM與其他教官訪問學人及結業學員拍集體照（2006）

56 或主場或作客戲在後頭

　　我的 PTU 大隊當然不會缺席新年前後的大型人群活動，包括聖誕節賞燈、大除夕倒數、農曆年三十花市、年初一黃大仙上頭炷香，以及年初二維港煙花匯演等等。雖然都得謹慎執勤，「頻頻撲撲」的，但都不是高風險行動。「好戲在後頭」，要到我 3 月底 PTU 任滿前才上演兩場大戲。

　　2007 年是特首選舉年，社會沸沸揚揚，有關選舉制度的抗議無日無之，多在港島進行。港島總區往往借兵不借將，故此，我的小隊常常出動，而我的參與幾近乎零。

　　兩位特首候選人是時任特首曾蔭權先生和挑戰者梁家傑先生。他們定在 3 月 2 日晚上 8 時進行選舉辯論，地點選在將軍澳無線電視城（TVB），恰巧是東九龍總區觀塘警區的範圍內，也就是我的主場。雖然具體不知道反政府人士會如何衝擊，但我知道是次辯論將是八台實時聯播。倘若因衝擊而導致辯論延遲，甚或取消，警隊將會聲名掃地，我也會是千古罪人。

　　平時見港島總區處理遊行示威千頭萬緒，卻協調得頭頭是道，心裏非常佩服。現在要自己組織行動，心情真是七上八落。總區指揮官（助理處長）和觀塘警區指揮官（總警司）其實都很少這方面的經驗；他們非常緊張，怕這怕那的，問

題不少，指導欠奉。

這項任務的處境跟皇后山那次演習竟有九成相似（見第50篇）。TVB 的車道位於一條僻靜的街道，早一天晚上分區人員先把附近的非法泊車清理好。我策劃在 TVB 車道入口旁邊的行人路用鐵馬架設兩個牢固的公眾活動區，非片刻可以拆解的；並在鐵馬陣的最前方設立一個請願區。記者區設在 TVB 入口對面的行人道上，位置最為優越，方便記者拍攝特首車隊的進出和示威情況。附近還安排了設施可以迅速地把滋事者暫時分隔包圍。

觀塘警區的大人們對記者和示威者都有某種情緒，對我的「優惠」安排諸多不滿。這是一個通病，想把潛在不合作的人放置在最外圍，其實是自欺欺人。不給記者最好的拍攝位置，他們就會乖乖的待在遙遠的記者區了嗎？相反地，他們自會「通山跑」。其實最優越的位置給了記者，示威人士既不能霸佔那塊有利位置增加公安風險，又不能投訴警察不予他們方便，何樂而不為？

選舉引發的爭議四起，警隊疲於奔命。我只能組織五個PTU 小隊的警力。鑑於警隊的政策是盡可能少見警察（避免被批評浪費警力或遏制遊行示威），在觀塘區指揮官的堅持下，我只可讓兩個小隊「見光」，另外三個小隊要在車程三分鐘外的一個陣地候命。此外，我把所有女警組織起來，交由一名富經驗的女督察帶領，以便隨時處理涉及女性示威者的衝突。

當天下午的時間過得特別慢，越近傍晚越像暴風雨的前夕。記者紛紛將器材架置在優越的記者區，並沒有「打游擊」。一些激進示威者陸續進佔非常接近 TVB 入口的示威區，雖然明顯打著些小主意，但在人盯人的「照顧」下，我有把握提供合適到位的服務。隨著特首專駕往 TVB 前進，

示威人士蜂擁到場的同時，我的神經也繃緊到極點。我不能顧忌觀塘警區大人們可能的反對了，我指令第三個小隊進駐，要顯示「服務」的決心；再把另外兩個小隊召到街道轉角處就位，既處於視線之外，又能在一聲令下以雷霆之勢增援。

最終，特首在小型喧嚷中順利進入 TVB，兩小時後示威群眾散去，特首也平安離場。感謝主的保守，我沒有把差事辦砸。

3 月 9 日是另一個大場面，反對派號召遊行，由維園沿繁忙車道結隊步向中環。在考慮到那天晚上或會對公眾造成嚴重混亂後，警務處罕有地對遊行發出「反對通知書」，上訴委員會也絕無僅有地確認。示威人士誓言遊行不改；警務處處長擲下鐵令，決不讓「遊行」邁出維園。

港島如臨大敵，組織了十個 PTU 小隊應對，包括我的兩個小隊。經一番自薦，港島總區同意讓我參與領軍。行動前一天我到東區警區聽取訓示，行動大綱是以八個小隊重兵在維園西面佈防，我的兩個東九龍小隊則在維園東、南、北三面出入口策應。我提問，若示威群眾試圖在東、南、北任何一面突圍，我的兵力恐怕太過薄弱，得到的回答是認為這個風險很低。我不同意但沒有爭論。

當天下午我正在維園東閘佈防的時候，是次行動指揮中的一位要員找上我。她曾經參加我在總部的查經班，素來堅強自信。這天她感到壓力異常沉重，想我為她禱告。就在我的指揮車上，兩名行動警司低著頭求天父幫助，賜予我們智慧為社會忠誠服務，當個世人的好鄰舍[28]，並賜予一個和平

---

[28] 有幾個人詢問過耶穌甚麼是最大的誡命，答案是：「你要盡心，盡性，盡力，盡意，愛主你的神。又要愛鄰舍如同自己。」（〈路加福音〉10:25–28）

的結局。

　　傍晚 6 時許，百多名示威者已聚在維園內，大多數知名的反對派人士皆參與其中，誓神劈願要冒死遊行。八個 PTU 小隊以戰術武裝排出兩重四個方陣，把維園西邊出口堵了個銅牆鐵壁。而我，只能在另外三面稀疏地佈防。晚上 7 時正是原定的遊行出發時間，示威群眾又發言又喊叫口號，向八個 PTU 方陣磨拳擦掌對峙著。大約半個小時後人群靜默了，突然 180 度轉向朝維園中央走去，下一步將朝哪個方位突圍成了一大問號。我暗叫糟糕，最擔心的事情即將發生！

　　我立即通報我的小隊緊守崗位，阿強和我沿維園外圍拚命往東面興發街跑去。一面跑，一面收到總指揮命令要我把示威人士在某個球場前攔下（這比在出入口處攔截困難得多），我回答人手不足，難以執行。一番禱告過後，無論如何我必須盡力拖延，為總指揮爭取一點應變空間。

　　我在東閘還喘著氣的時候，觀察點傳來消息，示威群眾在維園中央停了下來，像在商量對策。不到三五分鐘，一個新界南的 PTU 小隊奉命前來支援，原來是跟著我一同受訓，下課後補習步操的那個小隊。這樣重逢別有一番義氣。雖然人手還是薄弱，我勉力能把封鎖線推前到球場外圍，相信更多支援正在途上。峰迴路轉，示威者經一番商議，又接受了傳媒採訪，再喊了幾聲口號，就宣佈集會結束，隨後解散。

　　社會大概不知道警隊為了公共安全和平衡各方市民需要，消耗了多少精神、體力和心血。

57 廿年一遇機危莫測

2007 年 3 月 31 日是我 PTU 任期的最後一天。早在 1 月時我已得悉自己會出任東九龍衝鋒隊警司，這又是一個表面威猛、實質清閒的崗位，我絲毫沒感到主帶領的味道！還有幾天就調任之際，在一個場合，總區指揮官（一位英籍助理處長）主動來打招呼，說計劃有變。那天早上他收到人事部老總鄧 sir 的電話，要求徵召我回巢負責「職系架構檢討」。總區指揮官十二分誠懇地勉勵我，這是人生難得一次的機遇，可以左右全警隊的薪酬福利，故此他沒有拒絕的道理。

還記得第 45 篇記述過，自 2000 年開始，政府針對公務員薪酬推動了一系列的「調整」，說白了就是大刀闊斧的減薪。到了 2004 年，政府落實為公務員大部分職系進行全面薪酬水平檢討，為了避開警隊職員協會的強力抵抗，政府決定把有關紀律部隊的薪酬檢討延後進行。

政局風雲變色，董建華先生於 2005 年 3 月 10 日辭任行政長官，曾蔭權先生接任後有意安撫士氣沉在谷底的公務員，薪酬檢討雖然依舊進行，但預計結果會是大事化小，小事化了。由於政府已經承諾為紀律部隊進行「職系架構檢討」，警隊的職員協會早已劍拔弩張，在不同平台出擊，警

察總部於是相應設立特別任務組以統籌檢討。只是原先以總警司（我的前上司巴尼）專責的計劃，如今改由一名警司負責。

2007 年 4 月初上任，我的新崗位是特別職務（職系架構檢討）警司。寫字樓設在警察總部 37 樓，是由一間對著後門的儲物室改裝的，不到 100 平方呎，四面都是牆，一進去已感到抑鬱。巴尼在 40 樓辦公，他已升任人事部服務條件科總警司（那位苦勸我「識時務者為俊傑」的曾 sir 已經退休），他會在常規職務以外附帶監督我的工作。巴尼比以前更冷面，不知是他不滿意高層不讓他專責職系架構檢討，還是不相信我可以達到他的期望，多半兩者皆是。

我的特別職務隊還有一位英籍總督察波特（化名），比我年長幾歲，頗易相處，已經到任幾個月了。波特本是 CID 專才，巴尼很快就發覺參事工作並不是波特的強項。Annie 是位高級打字員，雖然年資不淺，但為人溫和謹慎，不八卦，充當我和波特的秘書甚為稱職。這個三人行小組，相比原先以巴尼專責領導小組的構思，陣容只有一小半。

回到總部工作，更方便我參與每週一次的查經，仙姐和 Cecilia 熱心聯絡協調，出席人數漸多。有新人加入，也有舊人離開；有因為調職後不便，也有因為興趣不繼。為著所賜予的事奉機會，能把福音、真理和信徒間的勉勵散發在職場之中，不論成果，我們都覺收穫豐富。

在 Nancy 的引薦下，我參加了以諾團契在總部的聚會點，此後四年間每週一次於午飯時，我負責帶領查經，弟兄姊妹都非常熱誠認真，恍如《新約》的庇哩亞人 [29]，留給我

---

[29] 保羅曾傳福音到中歐的庇哩亞，這地方的猶太人分外賢德，天天考查聖經，要曉得有關耶穌的道理是否正確（〈使徒行傳〉17:11）。

非常甜蜜的回憶。

對上一次規模相仿的薪酬檢討是在 1988 年，由英國一位顧問凌衛理進行的。那時我在邊界分區兼任訓練主任（見第 5 篇），曾多次向分區人員介紹檢討的內容，因此非常爛熟。當年檢討的結論是改善所有紀律部隊的薪酬待遇，不料警務督察及警司級的改善程度竟然遠遜於懲教處和海關的同級人員，引起警隊職員的強烈反彈，後來還要經過數年爭取才得到平反。

鑑於 1988 年的檢討結果並不理想，四個職員協會都歸咎於當時警隊高層辦事不力，自此對高層在爭取薪酬福利事宜上極不信任。我上任初期，四個職員協會的幹事團隊對我亦是冷言冷語，有時連基本禮貌都欠奉，好像我是來破壞他們好事似的。我個人很重視員佐級的福利，對於他們未審先判也真心裏有氣。可惜，辯護也沒甚麼意義，反正我對於能爭取到甚麼，倒真是沒有把握。

這只是氣氛，還未到關鍵。職系架構檢討涵蓋警隊、廉政公署、懲教處、海關、消防處、飛行服務隊及入境處。雖然警隊成員認為自己與眾不同，無論在服務之廣、責任之大、職能之多、難度之高都是獨一無二的，但是其他持份者未必同意，也不想同意。一來政府文官潛意識否定，認為政務官以外的技術官僚都不怎麼樣；二來又要安撫不甘落後於警隊的其他紀律部隊。警隊的薪酬福利因而老是給有意無意地拖著後腿。

政府屬意由紀律人員薪俸及服務條件常務委員會（紀常會）主理職系架構檢討。當時紀常會的新任主席是位非官守行政會議成員，頗為桀傲，對人不假辭色，與一般面面俱圓的公職人士大不相同。他的委任有克制警隊職員協會的意味。2007 年的 3 月份，紀常會和警隊職員協會辦了一次禮

節性會面，聽說職員協會又自捧了一番，批評政府在服務條件方面虧欠警隊人員云云；主席則不以為然，舌劍唇槍，還以顏色。第一次交流已是言詞交鋒，罵戰收場。

警隊高層對檢討的目標和策略並沒有具體導向，彷彿隨遇而安，成立特別職務小組像是例行公事，縮水的三人組合已說明了重視程度。人事部老總鄧 sir 接見我的時候，所說的也不過是標準的之乎者也。本來興致勃勃的我，不到一週鬥志已沉到死海裏去。恐怕最順理成章的就是我按本子辦事，做個表面好好睇睇，把真正的硬仗留給職員協會去打，成敗得失都由著他們。

話雖這樣說，不到兩天我就感到扎心。縱然政府漠視，高層輕視，職員協會虎視，既是警隊廿年一遇，又是我人生只此一次，是主降大任於斯人，我若掉以輕心，將來必定悔不當初！

我常覺詫異，以自己平庸的才幹，為甚麼總會碰上又大又難的任務？「主啊！是你把我領到這條路上來，求你助我克盡己任，祝福我的警隊全人。」

58 匪夷所思出錯糧

在為職系架構檢討作初期研究時，五花八門的材料中有一些薪酬數字令我困惑。我小心地跟財務部核實自 2001 年起受聘督察的出糧紀錄，更是墮進了五里霧中。以學士學位資歷入職的督察，起薪是警察薪級表第 21 點，滿了首年服務跳升至 23 點，滿了次年跳升至 25 點。這個跳薪安排跟我在 2005 年製作「警隊薪酬發展概要」時的理解有點出入。這只有兩個可能，要麼是我之前的「概要」有誤，必須修正；要麼是我先前的理解正確，卻因某種原因出錯糧。

紀律部隊早年沿用的薪級表分三層，分別是「處長級」、「主任級」及「員佐級」。1988 年凌衛理檢討完成後，警隊與其他紀律部隊的薪級表脫鈎，將三層的薪酬數字歸納為單一的警察薪級表。另外，初入職的督察，以及其他紀律部隊的主任級，在完成首年服務後均獲「跳薪」，即是加兩個增薪點，用以反映他們受訓之後的價值。

2000 年政府檢討入職薪金水平，大幅度削減了不同職系的起薪點。經紀常會研究後，警隊督察的入職薪酬相應減了約 4,700 元，其他紀律部隊主任級則減了約 4,500 元。紀常會所建議的執行方案忽視了警隊薪級表與其他紀律部隊薪級表的不同結構，公務員事務局發覺謬誤後，認為若照此

實行將會做成嚴重不公，因此為警隊督察擬出額外跳薪安排，在完成首年服務後由原來的「跳薪」改為「跳過兩個增薪點」，並在完成兩年後再「跳薪」。照此理解，督察減薪後的起薪是 21 點，滿首年及次年服務應升至 24 點及 26 點（而非 23 點及 25 點）。雖說這樣的安排還是減少了督察的薪酬優勢，但也算某程度上彌補了落差。我生怕自己理解有誤，分別請了巴尼和波特解釋有關報告的註腳，結果兩位原裝進口的英國老外理解跟我完全一致。這確是匪夷所思！

下一步應該如何善後呢？職責上應由負責服務條件研究的警司（我先前擔任過的崗位）啟動程序糾正，可是他見難度太高，耍手擰頭。巴尼則希望我越界兼任。雖說吃虧，但其實我求之不得，有望為二百多位督察爭回失去的薪金，年資和福利可達二十萬元之多，並且造福所有後來入職的督察。

雀躍之餘，我心裏還有其他盤算，糾正「出錯糧」沒有先例，得打幾場內外硬仗！首先，高層會怎樣看待揭發這個行政醜聞的人呢？倘若錯在其他部門，那會掀起多大的風波呢？職員協會和輿論會怎樣反彈呢？只是，每當在主面前交託工作，想到沒有把新進同事們的權益照顧好，情何以堪？我想起與蛇王的流水賬（見第 19 篇），若我知而不管，恐怕比當年出錯的同事更不堪。雖說今次的規模和性質重大得多，但內中的道德價值還是一般無異。

咬緊牙關！我翻查了大量檔案，很不容易找到了「元兇」，一紙外來的實施公文誤把督察完成首年「跳過兩個增薪點」（a jump over two pay points）理解為「跳兩個增薪點」（a jump of two pay points）。一個週五，我把簡潔的報告呈交巴尼，在即將下班時收到他的電話，說「大事不妙」，原來他把報告交給老總鄧 sir 時，見他面色鐵青。整個週末我

都如坐針氈！

週一早上 9 時，鄧 sir 來電，我心跳加速。他把我的報告已經看了個透徹，沒有提出質疑，也沒有指示修改。他問我有否足夠準備，於當天下午親身向其上司人事訓練處處長講解。噢！第一盞綠燈竟然亮得這麼快。

下午開會前，我和巴尼在會議室準備，財務部總監（首長級第二級的文官）進來，一眼都沒瞧我，很不客氣的對巴尼說，依她三十多年的工作經驗絕不可能發生出錯糧的事。我立時又擔心起來。不一會，人事訓練處處長、財務行政處處長（警隊內最高級的文官）及老總鄧 sir 也坐定了，我的簡報只講了十分鐘，諸位長官目瞪口呆，卻沒有一人發言或詢問。人事訓練處處長打破沉默，篤定說道：「毫無疑問是出錯糧了。」他著我向公務員事務局提交報告要求安排修正，又請財務行政處處長和財務部總監分別口頭知會公務員事務局及庫務署。財務部總監離開時還是態度依舊。

具文呈報後不足三個月，我收到公務員事務局回覆，確認我的發現之餘，更提供了立法會文件佐證。會議上公務員事務局和庫務署的高級同事都難得表達了會傾力合作的意願。庫務署還成立了專責小組，要為每個受影響的督察嚴謹地審查每一項數字，確保修正過程不可再現差池。我們仔細地定下了分工、日程和各項公關安排，以減少可能引發的負面輿論和職員反應。

兩年前在高級指揮課程中聽取我對「警署合併計劃」負面意見的鄧 sir，現在已升任處長。在他主持的會議上，我將前因後果向與會的高層報告，處長一直掛著微笑，著我們放心辦差，並認定沒有太大的輿論反彈。離開處長的會議室後，巴尼讚我演示做得比他更清晰（他很少讚人）。路經走廊時看見一幅字畫，寫著「劍膽琴心」，想起當初我對高層

的疑慮，覺得慚愧！

所決定的公佈時間恰巧和呈交職系架構檢討的主要陳述書重疊，兩事皆重，又毫無緩衝餘地；越接近死線，我的壓力越瀕臨「爆煲」。還有不到一週的時間，巴尼用最冷峻的態度傳達了老總鄧 sir 的指令，在已經預備好的幾份公告文件外，還要給受影響的二百多位督察一人一信，列出補薪的細節。由於各人情況不一，信的內容也就各有不同。那個時候，我們所有人都全力為職系架構檢討的主要陳述書衝刺，根本沒有時間製作數百封內容不一的信件。

與巴尼相互晦氣一番後，我拖著泥捏的腳步離開他的辦公室，沮喪得幾乎要哭出來，只有默禱求主幫助。抬頭的時候，我意識到巴尼手下三位負責其他人事項目的年青行政主任正以關切的眼神望著我，大概他們聽到我們剛才激烈的對話。其中一位站起來說：「龔 sir，我們可以幫忙嗎？」另外兩位也站了起來。對於要麻煩她們，我表示歉意，她們卻說我正在做的事很有意義。

「我們行善不可喪志。若不灰心，到了時候就要收成。」
（〈加拉太書〉6:9）

2008 年 1 月 21 日消息公告天下，平地一聲雷，眾多督察收到補回的薪金，震撼全警隊。我心存感恩，做了幾次路演，收到了不少電話和電郵，十之八九都夾雜著喜悅和意外的情緒，更好的是大都將注意力放在警隊有「勇於修正」的氣魄上。

59 邀訪四方戲情俱真

時光稍一倒流，2007 年 4 月份正式開始規劃職系架構檢討的工作，我首先求主給我一個定位，一個誠心相信的目標，我才能向著奔跑，哪怕要披荊斬棘。

一天午飯時間，我看見遠處一位交通警員在道路上觀察交通狀況。他突然從對講機收到某些指示，迅即扶正「坐騎」，亮起藍燈，趕著從繁忙的道路絕塵而去。我想，大概要處理緊急情況吧！容易處理嗎？會遇上危險嗎？就算能即時問他，他或許只會說：「不知道，見機行事吧！」

二十年來我在前線累積的片段一幕一幕的浮現出來：獨當一面的執法者；不分男女老少，經年捱更抵夜；頂著內外壓力，應付難度和安危未明的處境；說他們諸多怨言不假，說他們任勞任怨也非虛；心術不正的確有一些，克盡己任的人還是絕大多數；因編制所限終身不能升級的警員超過一半，頂薪也只是每月二萬一千多元。我百感交集，是社會忽略了他們，政府虧待了他們，高層辜負了他們。我得把心血集中在改善員佐級人員的薪酬上。

至於督察至處長的十個階級，我沒有同樣的激情。雖說薪酬水平遜於私人公司，但也提供了公權力實踐抱負。他們與員佐級不同，豐一些儉一些對生活沒有太大影響。我只把

目標定在小幅度但優於其他紀律部隊的薪酬改善。

巴尼提議安排一些訪問，讓紀常會親身了解警務工作。方向雖然正確，可是在執行方面變數很多，效果往往不如人意。我還沒有具體構思，紀常會秘書處卻突然來電，表示會安排兩次訪問。我說警務工種繁多，兩次太少了。秘書處卻堅持，並說其他紀律部隊只有一次訪問！

秘書處是公務員事務局的「馬仔」，有代局方導引紀常會的不成文角色。我不甘心檢討工作就這樣朝草草了事的方向發展，把心一橫，我具文代警務處正式要求紀常會作十次訪問，列明涵蓋的單位及職能，有理有據築起了擂台。秘書處暴跳如雷，一輪討價還價後同意作五次訪問。正中下懷，「五次」才是我的「實價」，因為太多訪問可能會弄巧反拙。

我從主領受了幾個要訣。許多人認為訪問應以高級人員主持，他們身份相當，談吐得體。我倒認為訪問內容要以前線工作為主軸，盡量由員佐級演繹；只要他們真實誠懇，積極自然，避免埋怨，加上細心備稿，事先排練，我認為效果更值得期待。

11 月 16 日首訪灣仔警署。紀常會雖有十位委員，但最終落實只有四位出席，其中一位將會遲到，另一位需要提早離開，真是無奈！幸好紀常會主席全程參與。下午 2 時半，我到灣仔警署接待了紀常會委員和秘書處幾位要員，同時請灣仔區的警官們暫時避席，先讓員佐級人員登場。

第一站是報案室。我挑選的值日官士沙盧勤懇老實，說話平實不花巧。士沙盧介紹報案室的功能、人手、常見案件、報失程序、一些迅速尋回失物的事例、轉介 CID 的罪案、有被捕人士就需確保拘捕合法、驗傷、處理犯人財物及擔保、儲存證物、巡查監倉及槍房等等，簡而精地說了五分鐘。一直全神貫注的主席忍不住打斷他的話，意有所指的

説：「值日官，那麼你一定很忙了。」士沙盧沒有察覺那份「譏諷」，一臉忠直誠懇的回應説：「主席，我只説了一半。」我睨視主席，見他頓時收歛了那份輕視。

下一站是由一位督察展示軍裝人員的標準裝備，包括槍、彈、快速入彈器、警棍、手扣、胡椒噴劑、救傷包、對講機、雜物袋、筆記本、告票，還有幾份常用表格，一時弄得各人眼花繚亂。我建議他們戴在身上試試，他們互相傳了個眼色，主席説「好」，把西裝外套脱下。

按著我的邀請，他們負著這些裝備列席中更巡邏隊的訓示會。隊長簡潔訓令：「某某男警巡邏某某呎份食飯頭圍之後頂槍房用飯」、「某某女警巡邏某某呎份食飯尾圍且跟進某投訴檔案」、「昨天發生罪案」、「注意近來的襲警事件」、「須在某時某處加強截停搜查」、「失車資料」、「上級特別指示」、「檢查記事本」等等。一番平凡不過的轉更訓示，把緊張情緒都「唱」到空氣之中。紀常會委員彷彿受到深度啟發，一輪的追問著，一更就是這 20 人嗎？女警單獨巡邏嗎？為甚麼煞有介事的檢查記事本呢？卸下裝備時主席冷傲地説不算很重，另一位委員則説時間長了可就很不舒服。

下一個環節是與八位來自不同隊伍的員佐級人員交流。這個組合是有代表性的，有一般軍裝、特遣隊、除邪隊和CID。性別有男有女、年紀有長有幼、警齡有長有短；八人工種不同，且經驗有別。我安排了士沙姚當組長，他領著一眾代表以主人身份，在會議室入口迎賓；經過一番排練，他的風度不下於高他六級的警區指揮官。他們與紀常會委員圍圈而坐以縮減隔膜，簡單歡迎後，士沙姚問哪一位想首先分享。發言的次序看似隨意，其實都是我預先定好的，忽左忽右，忽長忽幼，感覺自然。

委員們或許以為自己對警務工作認識不淺，但那天確

有了些很不同的眼界。首先，警力單薄：許多警察須兼任第二職務（secondary duties）[30]；女警也要單獨巡邏；輪班工作影響到家庭和社交；除邪隊的反黃賭毒任務工時長而不定；家庭糾紛和暴力事件處理，又是執法者又是社工；人群管理，又是警察又是搬運工人。其次，警務工作實況難料：押解賊王如臨大敵；處理遊行示威左右做人難；截查疑犯被百人圍堵；求警協助者原來被非法禁錮。再者，事業前途欠佳：12 年多元服務普遍未獲升級面試機會；受紀律處分後仍有一團火。委員們都非常投入，階級或角色的芥蒂都消失於無形，遇有幽默辛酸處，也沒有吝嗇笑容和關心。照我事先的建議，人員都沒有提及對服務條件的意見；如我所料，紀常會主席反而感到不能不談，主動邀請他們各抒己見。

告別員佐級代表之後，紀常會一行與灣仔警區中高層茶聚，從警官角度進行座談，又是非常精彩。其間主席向灣仔警區指揮官盛讚他的下屬，言談間帶有少見的誠懇，跟與職員協會舌戰時判若兩人！他主動說道香港經濟正在改善，政府或可為員佐級人員做點甚麼，這是難得的圈點。

在紀常會訪問中，協議好讓兩位職員協會代表列席作觀察員，事後他們給我打了個 90 分，因為我不夠進取而扣了分。明顯，他們只知衝鋒，不明白欲速不達的道理。

---

[30] 受資源和人力所限，許多工作種類都不能設立常規編制。為了有效執法及提供服務，警務處通過遴選和訓練，組織起不少「志願軍」，在有需要的時候調動他們暫離常規崗位去兼任那些特殊工作，這些兼任被稱為第二職務。擔任第二職務是沒有額外的薪酬或津貼的。

60 精誠之至使命感高昂

　　我心有靈感，像有寶貝在瓦器裏（〈哥林多後書〉4:7），
把紀常會的訪問由小菜變成大餐。

　　讀了我為紀常會第一次訪問所作的報告，聽了灣仔警區
上報的資訊，風聞了職員協會的 90 分評價，本來無感的高
層對職系架構檢討顯著升溫，職員協會對我的態度也大為改
善。第一次紀常會訪問的經驗印證了我的策略，更大大增加
我在聯絡和協調上的信心。

　　第二次訪問涵蓋大型示威遊行、反恐和第二職務。11
月 30 日下午，為了善用行車時間，我特意租來一輛有擴音
設備的旅遊巴士，請兩位行動警司 Simon 和 Jenny 陪同，在
開往粉嶺 PTU 總部的路上，以親身經驗向紀常會委員分享
PTU 和 TANGO 連（全女班）處理遊行示威的工作。到達
PTU 總部時，委員不知不覺間已經充分地熱身了。

　　行動部助理處長古 sir 在 PTU 總部恭候。首先由 PTU
校長孫 sir 演示世貿 MC6 的保安工作，行動部高級警司貝
克（化名）則為遊行示威等活動的趨勢作簡報。一連串人群
管理的戰術示範後，飛虎隊直升機空降突擊「恐怖分子」巢
穴。至此，紀常會委員對警隊應對大型公眾活動及反恐能力
有了相當的認識。

茶點交流之後又是我的主菜。組長是交通士沙 Noble，簡單歡迎後由員佐級代表「有序地」分享。一位 CID 警員分享在 MC6 期間兼任防暴支援工作時與暴徒攻防戰時的驚險；一位西九龍沙展分享在 MC6 暴亂當天發射第一枚催淚彈的考慮與經過；一位兼任 TANGO 連的女沙展分享了遊行三寶和在 MC6 期間穿垃圾袋保暖的經驗，把委員們笑翻了。Noble 也兼任搜查組隊長，在 MC6 帶領大規模「飛天遁地」的搜查工作，聽得委員們津津有味；我的 PTU 舊部阿賓、兼任索降隊的沙展阿畢，還有即將退休、兼任切割隊的沙展豪哥，先後分享天星碼頭事件中的參與。兼任談判專家且正在懷孕的女警 Sindy 及兼任拆彈專家的兩名警員，他們的經驗鮮為人知，且如此重要的工作，由初級人員擔任更令委員們大感詫異。各人沒有主動提起服務條件，主席自己邀請他們提供意見，還提出討論削減工時的可行性。訪問嚴重超時，會後由古 sir、貝克和我把客人送回金鐘，路途上又是一番熱烈互動。事後，列席的職員協會代表給我作了個 100 分的宣傳。

2008 年 2 月 21 日，第三次訪問聚焦在刑事調查工作，包括有組織及三合會調查、毒品調查、商業和科技犯罪、槍械鑑證、家庭暴力處理的政策等等，主要由幾大部門高層同事輪著演示，資料甚為豐富。不過，紀常會好像沒有太大啟發，也許辭令修飾得好，動感和味道反而有點失真。之後，員佐級的情報人員與無間道的分享則非常引人入勝。可惜，紀常會主席在聆聽意見時卻比以前含蓄，或許秘書處已給他預先注射了「鎮靜劑」。

只一週後的 2 月 27 日，紀常會到訪警察學堂，了解警隊的人事及訓練，再掀高潮。我把焦點放在工作的危險性上，除了每年過千宗因公受傷的數字，還有數百個受傷後健

康長期受損的個案。我請沙展阿中做組長，他因處理一名精神病人遭斬斷了右手拇指，一眾訪客與他握手時肯定都留下了深刻印象。首先華 Dee 分享他在尖沙咀截查一名打泰拳的毒犯，在制服他的時候自己脊骨也受到重創。華 Dee 原是潛水教練，現在肥腫難分。主席「作風」再現，說希望有機會看看他以前當教練的照片，意思即是「不相信」他的故事。下一位代表開始分享之際，華 Dee 突然記起，從錢包拿出一幅舊照片給主席，主席帶點尷尬地說：「真係好 fit！」就把相片傳開。

接著，一位警員分享在調停糾紛時被一名美兵打傷了左眼，永久失去 10% 的工作能力；一位女沙展在制止一宗群毆事件時被打斷了鼻樑，傷疤長留臉上。沙展阿達在報案室被一名患精神病的報案人用筆狂插胸口，身體復原後，卻因事件困擾而患上精神病；他在分享後期有點顫抖，情緒幾近失控，主席關切地安撫了他，歉意說不應要他重述往事。大家鎮定後，警員阿祺分享在西貢追捕三名非法入境者時，其中一人墮海遇溺，阿祺跳進海裏拯救他，自己卻被波濤沖到崖邊折斷了兩根肋骨，妻子因他工作不顧安危憤而提出離婚，眾人都感到惋惜。

緊接還有關於訓練的示範，都很有分量。最後在槍械訓練警司演示後，委員們應邀在特設的投射處境中，用雷射槍（代替手槍）模擬應對匪徒襲擊，甚是緊張刺激。

5 月 9 日是最後一次訪問，出席的委員有七位之多，他們被安排到訪水警總部；職員協會派出的代表也增至三位（他們給我的評價，已達 120 分）。水警行動環境另類，也引起委員高度關注。室內演示水警的警務資料，海上參觀大小行動船艦，由新型快艇配以改進了的巡邏模式追載走私「大飛」亦是標準示範。

參觀之後還有我的主菜。員佐級代表組長士沙李開場白後，又是輪流分享：反走私高速追截行動的驚險；目睹同袍於走私「大飛」摩打下或殉職或重傷；天氣惡劣時拯救遇船難的人；在法定職責以外往公海救人從沒拒絕；在飛行服務隊不能出動時徒步到偏遠地區接病人入院；船隻失火在消防未到前救火；女警在處理人蛇的角色等等。最扣人心弦的是沙展阿健及兩位船員在 3 月 22 日晚上的救援行動。當天晚上約 9 時 20 分，在回航基地途中，他們收到烏克蘭貨船發生意外的初步消息，自發把小船轉航，在黑夜濃霧中進行搜索，忽然見到七八個貨櫃箱和雜物遍散在海面上。搜尋到第一位生還者時大家均熱血沸騰，烏克蘭船員都是二百多磅的重量，要救上船談何容易。三人一面小心顧著超載的危險，一面盡快四處搜救，結果在支援的水警和消防船到達前救起了 7 人，其餘 18 人都在船倉遇難，一週後才能把遺體撈出。眾人聽時，一時歡呼，一時嘆惜。

五次訪問完畢，有口皆碑，紀常會委員說得最多的詞彙是「使命感」、「使命感」和「使命感」。

我明白檢討還有很多變數，「快跑的未必能贏」（〈傳道書〉9:11），只是我感到能為警隊對外作正面介紹，對內留下一套使命感的風骨，也算是一份無形收穫。剩下的求主祝福。

紀常會委員訪問灣仔警署，試戴軍裝警察的常規裝備。(2007)

紀常會委員和參與第二職務的員佐級人員座談(2008)

61 文字記學問報告傳心聲

　　職系架構檢討中期，我們決定呈交三份陳述書。第一份是警隊的主要陳述書，由我全力草擬；第二份是為 65 個首長級職位（由總警司至副處長）作補充陳述；第三份則是為部門首長 —— 警務處處長（CP）而寫。第二及第三份篇幅較短，由巴尼連同波特草擬。波特另外要草擬 53 類崗位的通用工作責任書（job description），然後交由我定稿。此外，我還要預備二十多份與紀常會訪問相關的資料文件。至於每份文件中大小主題有多廣泛、內容和數據有多深入，都是判斷力的體現；要組織合理有序，行文清晰順暢，內容簡潔充實，那就是筆功的考驗。

　　主要陳述書落實以九章成文。第一章是簡介。第二章是警隊薪酬的發展，以我的前作「警隊薪酬發展概要」為本，列舉與政府文職和其他紀律部隊的薪酬比較。政府重文輕武，在設計警隊的薪酬結構方面套了陰招。警務工作的辛勞元素和技術元素比政府文職人員要高得多，輪班工作不在話下，每週工時也較長。雖說起薪高於文職，但只是便利招募的權宜之策，因每年的增薪幅度只有文職的大約一半，最終頂薪亦只與文職相若。

　　第三章是階級與指揮架構，我把重點放在員佐級人員升

級的難度上。在所有紀律部隊中，警隊中的晉升編制是最少的，沙展與警員的比例是 1：4.1，而士沙與下屬比例則為 1：18.5，晉升機會只及其他紀律部隊的 30% 至 50%，有超過半數警員終身不獲升級。

第四章是警務工作中的「特殊元素」，即是說為甚麼警察與別的職系不同。警隊擔當的角色獨特，既是政府的前鋒，又是最後的防線，更為所有的執法工作包底。警員需要具備廣泛的專業知識和技能，肩負顯著的辛勞和危險，承受嚴厲的紀律和問責，忍受職業對個人生活的限制和干擾，還有特別的機構元素如招募和挽留人才等等。涵蓋所有元素不難，把它們量化、質化才是藝術。

第五章的篇幅最長，內容展示過去 20 年來警務職責上的變化，涉及政治、經濟、社會、科技及法例等多方面對警務工作的影響。當中包括提升指揮管理、改善服務質素、應對示威衝擊大增的政治環境、處理與科技相關及現實民生中更為複雜多元的罪案等。自政權回歸後，警隊在邊防和反恐上更是肩負起軍事角色。由於資源局限，警隊甚至發展出第二職務以應付與日俱增的服務需要。不少其他部門引入新法例時，都沒有負起執法權責，間接把責任卸給警隊。

第六至第八章較短，討論學歷、起薪水平、增薪架構及與職務相關的津貼。第九章總結並提出十項建議。總計陳述書共 200 頁正文，另加 200 頁附件。通過上線至 CP 都很順利，接著是 Annie 預備了超過 100 份副本給內外相關單位。陳述書在限期的 2008 年 1 月 19 日呈交紀常會。

多年的操練讓我在研究方面有些水平，行文也算簡潔清晰，並且具說服力，經巴尼修飾一下，效果不俗；有時巴尼寫了報告也會請我修改。經此一役，我們倆竟然成了鐵膽搭檔。

2009 年 2 月 17 日紀常會訪問刑事總部的那天，我在總部大堂迎接一眾委員。主席手持那份 400 頁的陳述書，仍是一臉傲氣，問我這份陳述書是誰寫的。看他喜怒不形於色，心想若説我是主筆，恐怕他就看輕這份陳述書。稍一思量，我回答是人事部的集體創作（這是真話）。他説「寫得很好！」，兩次點頭。好險！

巴尼連同波特為 65 個處長級職位草擬的補充陳述書在限期後一個月才完工提交。副處長曾 sir 緊急傳召時，巴尼也請我陪同。曾 sir 對這份補充陳述書的表達方式不很滿意，要求我們採用敏鋭管理學（agile management）的元素重寫，可我們對這理論是完全陌生的啊！

回到巴尼的辦公室，對於「大作」不合格，他把失落感寫滿臉上。我惟有再出絕招，説：「容我回去想一個晚上。」大概巴尼（還有以前的上司們）會懷疑我家裏藏著一位甚麼「高人」，但其實他的名字叫「謙卑禱告」，也並非只藏在家裏。我隨後網上自修，找到 A.T. Kearney 的理論。次日巴尼看到我建議的新框架，愁眉略展。之後一週，他來我往的把補充陳述書修改好，我們再呈交副處長曾 sir，竟順利過關，之後送呈紀常會。

至此，職系架構檢討已在警隊內升溫至沸點。我們向紀常會要求會議，第一部分由警隊介紹陳述書內容，第二部分是雙方交換意見，即是「談判」。CP 鄧 sir 御駕親征，還有副處長曾 sir、人事訓練處處長鄧 sir、人事部老總鄧 sir [31]、巴尼和我。第一部分的演示內容自是由我草擬，如此陣仗我建議由老總鄧 sir 主講，最終決定還是由我衝鋒。在預備會議上，CP 與各高層深度考慮了我的每張演示幻燈片，並給

---

[31] 三位長官都姓鄧，只是巧合而已。他們並沒有親屬關係。

予有關輕重優次等指示。

這算是我從警以來最重要的一次演示，我非常緊張，對著空氣排練了十多次。3 月 17 日開會當天，我提前兩小時到場準備，竟又來了一段很不美麗的插曲。紀常會秘書長和巴尼二人面有難色地進來，秘書長說道主席要求把第一部分的演示減至 15 分鐘，巴尼表示副處長已同意。甚麼？45 分鐘的內容簡化成 15 分鐘？不單不能傳達同樣的信息，技術上也辦不好。說不定有人狐假虎威，不想我的演示做得太好。那我能怎辦？我腦袋立時進入了渦輪增壓模式，心靈卻躲到另一個隱密處去禱告。

我瀕臨爆發的情緒被一道靈感平靜了下來。我果斷地說：「我辦不到，演示的每張幻燈片是 CP 親自批示的，除非 CP 親自指令，我無權修改。」秘書長看著巴尼，意思想他給我紀律性指令。巴尼表現為難，我把 51 頁的幻燈片印刷本給他，請他決定刪除至少 30 頁的內容，他當然無法下手。我鐵了心，他們也無可奈何！

62 檢討結果出爐吉中藏凶

　　2008 年 3 月 17 日紀常會與警隊高層會議，第一部分由我介紹陳述書內容，我的心懷意念和口才全程都得著保守，感覺是平生最好的演示。所有人都聽得非常投入，我要突出的重點都得到了關注。席間，委員們不止一次埋怨秘書處何以沒有提供在演示中所陳述的相關且重要的數據，弄得秘書長好不尷尬。開始時顯得有點不高興的主席也漸漸解除了他的傲慢。

　　演示完畢，主席提出小休十分鐘。委員們陸續離座，經過我旁時都禮貌地道謝。坐在左手邊隔著巴尼的人事訓練處處長鄧 sir 煞有介事的伸過手來與我握手，篤定地說：「做得很好！」CP 離座，在後方過來和我握手説：「Victor，多謝，講得很好。」我在整理文件期間，副處長曾 sir 跟我握手並低聲問道：「Victor，你是否有宗教信仰？」耐人尋味！無論他的意思是正是負，我也珍惜這個廿年不遇，卻常作準備的表態機會——「我是基督徒」。

　　會議在第二部分進入直路，雙方都沒有流於客客氣氣的禮貌，CP 等高層像捲起了半臂衣袖似的，運用我給他們的素材和意見，擦起談判火花。過去一年，我九成時間閉關練功，一成時間風塵僕僕，只有自己（和內子）才知道那份鹹

苦滋味。這個下午見證此情此景，是高層給予我的信任，無論成果如何，我的那份辛酸算是值了。

職系架構檢討初期，我以為紀常會主席是最大的阻力。越到後期，我越發發現我只對了一半，因為倘能闖過這關，他將成為我們最大的助力。主席是一位非凡的領袖，在精英圈子中舉足輕重，不易為權貴所動搖，對警隊高層如是，對警察職員協會如是，那麼對政府，甚至特首呢？我相信也將如是。在進行檢討的幾個月內，他走訪多個警務單位，與幾十位工種不同、經驗有別的前線代表真誠交流；他認真地把陳述書讀完，掂量過警察是專業還是職業，服務社會是真情還是矯情。我相信他心悅誠服的程度沒有十足，也有了七八成。然而，我只能默默仰望，因為「力戰的未必得勝」（〈傳道書〉9:11），拖警隊後腿的無形之手將會在最後階段主導發展。

在等候檢討結果出爐期間，我沒有閒著，為可能出現的結果構思往後幾步棋的走向。我估計檢討結果大致有三個可能：低端成果會是只限於員佐級，象徵式地改善薪酬；中游成果會給員佐級較實質改善，同時也為督察至處長提供象徵式的薪酬改善；若能在中游的基礎上，為總督察以上階級相對其他紀律部隊，創造少許的薪酬優勢，那才是我想像的美滿結果。

世事變幻不定，2005 年經濟開始復甦。在這背景下，為紀律部隊進行的職系架構檢討應該可以變得樂觀了。可是，風雲再起。

2008 年，美國醞釀次貸危機，一些銀行和金融巨企倒閉，石油能源及其他資產價格急跌，經濟迅速轉勢。股票市場劇烈波動，自 1 月份股災後大上大落，發展到 10 月份全球股票市值蒸發了一半，是為「金融海嘯」。對警隊的壞消

息是，紀常會主席管理的私人企業也受到金融海嘯嚴重衝擊，普遍相信他為董事局要員背了黑鍋，於同年 10 月辭去私人企業職務。接著他又暫停了包括行政會議、紀常會在內的其他公職。在檢討報告即將出爐之際遭此一劫，要政府在此時機改善警隊薪酬變得不合時宜，更何況政府本就沒有優待紀律部隊的打算。好不容易才把悲觀化成樂觀的職系架構檢討，現在又像被推到懸崖邊上，搖搖欲墜。

某天查經交通的時候，仙姐對她母親的信仰態度表現得十分擔心。與仙姐相識初期，伯母還在沙田居住，曾來過我們教會聚會；如今我們登門造訪，也不算太過冒昧。聊興一發，伯母也就講了不少心裏話。她已信主多年，只是對教會生活有些意見。她謙稱自己對聖經生疏，認識很少，聖經書卷只是勉強記下，然後將〈創世記〉、〈出埃及記〉、〈利未記〉等 66 卷書一口氣順序背了出來，絲毫不差。我急忙運起三十多年的讀經功力追趕，也覺得有點落後。耶穌說：「給我作見證的就是這經。」（〈約翰福音〉5:39）我想，甚麼人會倒背如流地把聖經書卷唸誦下來？探訪中我們也不忘讀經禱告，彼此勉勵一番，那是一個很充實的週末早上。

終於，2008 年 11 月 27 日，紀常會向特首呈交了職系架構檢討報告，同日下午把紀律部隊的代表邀請到紀常會會議室，警隊由副處長曾 sir 和我出席。在派發報告全文之餘，紀常會署理主席概括地傳達了報告的主要建議。在薪酬方面，警員薪酬水平提升一個增薪點，另外為長期服務原設的兩個增薪點增至四個，換句話說終身不獲升級的警員會增加三個增薪點，約值 8.8%；沙展只獲增加一個增薪點，約值 2.3%；士沙獲增加兩個增薪點，值 9.8%。其他紀律部隊員佐級的薪酬也獲得相同的增幅。相對其他紀律部隊，警隊員佐級原有的薪酬優勢仍然得到保持。主任級和首長級方

面，警隊和其他紀律部隊均獲得一個增薪點的升幅，那就是說，原本的跨紀律部隊同級同薪的安排始終沒有打破。意外的是，報告額外建議政府特別為警隊因公受傷人員建立一個優先醫療機制，在機制未成立前應以保險形式提供私人醫療的選項。

我鬆了一口氣，忐忑的心情稍微平靜了下來。雖說結果只屬我原先評估的中游，但在金融海嘯的環境下沒有空手而回，已是萬幸，看來紀常會主席在暫停職務前已經議決好了這個結果。其他紀律部隊的與會代表自然是喜出望外，只差沒有歡呼尖叫出來。話雖如此，沙展只有一個薪點的加幅明顯是不妥的，未能為警隊主任級創造出薪酬優勢，始終是美中不足。

剛以為撥開了雲霧，不料又來個晴天霹靂。差不多在報告發佈的同一時間，政府發出聲明，表示將向各紀律部隊進行為期三個月的諮詢，並表明所有薪酬相關的建議都不會落實，直至經濟環境穩定下來。這大概說明兩件事：第一，可能紀常會原先傾向更高的增薪幅度，只是公佈版本在政府遊說下給「平衡」了下來；第二，報告的最終建議仍超過政府可接受的範圍。

我拖著泥捏的腳步回到總部向一眾長官報告後，手下已急於撰寫通告向引頸期盼已久的警隊上下通報結果和情況。心情一時難以平伏，這項任務還沒有看見盡頭，一份不詳的感覺揮之不去。

63 成全大我不拘小我

在擔任特別職務的一年多期間，我經歷了兩次考核。2007 年 10 月的考核，不論年資、經驗、職務上的表現，或是對工作能力的信心，我自覺已具備晉升高級警司的條件。可是老總鄧 sir 是有名的嚴格，能在他筆下獲評 A 級，幾乎絕無僅有，何況當時我許多工作還沒有具體成效，於是我的考核只有 B 級。我不怨他，也不說他不公道。2008 年再次考核，我的工夫已使出了百分之一百二十，鄧 sir 不但給我評了 A 級，報告內容亦非常充實。通過遴選委員會的初步甄選後，我進入了三選一的階段，正等候晉升遴選面試安排公佈。

自從 2008 年 11 月 27 日檢討結果出爐，以及政府宣佈暫緩執行薪酬改善建議後，警隊普遍躁動起來，對檢討得中游成果只是循例不滿，對政府輸打贏要才真的火上心頭。

政府為職系架構檢討報告定了三個月的諮詢期，我隨即又風捲殘雲地忙碌起來，日以繼夜地工作，並思索方向（波特已晉升警司並調回了刑事單位，只剩下我和自己的雙手）。我先是於 12 月 2 日在處長親自主持的會議上，向 22 位助理處長及以上的高層作匯報；雖然這個時候我已沒有甚麼「畏高症」，但預備的工夫一點都不能馬虎。接著，我得

把厚厚的報告摘要成文，並羅列要點及相關問題，方便警隊所有單位向各員進行有意義的諮詢。此外，我還要組織三場路演，將整個檢討的來龍去脈，以及警察總部一切的努力向各單位解說。

其實諮詢前我已能十之九九掌握警隊上下的意見，這些匯報、諮詢文件及路演對於上司們來說也許是例行公事，但我卻是醉翁之意。過去十年，警隊在內外困擾下士氣低落，支離破碎得有如一盤散沙，我的心事是借用諮詢過程作為內部團結的機會，在這個警隊上下共同關心的題目上把大家凝聚起來。同時，我也希望爭取警隊全人認同高層在檢討中不遺餘力，排除任何前線對管理層可能存在的怨言，免得重蹈1988 年的覆轍。耶穌登山寶訓一直勉勵著我：「使人和睦的人有福了，因為他們必稱為神的兒子。」（〈馬太福音〉5:9）

通告來了，我的晉升遴選面試定在 12 月 8 日上午 11 時進行。

由於種種技術原因，第一次路演剛巧就定在 12 月 8 日的下午，即晉升遴選面試的同一天，有點是「天意」的味道！我真的快要瘋了，任我管理時間的紀律再好，都無法在把諮詢工作做妥的同時，又把遴選面試預備好。人生確是充滿抉擇，二選其一，前者又是「大我」，既然知所選擇，我也心安理得。至於後者呢，我惟有再阿 Q 一次，打「天才波」加上禱告，相信「惟有神斷定，祂使這人降卑，使那人升高」（〈詩篇〉75:7）。

面試地點就在我辦公室的同一樓層。那天早上我還一直為下午的路演反覆演練，直到早上 10 時 45 分的鬧鐘響起。我透了一口大氣，整理一下儀表，就往晉升遴選委員會的會面室走過去。我已豁出去了。

面試時討論過的問題已忘記了一大半，記得主席（一

位助理處長）問過如何強化誠信管理中的監督角色。其實，有關政策已寫得滴水不漏，問題是出在執行的質素。我強調時間管理的重要性，警隊在不斷擴大職務的闊度和質素的高度，難免顧此失彼，誠信管理便成了流於表面的空泛主張。主席又問，要是我當了前線的高級警司，會重視哪些管理題目。我說「工作量管理」，不能甚麼都要做好，結果只會是甚麼都做不好；任務必須有選擇性，定優次，把不重要的及早剔走，集中有限資源把重要的事認真做好。主席嘆息在當前的政治氛圍和機構文化下確是難於實踐，我則回答需要有階級的人把這難事擔當起來。

一位委員（總警司）就著政府在經濟不景氣時考慮開設賭場的構思讓我表達意見，明顯他是支持的。於是，由國策、城市分工、經濟效益，及至對公務員甚或警察操守的潛在影響，我與他辯論起來。在面紅耳熱之際，我說該為下一代留一個健康的社會，給他一錘定音。面試結束，心輕省了不少，又全情投入到路演的預備工夫上去。

當天下午，總部演講廳的 400 個座位算是坐滿，老總鄧 sir 簡介後由我演示，並解答問題。這次演示不如紀常會會議那次重要，但同樣是我平生最好，我非常享受。為甚麼？也許我對警隊全人良心無虧，也許聽眾的身體語言和發問語氣都反映了罕有的「信任」和「支持」。下台後，前座一位英籍警司微笑地對我說：「Victor，剛才的演講值一萬元。」也不知算多算少，我當他是讚許來收納了。

警隊上下非常團結，前線對高層和職員協會的努力都給予充分肯定。我的心踏實了不少。一連串的諮詢工作之後，2009 年 2 月中我向公務員事務局呈交了警隊意見，循例提出多項不滿，其中最為強調的是有關沙展只有一點增薪的不合理性，當然還有必須盡快實施紀常會所有的增薪建議。

2009 年 4 月，特首在行政會議上鐵定「暫緩」執行薪酬改善建議。公務員事務局發了一封「給職員的信」，一點安撫意味都沒有，倒有「你能奈我何？」的味道。其他紀律部隊的職員協會多番表達訴求都不得要領，於是呼籲遊行示威。公務員事務局局長在接受訪問時勸喻他們遊行時「記得守秩序」，如同火上澆油，意思是「不怕」。警隊職員協會約見了保安局常任秘書長，希望她可以扮演積極角色，卻又碰了軟釘子。對一向顧全社會利益的警隊也聲稱可能參與遊行示威，政府是「不信」！

在這段四處暗湧的日子裏，除了協調各方之外，高層和職員協會對我這諮詢角色都非常重視。有人問我員方組織遊行是否恰當，我不能支持，也說不出反對。我是基督徒，常常預備吃虧，只會在禱告中爭取，不靠肉體鬥毆來成全。可是，員方這偌大的虧卻難以個人意願酌量。「以戰迫和」的道理我是明白的，然而面對政府的剛愎，不惜以玉石俱焚來鬥爭，我不取也。我情願退回隱密的陣地，求主顧念：能否因為我參與其中，給大家一個和好的結局呢？

2009 年 4 月，高級警司遴選的結果公佈。主恩典伴隨「大我」的同時，「小我」也在暗中給照顧好。「你父在暗中察看，必然報答你。」（〈馬太福音〉6:6）。這份蒙眷顧的感覺一直暖烘烘的，在心裏無比受用。

64 化解危機字字珠璣

　　2009 年 6 月，因職系架構檢討引發的鬥爭越演越烈。6
月 21 日，其他紀律部隊組織了 1,200 人的遊行，政府無動
於衷。忍無可忍之下，警隊職員協會接力，申請於 6 月 28
日遊行，那是繼 1977 年警廉風暴後多年來僅見的。輿論嘩
然，警察遊行肯定會向香港內外發出社會極度不穩的信息。

　　6 月 22 日，處長鄧 sir 正在歐洲外訪，副處長（行動）
任 sir 約見職員協會，遊說他們以大局為重。可是，職員協
會騎虎難下，認為若就此退縮，就會讓政府騎劫職員對社會
的善意，也等於在權益被踐踏時棄械投降。6 月 23 日，特
首大概有意安撫警察職員協會，在行政會議上決定會在暑
假後重新考慮落實安排；雖然姿態比之前「溫和」，但還是
「拖」字訣，惹得職員協會加倍反感。起初估計遊行人數會
在 2,000 上下，豈料分區動員比估計還要熱烈幾倍，全城頓
時不安。

　　6 月 25 日，處長縮短了外訪行程回港「救火」，上午抵
港，下午就與職員協會會面。其時職員協會著實有點懊惱，
對遊行可能給社會帶來的傷害憂心忡忡。雙方難得開誠佈
公，處長押下個人名譽，承諾親自向政府反映員方訴求。職
員協會以大局為重，決定撤回遊行申請，改為在總部內舉辦

研討會。於是，巴尼和我趕緊為處長草擬新聞稿。半小時後，處長和員方再聚，為新聞發佈定稿。傍晚 6 時，處長和員方舉行聯合記者會，記者會人頭攢動，與我 1997 年為警隊更換徽章時辦的記者會不遑多讓。當時傳輸技術有限，電視台還得自備迷你「鑊型天線」進行直播。至此，警隊上下、政府與社會難得享受一個平靜的週末。

2009 年 7 月中，我升級出任晉升小組高級警司。由於新崗位的職務性質，我的升級信是由我自己撰寫，再呈處長簽署，感覺有點兒戲！不單如此，我的升級典禮也是由我安排的，岱華和以諾都出席助興（迦勒正在美國實習工作）。老總鄧 sir 把我留在人事部的用意再明白不過，職系架構檢討的手尾還得由我包底呢！

事情還不知怎樣發展，特首會否繼續剛愎下去仍是未知之數。香港中聯辦專責與警隊員方聯絡的部長在 7 月初被免職，聽說或者與他沒能預先洞悉警隊員方計劃遊行有關。

8 月初的一個早上，人事訓練處處長鄧 sir 來電，告知我內地公安部邀請員佐級協會訪問，由副處長曾 sir 領隊，詢問我可否出任副團長。我對社交頗為擔憂，就以語言能力和工作責任等藉口支吾，豈料他坦言非我莫屬。那麼這任務必定與職系架構檢討有關，想不到浪潮暗湧到了北京。

8 月下旬，曾 sir、我和員佐級協會一眾幹事約十人，在中聯辦兩位職員陪同下先行訪問了吉林省幾個縣市的公安部門，視察、交流、遊覽等安排都非常周到。社交問題是我最擔心的，大部分交誼，我還算生硬地勉強接招，可是「飲酒文化」該如何應付呢？我想過不少藉口都覺得不管用，惟有求主幫助。因應曾 sir 的身份，接待的規格相當高，都是省市公安廳局的第一二把手。這些高官年紀不小，不是這位肝胃不適，就是那位血壓心臟有毛病，筵席上都招呼著好

酒，各人竟都只是意思意思，完全沒有「不醉無歸」的壓力。好彩！

還記得在紀常會演示的那一天，曾 sir 詢問過我是否有宗教信仰，他當天的問題仍是那麼耐人尋味，這次同行好像又是「天意」。除了經常圍繞著公事向他報告請示外，旅程中我也尷尷尬尬地提出了些信仰的題目，他友善回應，卻保持著距離。

最後兩天轉飛到北京。千呼萬喚，內地公安部副部長在最後的晚上宴請曾 sir 和我，而員佐級協會則另有團隊招呼。曾 sir 看出我這名基督徒對飲酒的顧忌，特意告誡我說，副部長出名酒量好，必定以又純又烈的好酒款待。曾 sir 坦言將會自顧不暇，我得自己「執生」。赴宴前離開酒店房間時，我總覺得遺漏了甚麼，關門後猛然驚醒，於是又回到房間跪下禱告。

北京飯店 15 樓，寧靜清雅，卻有十面埋伏的感覺。陪同副部長的三位公安幹部都頗有分量。其中一位是剛到香港中聯辦履新的聯絡部部長（代替 7 月份被免職的前部長），態度謙恭，城府甚深，把香港的近況當花邊新聞說說聽聽，字裏行間總是在稱許其他紀律部隊，其實句句攻心。另一位幹部則對警隊認識非常透徹，架構、職責、考核要求等細節如數家珍，大智若愚，字字珠璣。副部長的用意何在呢？只是出於關心要親自了解？還是想敲山震虎，要警隊把自家管好？抑或在研究是否該為警隊向政府施壓？我的層次太低了，看不出水有多深！

席間沒有烈酒，只以內地紅酒佐餐。酒菜雖好，但哪有心情品嚐，我全副心思都放在一字一句的應對上。從職系架構檢討所引發的風波，政府的態度和職員的訴求，到局面的發展我都有問有答地交流著，真是字字小心，句句留神；怕

言多有失的同時，又珍惜有這樣高層次的解說機會，決不能沉默是金。在謹慎應對之餘，曾 sir 始終不亢不卑，既不批評政府，又沒有把職員協會踹下，還有意無意地為前線人員的卑微待遇打抱不平。高手過招之際，我自覺只有初中程度。

在離開飯店的豪華座駕上，曾 sir 的第一句話是對副部長沒有以烈酒款待表示詫異，我微笑地回應：「出來之前，我曾為這事禱告。」曾 sir 眼望別處，過了一會說，紅酒還是法國的好。

10 月 18 日是第一次在暑假後召開的行政會議，會上特首決定將職系架構檢討結果付諸實施，薪酬改善會追索至同年 4 月 1 日起生效。同時為 2008 年 11 月 27 日至 2009 年 3 月 31 日期間退休人士加入保障條款，並且照紀常會的補充建議，在原建議給沙展增加一個薪點外，再多加一個薪點（總計約 5%）。當天下午，正如我夢想過的，員佐級協會邀請我一同開香檳慶祝。

這事還有餘韻。幾個月後，處長鄧 sir 親自向人事部老總鄒 sir（前老總鄧 sir 已經升級）表示，會給我頒發「處長嘉許狀」，著他把所需文件預備好。兩個月後，文件都齊全了，處長卻收回成命。處長向鄒 sir 解說，公務員事務局在職系架構檢討上已對警隊怨氣沖天，思前想後，不想再高調刺激他們。這是江湖，我不怪他，我得著的已經超過所求所想的了。處長其後發給我一封三頁長的讚賞信。

風雲際會兩年多，我長期站在暴風眼中，現在得以在風平浪靜間寫完事業上鏗鏘一頁。我說甚麼才好呢？「父阿，願你榮耀你的名！」（〈約翰福音〉12:28）

從鄧竟成處長手中領過升級信（2009）

與員佐級職員協會訪問內地公安部，到訪北京奧運主場館（鳥巢）。（2009）

與北京公安局局長晚聚，趁機相互交流兩地的警政。(2009)

在北京長城與曾偉雄處長展示「好漢」本色(2009)

65 晉升制度瑜不掩瑕

　　警隊的槍械訓練只適用於警司以下。來到我最後一次射擊訓練，48 發子彈，有遠有近，或站立或跪下，還要閃避及快速換彈等，每發子彈限時二至三秒，擊中 36 發才算合格。最後我檢查靶紙，47 顆擊中「賊人」，一顆在肩頭上方半厘米處射失，似是寶刀未老，確也是吾老矣！

　　2009 年 7 月我出任「晉升小組高級警司」，統籌全警隊非首長級的晉升遴選事宜，職任獨一無二，通常由資深的高級警司出任，且對誠信要求甚高，否則難以服眾。雖說職系架構檢討因還未煞科而不將我外調，但人事部還有四位高級警司可以調用，把我放在這位置上為警隊上下最重視的另一個課題守望，無論是有心重用，還是隨意安排，對我而言都是榮幸之至。

　　辦公室同樣設在總部 37 樓，與之前的「儲物室」天差地遠。二十多平方米空間，首次栽上兩株植物；座位背靠朝東的玻璃幕牆，斜視東北是維港的景色和九龍半島近岸的新型大廈；房間不受西斜影響的同時，又可以享受夕陽映照遠山的美景。這對往後繁瑣的公務起著不少紓解作用。

　　由於晉升政策不靠論資排輩，只重才幹實力，人員都會非常積極爭取表現的機會。如此下來，警隊的晉升政策對服

務社會實在發揮著重大的良性作用。

適合當警察的，十之八九都是有抱負、熱心熱血的人，閱歷較常人豐富，解決問題的能力也強，當然都是力爭上游之輩。可是，警隊的人力結構以服務功能為本，基層人員的比例很大，升級機會甚少。在平均 35 年的服務生涯中不能晉升沙展的警員超過一半；而無法在退休前晉升總督察的督察則有三分之一。個別人員若然長期不能一展抱負，士氣情緒不免會受到打擊。我在第 26 篇已簡略談過警隊內的升級文化，當年我感到虧欠，希望如今能多做點甚麼。

警隊為了確保遴選升級的過程公正，經年建立起周詳的制度，包括週年工作表現的考核，以及為升級遴選而做的報告。為了公平，被考核的人員可以先行自我評核，作為三層上司撰寫報告時的參考。我的晉升小組會為每一個升級遴選工程組織「評選委員會」，先進行分兩大項的書面評核，然後選出高分的考生進行面試。最終，按總分排序，照晉升名額決定誰會名題金榜。

這樣夠複雜了吧？但為員佐級辦的遴選工程更加要命。符合資格的人數眾多，每年近二萬名警員中獲推薦遴選沙展的有超過三千人，要用上十個評選委員會應付；同樣，沙展晉升士沙的遴選要有三個評選委員會。每個委員會由一名警司任主席，兩名總督察任委員，評選過程需時三個月。

如此問題來了，眾多的評選委員會在應用評核指引時怎能確保一致呢？制度上有幾項措施減低評核的偏差。首先，晉升小組高級警司（即是我）需要積極監督各委員會的評核工作；其次，各委員會所給予的評分會由警隊統計師科學化調整所有考生的得分，以綜合定出先後名次；最後，另設一個「檢討委員會」，由我任當然主席，聯同由前線邀請的兩位警司委員，為在總分前列的考員再做一次書面核實，才定

出最終的晉升名單。

總的來說，警隊的晉升制度可算穩健，能夠做的都已做到。只是還有幾個問題。第一，也是最基本的，在進行週年考核時雖有詳細指引，但不同的指揮官檢視的執行尺度各不相同，並且有越來越「慷慨」的趨勢。如此這般，考核 A 值的人員很多。那不就皆大歡喜嗎？當然不是。這對真正貢獻非凡的人很不公平。

我認為要扭轉乾坤，並非無計可施，只是負責考核政策的主事單位顯然沒有變革的魄力。正如我在第 37 篇提過的 Kirton 性格模型，大多數警官都是「適應型」而非「創新型」的。即使我身居此要職，在這方面卻無法挽狂瀾於既倒，我又不禁憧憬再升一級。

雖然我對週年考核政策無能為力，但在遴選的操作上還是應該盡力而為，務求公平公正，提升透明度。即使不能增加升級人數，我仍希望能提高公信力，減少怨氣。

由於不少評核指標很難量化，就如領袖潛質、服務種類和經驗、嘉獎和讚賞、訓練報告、自我發展等等，評選委員會左右評核的空間太大，有意無意之間或會做成不公。為此我循兩方面著手，首先把計分指引盡量具體化，特別在晉升質素的部分，減少評選委員會對結果的左右；其次，我用上 AIPM 的經驗，抽出幾份背景經驗各異的考生個案，讓所有委員按指標評分，然後公開討論以達共識，為公正評核訂立一個更具體的基點，同時加強我在監察工作上的依據。

每個考生在遴選完成後會收到書面評核分數和面試評語（又稱死亡報告）。由於很多考生多年來都累積了 A 值評級，因此八成以上的人都在「工作表現」上獲得超過 80 分。另一個問題，「晉升質素」的考量項目很多，累計的成績也差別很大，一個人很難囊括大部分晉升質素，因此考生得分

通常都不高，只有大約兩成的人能獲得 50 分以上。難怪考生經常埋怨從「死亡報告」中看不出可以循甚麼方向改善分數。思前想後，我參考美國高考公開試的成績單，在考生分紙上為每個大項加入「百分位」（percentile），即是相對其他考生所得的名次。這樣大大增進對評分的認知，減低考生對遴選制度的誤解和埋怨，也給考生對如何改善升級機會作有用的參考。

提升了評分和得分的透明度，評選委員和考生們都是一致的好評。為小修小補，我已出盡九牛二虎之力，還有許多願望繫在我的心上，不知在種種局限下我還能走多遠！「行善不可喪志」（〈加拉太書〉6:9），求主幫助我不致輕言放棄。

66 防止利益衝突不廢嚴明公正

　　警隊裏能幹的人比比皆是，適合升級的人遠多於晉升名額。對個別人員來說，得失也許非常重要，然而當中卻有際遇及運氣因素；只要升級的都是勝任的人，對警隊的服務質素而言影響不大。相反，若給濫竽充數之徒僥倖成功了，則對內對外皆有不良影響。縱然遴選過程已設置重重關卡，蒙混過關的情況還是屢見不鮮，評核者的疏忽和主觀偏執是其中的主因，這類人性的可怕及對制度的破壞，不下於貪污受賄。我對各級委員會的要求和忠告是「不要升錯人」。

　　評選沙展和士沙的委員會是警司和總督察的組合，我有監察的權責。雖然他們是獨立評核每個考生，但對我的指引和質詢，只要到位，是不會置若罔聞的；加上我還是檢討委員會的當然主席，能為最終名單作一定程度的把關。故此，對員佐級的晉升遴選的公平和公正性，我有一定信心。

　　遴選總督察及以上階級的委員會，是以總警司或助理處長任主席的。他們職級比我高，加上位位都是有主見、有個性的人，忠言往往逆耳。話雖如此，我也不能聽之任之啊！既然直言聽不進去，不如我拋出一些負面個案，給大家嘲笑一番，或許他們自會引以為戒。另外，我提供了一些建議以增加他們面試評核的彈性，有助提升他們的決斷空間，這些

建議顯然比較受落。

2009 年 7 月我接掌晉升小組時，是小組全年最忙碌的時候。十個遴選沙展的評選委員會剛成立一週，我又要為剛結束的士沙評選工作主持檢討委員會，為得分最高的 120 名考生，按檢討指標再做一次書面評核，將評分加到他們原來的分數上，前 90 位名列前茅的就能金榜題名。

除了我任主席外，檢討委員會還有兩名警司，與我共同審視 120 位考生的檔案。其中一位警司是資深的刑偵專才，頗具名氣。1995 年我還是高級督察的時候，曾在處理虐兒案件的先導訓練中與他碰頭，當年他就很有師兄的味道。另一位警司也是位經驗甚豐的師姐。

在機械式評分中，我發現了兩個有問題的個案，便請兩位警司委員一同為這兩宗個案解剖，作最嚴明的把關。我們對其中一位考生的評分過程有些行政上的質疑，對於他年資較淺而評分偏高有點擔心。經詳細檢視後，我們都認為這考生應是出類拔萃之才，於是放心把他放行。至於另一個案，聽我分析之後，師兄拍案認同，怒不可遏，認定評選委員會明顯犯錯，甚至有利益衝突之嫌。兩位警司坦言起初以為他們的參與只屬點綴性質，本有輕視之意，現在卻衷心認同，整體來說制度的公正性很高。至此，師兄對我的態度真有些改變。

每週二晚上和週四午飯時段，我都有帶領查經的機會。聖經是神的道，我知道不能靠自己辦好這事，所以每次聚會前先在辦公室跪下禱告漸漸成了習慣。仙姐邀來一位女同事阿寶，她談吐溫文，性格開朗，對查經時傳達的信息反應正面，對基督信仰存著開放態度。那時，Nancy 也調到總部工作，她跟阿寶很是投契，於是我夥拍 Nancy 跟她在福音上每週探討一次。大半年過去，阿寶仍是饒有興趣，卻不知有

甚麼心結妨礙著她踏出關鍵一步。後來她調職到新界工作，這件靈魂事工就給暫停了下來，我和 Nancy 都感到可惜，只能求主差遣其他人成全這工。[32]

自從 1997 年那次升級遴選的醜聞之後（見第 25 篇），警隊要求參與評選的委員必須為「潛在利益衝突」作出聲明。在考員中，若過去五年有曾被統率過、親屬關係、私交好友、過從甚密等等，委員就必須申報。因應這些聲明，我可以作出調整，或將考員調給另一個委員會評核，或是加入額外監察元素。在我任內，參與評選的委員們對潛在利益衝突的聲明都非常認真，有時更過猶不及。我相信絕大多數委員都是真誠、公正，就算是不羈分子也不敢觸碰警隊裏的紅線。

我剛到任時，上一任存留下來的一宗個案令我感到相當為難。事情發生在前一年的士沙遴選，其中一位評選委員會主席在評選工作結束後被匿名投訴，指稱他與一位成功獲推薦升級的考生有私交。人事部調查發現兩人十多年前在某單位曾經共事兩年（單是這樣不算利益衝突）；此後他們在舊同事聚餐時也曾同場出席，甚至曾有一次參與集體往外地旅遊。雖然他們未必是知交好友，但這類交誼仍是那位主席應該申報的。人事部高層對遴選程序蒙污深惡痛絕，經調查後那位警司受到紀律處分。然而，還有一個問題需要解決，該位考生的升級決定是否應該被推翻呢？

我翻查了那位警司和考生的工作紀錄，十多年來就只有一次從屬關係。試想，若有過人感情，這位警司很可能已招攬這位考生再度共事。我再研究考生的工作表現，經年的考

---

[32] 2020年阿寶重投我們的查經和交通。幾年間她經歷的一番奇遇足以另外成書。阿寶收養了一名被遺棄的小女孩，常常帶領她禱告倚靠主，還主動上教會慕道。

核成績和所獲的嘉獎都在上上之列。反觀面試成績卻只在中游，沒有被特意關照的跡象。前任的高級警司在檢討委員會覆核，也給予該考生很高的評分，與其他通過評核的考生實在伯仲之間。主席沒有申報是他行政違規，並不等於在實際評核中曾經徇私。況且，考生在制度中是被動的，既然沒有要求考生作利益衝突的申報，我們豈能問罪於他呢？

人事部老總鄒 sir 一向修養極好，但每次談到這宗個案都會七竅生煙。於是，「投其所好」和「持平公正」又在我內心鬥爭起來。我不能胡塗了事，禱告吧！

我在檔案裏陳列了上述發現，並建議落實這位考生晉升士沙。上司並沒有就我的報告直接説些甚麼（在晉升事項上，所有參與的單位都避免相互干預）。一向兩天內能確定的事，十天後才送回來，檔案裏沒有上司們書面上的辯論，不過，一些異常的痕跡顯示高層曾有過激烈的討論，最後人事訓練處處長鄧 sir 一錘定音「批准」。鄒 sir 對我仍是非常友善，令人敬佩。

67 操守審查莫枉莫縱

　　警隊的晉升制度非常縝密，考生過五關斬六將，遴選合格並非終點，還要通過操守審查作為最後把關（由於事涉機密，我只能描述一些大概）。操守審查牽涉內外幾個機關，總意是蒐集與個別考生品格可能相關的資料進行嚴謹的審視，將誠信有虧、專業承擔有缺失的個案查找出來，由我負責總結和建議，再一級一級呈遞到決策高層最後拍板。

　　這樣的審查機制衍生的工作量非常驚人，佔去我近一半的工時。舉例說，一位通過遴選評核和面試的警員平均服務16 年，每天行動作的決定不計其數，每年參與拘捕的宗數少則幾宗，多則幾十，或多或少招惹了一些投訴。警隊內有一個說法：沒有被投訴過的警察不是警察。被調查的人士越來越敢以各樣方法作反制或報復，投訴警察已是司空見慣，更有向廉署舉報，甚或進行民事訴訟等。如此這般，以一年600 位遴選合格的各級考生計算，為了操守審查而索取的資料有如山海。收到我為操守審查索取報告的單位，除了好奇入圍名單以外，會是多麼的煩惱！由於數量多得可怕，提供資料的單位有時難免失焦，沒有清晰交代我最需要的元素。那麼，我還得反覆澄清和詢問，就這樣工作量又倍增上去。

　　對於操守審查，我有幾個目標。首先是「不要升錯

人」，務求把誠信有可疑的人過濾出去，這是「無縱」。同樣重要的，是盡可能為無辜者澄清和平反，免得努力耕耘的人望洋興嘆，甚至因而消減鬥志，這是「無枉」。最好還可簡化流程，提升效率。

觀察了幾個月，我歸納出一些現象。操守審查所蒐集的資料顯示，有 90% 的個案明顯不具負面元素。在進一步審視其餘的材料中，不涉實質誠信問題的約有 5%，小心翼翼地為這些個案分析和辯護是我對考生們的義務；而真正有誠信疑問的只在 1% 左右，我推翻他們的升級評核自是以「安全」為重。剩下的大概 5% 的個案是處於發展中、結論未明的，這一類「懸而未決」的個案是我最放在心上的。無論大膽推薦或是盲目否決，都有違我無枉無縱的原則。

怎樣才能將 90% 沒有負面材料的蒐集工夫盡量減少呢？舉幾個例：某沙展三年前被投訴「態度粗魯」，經調查後不成立；某警員在十年前被投訴「濫用職權」，後獲撤銷投訴；某督察兩年前被投訴「誣告」，罪犯後來經法庭定罪，該投訴也證實為虛假。這些個案無須深究細節，都知道明顯不是負面材料。高層同意我把操守審查分兩階段進行，首先是簡易審查，只要求審查單位提供電腦備份中的基本資料，包括年份、性質、結論等。收到初步資料後，我先把近 90% 不必進一步審視的個案過濾出去，然後為剩下的個案索取詳細報告。雖然對我來說工序好像更繁複了，但審查單位在減省大量工作之餘，更能聚焦把其餘個案的報告做好，間接減少我反覆詢問和澄清的工夫。

處理「懸而未決」個案的審查是最困難的。舉例，一名警員被毒販投訴「插贓嫁禍」，按照既定程序，投訴的調查會被凍結，待法庭有判決後再重啟調查。由於法院排期審理需時，投訴人可能棄保潛逃，或者被定罪後提出上訴，個案

曠日持久。舉另一例子，一名總督察處理一宗商業糾紛引發的行騙案，涉及數以百萬計的貨物，疑犯正在潛逃，合法物主是誰也未有定案。其中一位「物主」要求警方退還貨物，總督察認為這該在法庭聆訊中由法官判決，故拒絕其要求。該事主於是投訴總督察偏袒和徇私，更入稟法庭民事訴訟。類似個案正等候法庭結果，遲遲未有進展。

對於這類嚴重而又未有結論的操守疑問，一向的做法是等待調查結果再作定奪；可是升級決定只限該年度有效，逾期不落實就會失效，這等於説該考生要在下一年度重新參與晉升遴選，再打一次木人巷。這對於認真辦案、清白無辜的考生打擊實在太大，將心比己，情何以堪！據我看來，這是個重大的結構性問題，不單影響個別考生，對警隊沒有保障的安排，廣大職員也會心生怨恨；倘若執法工作出現畏首畏尾的傾向，必然影響警隊服務社會的效率。每次處理這類個案我都感到相當困擾，若不解決這事我不能罷休（〈路得記〉3:18）。

可又能怎樣？首先，我得緊密定期追蹤這些個案，任何進展也可能支持正反其中一方；其次，我要求閱覽所有有關的機密檔案，審視獲取的報告中沒有提及的細節，或能有助判斷。勤力一點「愛人如己」（〈馬太福音〉22:39），我可以將這些個案減至屈指可數，這些額外的工夫是值得的，縱使最後階段獲得升級的同事未必知道我在背地裏曾是那麼盡心費力。

如此這般，縮減下來的「懸而未決」個案，已很少涉及督察以上階級的了。那麼員佐級考生的呢？我提出一個簡易評核機制。一位遴選合格的考生，若因懸而未決的事件在該年度不獲晉升，在來年的晉升遴選運動中可以自動進入最後的檢討委員會階段，如此跳過多重的考核和評選委員會的面

試，將大大減少那些考生的壓力。只要他們能維持一貫的工作表現和態度，檢討委員會就可以容許過關，然後再由我進行另一輪的操守審查。反之，若他在過去一年的工作表現明顯走了下坡，檢討委員會是可以推翻他的升級結論的。感謝主給了我這個靈感，每次回想我都非常欣慰。

這是項德政，讚譽四起不在話下，其實還是美中不足。雖說清白的人終能升級，但被個案牽絆一兩年，也實在影響了他們的仕途和收入，這對每天在前線衝鋒的同事是一根刺。思前想後，還得披荊斬棘，我構思出一個方案，讓最終沉冤得雪的考生追溯升級期和增薪安排。向兩級上司遊說構思已是很不容易，而且由於方案不符合當時的公務員規例，定稿後我還要向公務員事務局申請實施。上司們都不看好，但我在兩次與公務員事務局開會時還是固執陳詞，力排眾議。當時有一位首席助理局長頗為務實真誠，在打官腔之餘還算體貼警隊的獨特情況。

據說，在我離任後，追溯升級期和增薪安排的申請終於得到批准。可惜，人事部的主事人好像有所顧忌，竟然沒有落實推行！可嘆，任憑你工夫幹得再好，逆流而上的，十之八九難免給淹沒掉！話雖如此，寧人負我，毋我負人，我並沒有為當初的努力感到後悔。

68 消煩減亂為委聘督察把關

　　人事部又遇難題。2009 年底我參觀學堂結業會操時，一位同事當作八卦新聞地告訴我，新一期受訓的 21 位督察學員中，女性佔了 15 位。我不禁皺起眉頭，奇怪到底發生了甚麼事！一天，我的上司總警司 Madam 妮可（化名）來電，道出這個持續已久的女多男少傾向，使前線指揮官擔憂。

　　每年幾千份的督察申請中都是男多女少，能通過多項文武測試的只有幾百人，男女比例約為 6：4，何以最後面試的結果竟有大幅傾斜？妮可固然不致重男輕女，我也沒有性別歧視（見第 20 篇），政策上更不會預設男女比例。然而，嚴重傾斜一個性別是否反映甄選過程出了甚麼毛病？那會否有違選拔人才的原意？

　　傳統上，最後面試委員會由學堂校長擔任當然主席。妮可構思止血辦法，希望我加入面試委員會任輪替主席。至於為甚麼人事部中偏偏選中我，或者已是不言而喻。想到本已超負荷的工作量，我猶豫了一會，然後回答：「好事！」

　　這份「義工」其實非常有意義。記憶裏二十多年前自己投考警務督察時，曾戰戰兢兢地尋找事業方向；除了照顧個人生活所需之外，也希望能正直地服務社會。現在為警隊挑

選新血，我不單是為了機構和社會的利益，更能藉此配對個別年青人的抱負，這感覺特別良好。

我主持的面試，不論在組合還是程序上，跟學堂校長主持的可説一模一樣。當然，主席不同，作風就有別。我會夥拍人事部和訓練部各一名警司，人選每次不同。來到面試的考生，已是廿中選一的人才。委員會的評核是有客觀指引的，包括外表及態度、見識、溝通能力、領導才能、解決問題能力、批判性思考、責任承擔等等；至於每個範疇的評分，倒是難免有主觀的成分。

警隊內的面試一向氣氛凝重，考官嚴肅的多，寬容的少，耐性欠奉，言語之間挑骨頭仍是主流。我討厭這樣的氛圍，己所不欲，勿施於人。其實官式安排、制服和徽章已足夠叫人生畏。為了把考生的才能盡量引發出來，我必須減輕他們無謂的壓力，求主感動，給我一個恰當的友善模式。我主持的面試是這樣進行的：考生開門進來，我先用英語以接待客人的語氣請他就座，預備好的蒸餾水請他隨意飲用；接著，我介紹自己和兩位委員，感謝他有興趣加入警隊，並告訴他能進入這個階段已是非常難得的，面試的目標是要檢視他是否合適受聘，然後鼓勵他盡情發揮。

每次閱覽考生交回 16 題的問卷時，我總會想起我那份「一生不負的問卷」（見第 1 篇）！

面試正式開始，我會以較易發揮的問題起頭。接下來是兩位委員發問，一位用英文，一位用中文；只要能顯示考生的見地和思維，從時事、社會熱議、管理難題到團隊合作等等，委員皆可自由發揮。結束前，我會再發問，以彌補測試不足的地方。最後，我還會不厭其煩地鼓勵考生幾句，希望無論成功與否，他們都可以帶著一份正面的人生體驗離去。

整體來説，面試表現水平很不錯，考生話語修飾的能力

普遍比拆解難題的能力強。急才好的，回答傾向膚淺一些，可謂有得也有失。女生在表達能力上一般比男生高出半籌，不過這只會影響其中一項指標的評分。據我看來，男女生的質素確在伯仲之間。我很重視兩位委員的意見，通常會先聽他們意見，接著才表達自己的。雖然夥拍的委員每次不同，但大部分個案都意見一致。兩位委員都反對的，我不會堅持推薦；他們都贊成的，我甚少加以否決。我發覺自己最重要的功能是把面試的流程維持好，平伏考生的緊張，讓其好好發揮。離任人事部前我做了一個統計，在超過 200 個接受我面試的考生中，有 90 多位獲推薦的，男女生比例也是 6:4。

警隊每年舉辦一次特別委任計劃，讓滿五年服務期的士沙，在得到單位指揮官的推薦下，可豁免學歷要求被考慮委任為督察。2010 年有 17 位士沙進入最後面試階段，我又奉命主持。士沙少說都有超過 20 年的前線經驗，是前線行動的骨幹人物，行事作風往往果斷而固執。他們平日對下屬可能非常嚴厲，在上司問責時卻會挺身而出，為下屬袒護說情。客觀來看，這種團隊現象頗合情理，不是甚麼洪水猛獸，反而正好給指揮層在人事管理上多一個有價值的參考。可是，不少警官在年資尚淺的時候都受過士沙的氣，對這群「人王」都是褒少貶多。

從晉升督察考慮，士沙主要有兩個弱點：一是英語能力，二是難以擺脫員佐級思維。用英語撰寫報告一般都有格式可循，士沙經年的工作相信已培養了一定功力；英語會話或有不逮，但反觀警隊的外籍警官已越來越少，英語對話的重要性大減，因此我認為不必對英語能力過分關注。

我擔任委員會主席，與兩位聯席警司定了兩天的面試日程。第一天面試進行之前，我見警司們來勢洶洶，不禁心裏暗笑。遴選督察的面試一向以英語為主，我「建議」把中英

文比重倒轉，以中文為主，減輕士沙的壓力，有助他們暢所欲言，面試中只由一位警司以英語發問。兩位警司表情有點異樣，卻沒有反對的理由。

「不要志氣高大，倒要俯就卑微的人。」（〈羅馬書〉12:16）在機構內有階級之分，在造物主面前卻都是一樣。面對這些貢獻良多的前線領導，我還要多添三分敬重。在我以中文接待參與面試的士沙時，他們都顯得有點詫異，雖然多少還有點緊張，但談吐自然得多了，後面的英語環節也都應付得很好。他們的比拼是在見識、經驗、應用、思維和判斷等至關緊要的元素上。結束前，我會問考生有甚麼補充，其中一位回應時略帶感慨地說：「如果失敗了，希望我下次再來，會遇上同樣的氣氛。」結束離開時，考生們須肅立向我敬禮，我循例正襟危坐般點頭回禮，然後加點新意思，我站起來像告別朋友般跟他們握手，兩位警司當然會跟隨，士沙們的反應好像給我們的禮遇嚇倒了。每次想起那兩天的氣氛，我總會陶醉一番，他們確是配得起那份尊重。

17 位考生中，我們推薦了 10 位；除了 1 位未能通過體能測驗外，其餘 9 位均晉升了督察。

69 出使新加坡喜惡參半

2010年6月，我又要出差，參與新加坡國立大學李光耀公共政策學院為期四週的高級管理課程，不想去也得去！「學員」大多是新加坡政府高官，甚麼助理處長、助理副處長、副助理處長等等，一時間也分不清誰的官階較高！內地亦有三名人員參與，而來自香港的還有師姐 Cecilia 和一位廉署主任。

課程陣容非同凡響，除了統籌課程的教授 SF 頗具分量外，美國頂尖學府哈佛、哥倫比亞和史丹福等大學，各有學者獲邀主持一天半天的理論和練習。一位 BBC 資深記者還專程從英國飛來主講一堂。有幾天午飯和晚飯的時間，學員還要一邊吃飯，一邊聽課，充實程度可見一斑。借助其他知名學府給自己貼金，這不像單純課程，還多了些市場「心機」呢！

課程中涵蓋了許多學術理論和實習，甚麼管理學或領導才能，不是四個「I」就是六個「C」；儘管五花八門，其實萬變不離其宗，一理通則百理明。至於在甚麼處境、文化、人事中，如何相應運用，才真的是博大精深；實戰須結合經驗和悟性，那就不是理論性的講授可造就出來的了。

課程的第二天傍晚是最精彩的。趁著柬埔寨首都金邊

市水務局長 Eksonn Chan（EC）往瑞典領獎，學院請他來作經驗分享。柬埔寨從 1970 年代起陷入內戰達 20 年，人民受盡飢荒、疾病和迫害。單是赤柬統治的三年多裏就有 200 萬人被殘殺，佔全國人口四分之一；知識分子被剷除淨盡，被稱二十世紀最血腥的「人為災難」。落後如柬埔寨，一位官員的經歷可以有甚麼啟發？

EC 五十來歲，父親從軍為國捐軀。少年時的 EC 每天從河裏運水到屠房，以賺取一天一美元幫補家計。他於 1991 年政局穩定後從商，認識了金邊市長，1993 年接受邀請出任水務局長。當時水務局人才最是缺乏，只有幾位沒甚麼經驗，卻熱心熱血的年青工程師；其他舊職員不是得過且過，就是只顧私利。EC 說曾想過放棄，是那群年青鬥士把他的心留了下來。

EC 的第一個難題是供水網絡紀錄不全。前任團隊已展開了每家每戶調查，可是按當時進度，調查需時十年。他咬緊牙關把這事一年內辦成了，當中的成功關鍵是親身投入，與下屬不眠不休工作。統計下來，當年只有一半居民，即約 27,000 個住戶獲政府供水，其中只有 12% 安裝了水錶，少得可憐！這些人中更有一半人不肯繳納水費，包括許多有權位的人，市長也在其中。水費是按戶劃一收費的，當中的浪費和非法轉售難以估計；再加上水管經年失修，流失的水達 60% 以上。在這情況下，水務局自是入不敷支。那些沒能獲得政府供水的住戶都得靠光顧非法水販，水質差劣又昂貴。從農村搬到首都的人口快速增長，維修水管及擴充網絡的需求迫切，都要經費，然而錢從何來？

先從市長入手。市長把 EC 痛罵一頓後，無可奈何下答應了繳交水費，往後幾個月都不跟他説話。EC 雷厲風行，強制有接駁食水的住戶必須安裝水錶，有水錶的必須按用量

繳費。一次，他帶著工人往一位將軍家去安裝水錶，將軍用槍指頭喝令他停止。他沒有放棄，過些日子，他找了十個僱傭兵把將軍家的水管截斷了。將軍上門對質，一輪晦氣之後終於答應安裝水錶，卻不禁問他：「你不怕死嗎？」EC心裏害怕，卻回答說：「我要把領導的崗位做好。」

在推動水費按量收費上，EC處處碰壁，上至內閣部長，下至前線職工，輿論天天轟炸，更被人冠以「水魔」的外號。他不言放棄，與職員到處奔走收集了數以萬計貧民的指紋（代替簽名），為能給他們廉價供水請命，終於被有心人帶到總理府第，當面向總理陳情。他還要在內清理貪污、對外防止盜水、考慮街喉與貧民區的距離等等。EC作分享初段頗有英氣和自信，至此已沒了笑容，一時堅毅，一時柔情，還有時眼泛淚光，像完全沉浸在當年的辛酸裏。

15年過去，金邊市獲得食水供應的戶口多了6倍，增至180,000戶；供水網絡增長了4倍，水壓提升了12倍，收入翻了150倍。繳不出水費的窮戶，起初由EC自掏腰包補貼，後來局內員工相繼集資成立基金，並在水務局轉虧為盈後從利潤中撥出5%維持，成為公益項目。從頭到尾，沒有理論，只有委身實踐，聽得各人如痴如醉。發問時間我爭了頭籌，表達我對他的欽佩。我當然比不上他，但那副「服務人民」的心腸似曾相識。

另一位實踐家是Ronald Maclean（RM）。1985年，在南美洲玻利維亞國政經動盪40年後，當時36歲的他當選首都拉巴斯市的首任民選市長。那時玻利維亞國家經濟瀕臨崩潰，一年通漲300倍，政府只能靠國際援助營運。RM上台時，市政府有5,700名僱員，每天工作僅五小時。因工資太低，不足維生，政府職員貪污、走後門、收受回佣等司空見慣。他就職當天，工會就提出加薪要求，威脅罷工癱瘓政

府。眼見無路可退，RM 向工會開誠佈公，政府冗員過多，財政空虛，要加工資，必須先開除 2,000 個僱員，否則他只好辭任市長。工會見不能兩全其美，惟有妥協。一時的難關渡過了，然而政府還是五勞七傷，在法制、操守和效率上都已破敗不堪，RM 能從哪裏入手呢？

RM 專誠諮詢一位在美國哈佛大學研究誠信管理的教授 Kiltgaard。教授指點了一道學術程式：「貪污程度 = 專利力量 + 酌情權力 - 問責機制」。倒過來說，若要對付貪污，可以從削減個別官員的獨立決策權和酌情權，並增強法律上和管理上的問責機制著手。RM 要抽絲剝繭地實踐出來，難度當然極高；但既然有了一線亮光，成功與否就看決心、悟性和行動了。三年過去，首都的實質收入增長了三倍，財政赤字由 40% 減至 10%，基建投入增加了十倍。四度連任的 RM 於 1991 年離任。使我折服的不單單是 RM 的政績，他談吐間沒有一般領袖的自滿，只像一位公僕。

三個週日我都能上教會，認識了一些主內的新知，也重逢了移民過來的舊友，感覺喜樂充實。

最後一週是另類安排，課程外判給一家顧問公司，為一個非政府機構（Non-Governmental Organisation, NGO）做社會企業研究。該 NGO 在柬埔寨製造陶瓷濾水缸免費分發給窮戶，用以過濾雨水後飲用。機構現在計劃轉型為社會企業，將濾水缸由免費派發改為售賣，希望可抵銷經費負擔的同時，又可擴展生產和分銷規模，從而促進更多人民使用安全食水。

顧問公司總裁艾凡（化名）是一位印度裔的中年紳士，表現圓滑自信，帶點江湖味。他設計的作業是要我們建構一個可行的營運模式。任務聽來很有意義，甚具挑戰性。然而，我覺得有點不對勁，就問了艾凡一個問題：「你為該

NGO 提供的顧問服務是否義務性質？」他停頓了一下，眼珠一轉，微笑著回答是商業性質。聖經說，有些人「以敬虔為得利的門路」（〈提摩太前書〉6:5），直覺提醒我他的葫蘆裏別有乾坤。

70 棄惡擇善不甘隨波逐流

　　7 月 18 日週日，我們一行二十多人飛到柬埔寨金邊去，其間探訪了兩個 NGO 的工場。濾水器是用某種泥土燒製成花盆形狀，具有過濾淨化雨水之效，且有國際認證，成本約為十美元。行程亦安排我們探訪兩條村莊，了解村民如何處理食水。照我們有限的觀察，一般老百姓對食水衛生都掉以輕心，雨水收集在沒有遮蓋的石缸裏，直接飲用是為了節省燃料，村民因此或病或死的為數不少。問他們會否花十多美元購置濾水器，十之八九都笑說不會，看來教育工作還沒有到位！

　　在我們的要求下，一位年青「內行人」被請來講解不同推廣媒介的成本和成效，資訊零散皮毛。艾凡要求我們整合一套生意計劃，從濾水器設計、經銷網絡、推廣媒介、預算至定價等，要兩年內回本，之後生利。這樣的研究看似很有意義，只是按當時膚淺的理解來制定生意計劃，實在太兒戲了。平素意見多多的新加坡夥伴們，雖有微言，但都勉強當這是模擬練習來將就。到了週四，艾凡說東南亞地區的 NGO 會派員出席週六在學院舉行的演示會，藉我們製作的生意計劃邀請他們投資 250,000 美元。甚麼？所有人都感到不妥，何解校方會配合呢？莫名其妙，黑影幢幢。「光明和黑暗有甚

麼相通呢？」（〈哥林多後書〉6:14）我表明不會參與演示。

週五大夥兒回到新加坡。週六早上演示廳竟然人頭湧湧，精美茶點俱備，那些 NGO 代表大半是從外地飛來的，這明顯是一場精心籌劃的發佈會，最遲知道的大概是我們這群負責「推銷」的高官。演示內容圖表俱佳，活像一份很有分量的研究報告。發佈會結束，來賓退場，後續的生意洽談我們是管不著的了。接下來，統籌教授 SF 請我們每人用一分鐘分享感想，然後領取證書，拍照，並享用結業午餐。學員挨次分享，由於課程中不乏出色的環節，讚美自然不難，除了一位來自內地的女士對艾凡的項目說了一句保留外，大家竟都禮貌地隱惡揚善。我坐在較後的位置，一直抑遏著自己的情緒，努力緩下心跳和反覆模擬預備已久的反饋。

我站起來時神態自若，先為一分鐘不足以抒發感想而致歉，接著先褒後貶；我讚賞得具真情，批評得也夠「狠」切。我直言最後一週的研究項目內容粗疏，跟課程其他環節的質素天差地遠；它越過了「練習」的界線，巧取新加坡著名學府為背景，利用學員在各自機構的高級職銜，演示了一套不具學術和專業基礎的商業計劃，藉此邀請巨額投資。我認為這完全是誤導，有不道德之嫌。氣氛迅即跌至冰點，SF 一直面帶歉意（他應該知道當中的蹊蹺），艾凡則異常尷尬和不安，不時拿著水瓶喝水。

會後，許多同學紛紛過來，讚我評得好，說他們在反饋表上也會書面反映。午餐時以及我們因趕飛機要提前離席時，他們又是握手，又是擁抱，又說要再見，熱情程度超乎想像。對這些「高級」朋友的表現，我感到有點啼笑皆非。艾凡卻獨坐一角吃飯。

回港後，我有責任將課程的內容好壞優劣整合一份報告，向副處長李 sir（李家超先生）匯報。經一番掙扎，顧

不了可能被視為破壞出使形象，我將見聞原汁原味的報告了，並強烈建議，除非艾凡的項目被移除，否則不應再派員參加此項課程。沒料到副處長李 sir 對我如此信任，他直接在我的報告上加了批註，對這個海外課程下了禁令。新加坡國立大學得悉後，派來一位副院長專程登門向警隊道歉，並承諾這課程往後不會再有商業元素。

我的職務本就繁重，還要當幾份義工。警隊的幾項專業考試都是由訓練部主理的。為了監察考試水平和批改質素，名義上設了一個「考試委員會」把關，主席是訓練部助理處長，委員都是他的人。委員會為了提高信譽，吸納了兩名非訓練部成員，包括我。當時的主席只把我們當作橡皮圖章，我間中表達一些意見都很不受歡迎，主席反而會加速審議題目，顯示不想我多言。

叫我特別不安的是第三標準試的難度，督察們要四份卷全部合格才能晉級高級督察；雖然職能上不算升級，但會獲得增薪。我兩度提出，按統計數字，四卷的合格率在過去三年都持續地下降，其中以 C 卷尤為明顯。我認為是題目越來越刁鑽，主席卻堅持是考生質素越來越差，會上當然是敵眾我寡。2010 年底第三標準試放榜，各卷合格人數甚低，C 卷約 50 名考生中只有 3 人考獲 50 分，僅僅合格，頓時掀起了一場抗議風暴。那位助理處長慶幸退休了，新任主席卻無辜背了黑鍋！一天，我在警察總部大堂遇到兩位高層在談論這事，冒昧插嘴，簡潔地說了來龍去脈。我才說兩句，他們已悟到九成。

在自己的主場，還有許多事務等著我辦，其中一件小事是關於升級的公佈流程。每級遴選結束後都會一次性地放榜，而升職的日期就需要按照個別人員的年資排序，待有空缺出現時才陸續落實升級。為了隆重其事，放榜信和升職信

　　兩個派信日子都是由我管理的。一向的做法是在放榜前一天以加急備忘箋通知各總區，好在翌日早上安排信差領取有關公函。頒信時間一律定在下午 4 時之後，時間一致，不會有你先我後的現象。然而，實際操作起來卻問題多多，預告時間短促，假若總區指揮官當天下午安排了會議，或是收信者當值夜班，這又如何是好？雖說大家都會想方設法遷就這種「喜事」，但我就不能安排得更人性化一點嗎？

　　為了提高透明度以減少亂象和增加總區安排的彈性，我提出把目標放榜日期早幾天通知總區，頒信時間也放寬了。在可行的情況下，「進士」名單提早幾天下達，讓指揮官和「進士」們在日程上先作預備和遷就，並使總區和警區有空間安排上司們到場贈慶，甚或容許「進士」們的家人出席。我想像，一個小型的觀禮團配一封得來不易的「信」，是何等的一樁美事。

　　這樣小小的改動在人事部竟是阻力重重，怕這怕那的。最終得到了批准，我將這個「優化」放榜流程公佈天下。在鋪天蓋地的讚賞未到之前，我接到第一個電話，是港島總區高級行政警司 RP。我沒有跟這位師兄結交過，可是我對他的印象卻非常深刻。遠在 1989 年，我還是見習督察時，一次邊境區社交午餐，席間聽過 RP 對連番獲得薪酬調整諷刺地說：「又加人工，我覺得好醜！」（其他人只會一味的嫌少）特立獨行，作風不羈，卻值得細味。對我的影響是，我也應該勇於獨立思考，不必人云亦云。師兄的來電是讚賞我修改的放榜安排友善實用，他表示之前也向人事部提出過類似的修改建議，可是對方嗤之以鼻。

　　有時，平輩的真誠稱讚比上司的嘉許更受用。為甚麼？大概是惺惺相惜吧！

71 臨別忠言僕人勝領袖

　　警隊的退休安排是受法例規管的。1986 年我加入警隊時，法定退休年齡一律為 55 歲，主任級以上的人員可提早至 50 歲退休，俗稱「舊制」；1987 年 7 月 1 日後入職的，提早退休的條款被取消了，退休年齡仍然是 55 歲，晉升至高級助理處長時會延至 57 歲，俗稱「新制」。兩制的長俸安排也有不同，與舊制相反，新制是以先多後少發放，更增加了貸款買樓等多項福利。新制看來百利而無一害，絕大部分的舊制人都在限期內轉到新制去，我是少數的例外。

　　我其實細心比較過兩者的利弊。高級助理處長退休年齡延長 —— 開玩笑，與我何干？提早退休反而更吸引。我想為人生下半場留一點彈性，把運用的主權奉獻給主。讀者可能會問，難道新制的種種福利都比不上嗎？當年那個二十來歲的小夥子會頑固地回答「是」。有趣的是，二十多年過去，警務職責急速膨脹，改選了新制的同輩中人，得知我還保留著提早退休的彈性時，不是羨慕，就是妒忌！

　　2011 年我 48 歲，官至高級警司，不算很高，但已自覺比許多同事幸運，並已在職場上寫下了一些獨特篇章。內心已是如箭在弦地等待主呼召和差遣，那天我就瀟灑地亮出提早退休的金牌。然而，在那天到來之前，我得把握機會盡情

盡性，為警隊、為社會努力幹些有益的事。

在工作上我的確還有不少心事。由督察至處長共有 9 級，其中 5 級是首長級，包括 1 位處長、2 位副處長、4 位高級助理處長、14 位助理處長和 45 位總警司。1990 年以後聘任的督察大多是大學畢業生，他們較預科生少了幾年爬升的空間。多年來，晉升總督察的往往都服務超過 10 年，升任警司的更鮮有 40 歲以下的。以我 48 歲為例，在近 90 位高級警司中比我年輕的不足 10 人。我不禁擔心，十年八載之後由誰來擔任高層？

許多人以為處長的抽屜裏藏著一紙秘密名單，寫著往後幾代掌門人的名字，我卻不以為然！我估計接棒人的選立只是見步行步，並無周詳的計劃可言。為高層制定接班策略並不算我份內之事，不過，高層也是由低層拾級而上，環環相扣，那麼我就可以借題發揮，為警隊盡一份心意。於是我按當時每級人員的年齡和年資分佈作了統計和分析，並建議需要制定晉升策略以配合高層的接班需要。

理想中的策略應該達至有相當適齡人才競逐高層職位的局面，一方面確保才能和操守得到長期驗證，另一方面在不可預計的情況下有後備人選予以替補。作為最低的比例，我建議為每一個高層職位在次一級預備 1.5 個適齡的人選。按此想法，由於處長的退休年齡為 57 歲，兩位副處長都應該不足 53 歲，由兩人相互角逐，或是一個正選一個後備。同理，高級助理處長中應該至少有 3 位在 51 歲以下。如此類推，警隊需要至少 5 位 49 歲以下的助理處長，8 位 47 歲以下的總警司，12 位 43 歲以下的高級警司，18 位 39 歲以下的警司，以及 27 位 35 歲以下的總督察。當時各層警官的年齡結構跟這個卑微的指標有很大的落差。我鼓起極大的勇氣，向副處長李 sir 提交了建議書，種種跡象顯示我這次的

建議算不上英雄之見。

2011 年 3 月 11 日，日本東北近岸發生九級大地震，引發海嘯，傷亡慘重；福島核電廠因受損毀而核輻射洩漏，更有大爆發的可能。核電公司組織了 50 位死士入內搶救之際，當地不少人士爭相設法離開日本。在那爭分奪秒的亂局中，香港政府決定派員到東京協助港人離開，入境處是主力，警隊也以警司為組長號召志願軍前往協助。這項任務百年不遇！我思前想後，雖然我的階級高於要求，但說不定用得著我。禱告了一會，我向岱華取了個「綠燈」，就給鄒 sir 打電話：「用得著我嗎？我可以去。」鄒 sir 笑了兩聲表示意外，停頓了一下說：「不用了，志願軍已經齊人，傍晚就會出發。」香港警察，好一個當仁不讓！我說：「好，我會為他們祈禱。」

4 月份的一個早上，鄒 sir 來電，我從來沒有見過他如此慌張。他說：「Victor，不知應該算是好消息，還是壞消息。」我有不詳的預感。「我本想把你留在人事部，可是副處長李 sir 決定了，把你借調到機場保安公司。」真是晴天霹靂！到底發生了甚麼事呢？

一位知交弄來了那份提名檔案，原來 Madam 妮可篩選出五位高級警司，按合適程度排序，把我排在第四。交到鄒 sir 手中，他呈給副處長李 sir 時，建議可只考慮前三位。李 sir [33] 在文件上拍板，寫上「Victor Kung」兩字，並沒有附帶片言隻語。我驀然想起幾個月前與李 sir 的一次例行會面，在許多的話題中，我曾提出希望下一個崗位會是富有挑戰和貢獻的，例如到九龍西總區去（心中未忘第 47 篇的想望）。

---

[33] 李家超先生原任警務處副處長（管理），至2012年獲委任為保安局副局長，並在2017年出任保安局局長。在百年不遇的變局中，李sir再肩重負，於2021年出任政務司司長，更於2022年當選為香港第六任行政長官。

這算是求仁得仁了嗎？我的心給沉到馬里亞納海溝去了。

　　借調到機場保安公司，我是十萬個不願意，最難堪的就是無法繼續兩個查經班的事奉，「按時分糧給他們」（〈馬太福音〉24:45）。天下本無不散之筵席！我意會到週四團契的弟兄姊妹打算送禮物給我留念，我不想拒絕，希望能留一個長久的念想。我主動提出了兩個要求：一本《新約原文逐字中譯》和一本收藏著他們各人家庭照片的相冊，讓主內的友情長記！我從深受鼓勵的小書中，挑了幾本送給他們，包括邊雲波先生的《獻給無名的傳道者》及《最後的路程》、馬唐納先生的《生命真諦》和柏勒先生的《榮美的主耶穌基督》，或者他們可以從這些書籍聯想到我的喜惡和追求。

　　2011 年 5 月 9 日出塞機場前幾天，前上司巴尼和服務條件科一眾同事於午飯相送，有點「壯士一去兮」的感慨。我再次感謝三位行政主任曾在我糾正督察薪酬時拔刀相助，又為我曾對一位督察在急務上語氣太重而道歉，最後跟大家分享我的工作座右銘。

　　回想 1991 年我在投訴警察課工作時還未到 30 歲，總督察上司指教我他的座右銘，說學堂的一套是 leadership（領袖學），真正實行的應該是 95% 的 followership（部下學），我對這個江湖現實很是納悶！廿多年過去了，我找到自己的座右銘，不是 leadership，也不是 followership，而是 servantship（僕人學）！主耶穌的教訓是「誰願為首，就必作眾人的僕人」（〈馬可福音〉10:44）。幾十年來我踏著主的腳蹤，努力實踐著，在信仰、工作和家庭上都說不出的受用。這天別後，不知他朝人面如何！我敞開肺腑，誠心向同事後輩們推薦這個從主學來的座右銘。

服務滿25年，與其他領獎的人事部同事合影。(2011)

離任人事部與以諾團契警察總部小組合影，眾人依依不捨。(2011)

72 蛇潭鼠穴機場風雲

　　機場保安公司（簡稱機保）名為私人機構，實質是一家政府公司，由政府和機場管理局（簡稱機管局）擁有。董事局是重量級組合，陣容與港鐵和機管局相若。董事局主席是行政會議成員兼任機管局主席，董事包括保安局局長、警務處處長、運房局常任秘書長、民航處處長、海關關長、元老級立法會議員、工商界翹楚，還有機管局首席執行官（CEO）等等，可見政府對機保的重視。

　　機保總裁利奧（化名）是位出身警隊的經典人物。1998年，保安局乘新機場啟用之際重組航空保安架構，借用了那時還是總警司的利奧成立機保。路途當然崎嶇，卻給利奧闖出了一片天地。他長袖善舞，在機場圈子中算是一位傳奇人物。公司營運上了軌道後，利奧被調回警隊，並迅即當上高級助理處長。掂量過在警隊內的仕途，他提早退休，再次角逐機保總裁一職，並成功取代當年接替他的一位前高級助理處長。他深得董事局信任而屢獲續約，可見實力非凡。利奧聘用了許多退休警察和其他紀律部隊的退休高官當經理，但他們十之八九私底下對他都是劣評如潮。

　　由於保安局的背景，機保一直借用警隊和海關各一名在職高級警司，擔任助理總裁，協助管理。借調過機保的師兄

們雖然都唉聲嘆氣，但回歸警隊後大都有不俗的發展。

下達把我外調機保的決定後，上司都著我看好這樣的機會，可是他們的安慰語氣更顯出我前路坎坷。有些認識利奧的同輩中人就老實得多，不約而同調侃地說「恭喜你啦」、「記得利奧喜歡飲奶茶」、「預備好斟茶遞水」等等，有點搞笑，亦有點悲情。

一天，我從家裏信箱收到一封沒有署名的郵件，裏面裝著一塊冰箱磁貼，上面寫著：「耶和華說：我知道我向你們所懷的意念是賜平安的意念，不是降災禍的意念，要叫你們末後有指望。」（〈耶利米書〉29:11）前路仍然撲朔迷離，心卻像安穩在磐石上。那塊磁貼至今仍貼在冰箱最當眼處。要到三年後我才知道這位有心人是誰。

2011 年 5 月 9 日我到機保報到，戰戰兢兢的。利奧笑容可掬，城府甚深，親切感欠奉。我擔任的是第一行動部助理總裁，接替將卸任的萊安（化名）。萊安是位英國老外，操一口流利的廣東話，某些表達比我還地道；他八面玲瓏，深得利奧信任，領上掛著只供少數獲得總裁嘉許狀的人專用的紅色證件帶。每日早會，所有部門的經理都會出席。每週一是擴大會議，所有助理經理也要參與，多達 40 人，陣仗不可謂不大。會上話題總是重重複複，小題大做。在頭一天會議，利奧介紹了我，在感謝萊安時說他是歷任從警隊借調來的人中最出色的一位，聽得萊安眉飛色舞，我則面色蒼白。

公司有 3,200 人，我負責的第一行動部門佔公司人力的70%，專責進入機場禁區的人流管制和安檢工作。第二行動部門則管理 30% 的人力，負責為貨運商戶及航空公司提供各式各樣與航空保安相關的服務。從海關借調來的高級監督BY 也是一名基督徒，與我甚是投契。BY 本是第二行動部門

的助理總裁，為人坦蕩真誠，想是把利奧得罪透了，被調往管人事和行政。他屬下經理們都是繞過他直接向利奧報告和領命的，BY 的職位只是掛名。

機保架構上還有一位副行政總裁傑夫（化名），他是警隊前助理處長，保安局把他安置在這個職位，有預備接替利奧的味道。大概給刺中了心事，利奧對傑夫敵意甚濃，將他架空，沒能管理我們兩個行動部門之餘，連處理人事行政等支援事務，也同樣不予實權，連一個經理他都指揮不動。他辦公桌放著三份報紙，中午健身，準時下班，其間全沒閒裏偷忙的機會。每天例會傑夫只像一個木頭人，沒有報告，沒有問題，沒有影響。遇著利奧不在，他掛名主持會議，說聲早晨，然後示意由我開始報告，其他人接著以慣常次序匯報，除了我會間中發問和給予意見之外，一個一個循例至結束，傑夫再一聲散會，整個會議說不足十個字。就算兩年後能坐上總裁之位，我疑惑這樣的屈就，虛度光陰，箇中是甚麼滋味呢？我若是他，早就離開，天高任鳥飛。

行動部門中助理經理至高級經理有二十多位，大部分是從紀律部隊退休後加入公司的，都架子不小。有好幾位退休前在消防處、海關、入境處與我同等階級的，在利奧面前奴性十足，對其他人則一個也不放在眼內，包括 BY 和我。由於門派不同，經理們爭吵鬥氣，相互攻奸，無日無之；利奧倒不介意，屬下鉤心鬥角像是他管理哲學的一部分。若要數影響力的大小，就不能看職級。有兩位退休士沙（任職總保安主任）堪稱利奧的鐵膽心腹，其他人則隨利奧的心情而親疏不定。財政人事等部門則比較單純，大都低調埋首工作，沉默是金。為甚麼他們甘心守著這份氣氛嘔心而收入不高的工作？也許在商業世界到處楊梅一樣花，只是我不知道而已。

　　機保內的工作氣氛已是討厭之極，外在環境也非常惡劣。機場大樓美輪美奐，卻只反映實況的百分之一。不同機構間利益衝突和人事積怨引發的紛爭時有發生；機管局高層有不少糊塗弄權者，中低層又不乏對上卑躬屈膝，對外張牙舞爪之輩。民航處是香港航空業的監管機關，在監督機管局和航空公司運作時也夾雜著許多恩恩怨怨。具規模的航空公司和貨運公司感到虧待，亦會向運房局或保安局告狀。警隊、海關、消防處、入境處在機場都有角色，官僚文化中以入境處為表表者。裏裏外外，一時間有走進蛇潭鼠穴之感，頓然驚覺廿多年來在「單純」的執法環境中，原來是主一份奇妙的保守。

　　在機場的生態中，機保只算草根階層，前線職員經常被人輕視謾罵。若不是利奧和我們兩位現職紀律部隊高級人員坐鎮，駐守機場的紀律部隊同事在大庭廣眾下對我們又是分外恭敬，其他公私營機構看在眼裏才多給幾分薄面，否則公司上下恐怕會更被欺負了。

　　我統率的第一行動部只為機管局提供標準航空保安服務，一切開支都是由機管局全數回補。在這個背景之下，人力編制和薪津都受到機管局的支配。機管局有一個小部門，統籌航空保安的實施和管理相關財務預算。部門總經理喬安（化名）是一位英國人，與旗下幾位經理都由機保出身，在這裏受過不少苦，也深知公司的正邪之術。跳槽到機管局後就趾高氣揚，處處鬥氣為難，與公司內的前高官們起著爆炸性的化學作用。喬安團隊掌握著機保的財政命脈，自然佔著上風，正事做不了多少，結的樑子倒是夠深的。

　　我該如何定位呢？「我若不信在活人之地得見耶和華的恩惠，就早已喪膽了。」（〈詩篇〉27:13）

73 蘭風梅骨排難解紛

　　利奧給了我不少下馬威。我的「助手」大多數也是對手，隔三差五就往利奧處告狀。喬安一夥人依舊沒事尋事，指手畫腳，經理們又來吐苦水要我出頭。

　　縱然我的心已不在朝廷，卻想仁義兩全。主說：「我的恩典夠你用的。」（〈哥林多後書〉12:9）「倘若人為叫良心對得住神，就忍受冤屈的苦楚，這是可喜愛的。」（〈彼得前書〉2:19）。

　　我找到了我的定位，一於幫理不幫親。我不需要討好利奧，不過為了減少拉力，我盡力謙和，保持善意。對機管局喬安團隊，我不亢不卑，務實不賭氣，合理的努力遷就，不合理的則在反對之餘積極尋找替代方案。對下屬，我友善體諒，認真探討我力所能及和可以改善之處。我向經理們（有兩位從警隊退休前是我的前上司）坦言，我是臨時工，不打算領導各位，只希望幫助大家把工作做好。

　　航空保安看似專業有序，其實七葷八素。航空保安的分工繁雜，綜合可分兩大類。一是禁區的管制，只有旅客、機組人員和獲得簽發禁區證的人可以進入，以防止不法分子製造事端；另一類是為人和行李進行安檢，避免違禁物品被帶入禁區作破壞之用。無日無之的噪音大都圍繞著沒法有效地

疏導大量旅客、安檢時走漏了違禁品、旅客財物被盜、職員態度欠佳等等。我的經理們說是人力編制不足所致；喬安的團隊則認為是我們調度不宜。經過幾週在紛爭中打轉，我漸漸梳理出問題的關鍵。

當時機場有 11 個旅客安檢站，各站容量大小不一，總計近 60 條安檢通道；另外還有六條是進入停機坪的車輛安檢通道。因應航班安排模式，旅客流量每天都有大致的常規，只是轉機旅客的安檢位置會隨著飛機的停泊位置不同而較難捉摸，故此調配人手方面的行動管理比較困難。操作一條安檢通道需要至少五名保安員，標準處理量是一分鐘四位旅客；若用上六名保安員，則增至五位旅客。安檢人員分三更輪替，計算訓示時間和來回基地路程，一更九小時工作。

深夜 1 時至 5 時期間離港的載客航班屈指可數，因此當通宵更的人手編制很少，只夠應付五條安檢通道，可是這個人流低潮只有四個小時！雖然早更和中更編制上人手多很多，但也是捉襟見肘，還得拉扯人手以應付潮漲的 20 個小時。人流在許多時段都得不到疏導，在時間壓力下安檢員多有疏漏和態度問題，隨之惹來問責處分。加上薪津欠佳，升級機會甚少，人力流失非常嚴重，一年高達 30% 以上。經驗隨人力流失，疏漏和態度問題成了惡性循環的必然產物。

我細心觀察，可見經理們已傾力安排及調度人手，有時還克扣了員工吃飯、上廁所等基本需要。請假困難催化了病假增加和士氣低落。巧婦難為無米之炊，大多數經理本就是惡人谷出身，於是內政、外交都摻雜了許多情緒。

為有數可計的人力調配進行檢視算是我的強項，不過在商業關係中進行談判鬥爭，我則要從頭學起。數據和道理已掌握於手中，有理有節與有攻有守的談判實力隨之建立起來。喬安團隊起初仍然以鬥氣為談判主軸，我卻是攻守

兼備，讓數字繼續說話，他越發奈何不得。面對好些人流瓶頸，喬安在機管局內其他部門圍攻下，才一丁點一丁點地妥協，增加編制以加開更多的禁區進入站和安檢通道，又在某些安檢通道由五人增至六人操作。對內我還要管好我的那班惡人，把成績一點一滴相應地幹出來。雖然跟喬安還有說不盡的高低曲折，但噪音和戾氣已能逐漸淨化下來了。

查找違禁品算是安檢的主要功能之一，公司有訓練及定期考試；然而在支援部安排的突擊測試中，成績卻總不盡人意。一向的賞罰制度是向發現某些違禁品的保安員發放獎金，相反就是紀律處分。何解漏洞仍然頻生？我悟出了一個現象。某些違禁品的獎金較多（應該說是太多），以致同事忽略了其他違禁品，反而造成漏洞。有見及此，我重組了獎金制度，將違禁品按危險程度與檢查難度各分高中低三等，方便論功行賞。舉例，破壞程度高（三分）而檢查難度低（一分）的，綜合為三分（3×1）；破壞程度和檢查難度同屬中等（二分）的，綜合為四分（2×2），如此類推。在安檢過程中查出違禁品屬於三分或以上的，會照分數高低發放獎金。如此實行起來，配合因人手增加而稍減安檢的時間壓力，檢出違禁品的成效大有改善。

連番增加編制（我離任前增加了 400 人）給我帶來不少人事紅利，平素對我不甚理睬的經理們開始熱切起來，向利奧說三道四時大概也能好壞參半。利奧對編制鮮有地增加，而各項指標持續得到改善都感到出奇；對我的挑剔還是依舊，但說話間已多了數分尊重。日子過著，利奧遇見難題也會找我商量；他與心腹吃飯，甚至會親自來電相邀。

不少旅客在安檢後遺下財物，如電話、錢包或護照等，或被其他旅客順手牽羊的，每月總有三五宗。在安檢過程中，十之八九的旅客都很心急，我的職員們又是顧得頭來

顧不得髻，忙中有亂。報警處理是例牌，卻沒有一次能捉賊拿贓。我與機場警署的新進們檢討過，從報案人遺失至察覺，到回安檢站報失，遍尋不獲後報案，等警察到場了解，安檢站人員到控制中心翻查錄像，往往已超過一個小時。然後再由三五位警員在偌大的機場禁區內搜尋，疑犯早已插翼而飛。

無須多想，防範才是正經。提示旅客謹慎和提升職員警覺性是治本之道，可是一時三刻成效不彰。在破案方面倒是有路可尋，機場禁區是封鎖範圍，關鍵是要在短時間內進行有系統搜捕。旅客報失後的處理程序必須加快，在安檢站搜尋的同時，控制中心組的同事可從監控鏡頭先認清報案人容貌衣著，並立即翻查涉事時間地點的錄像，安檢站職員不必親身到控制室翻看。若顯示有盜竊發生，一面報警，一面通報機場內站崗和巡邏的機保人員追蹤，發現疑犯後通知警員到場搜查拘捕。

破獲第一宗盜竊案時，前線人員像是打了一劑強心針，我當然也會慷慨解囊按情況分發獎金。這點改善得來不易，要打通安檢站、控制室及巡邏隊等幾個山頭的經脈得軟硬兼施。可是，利奧和喬安對於使用保安資源協助警方破案竟都不約而同地表示保留。我不禁嘆息，要把「彎彎曲曲的地方改為正直」（〈路加福音〉3:5）是何等的難啊！

74 琴心劍膽改革薪酬晉升

在機保的管理雜務中，人事狀況是我最關心的。三千多人在此地謀生，年輕一輩還希望發展事業，招聘時說的「薪高糧準」、「容易晉升」，卻通通都是笑話。每週六天九小時輪班工作，地點偏遠，紀律嚴苛，除了制服醒目外，工作場地連座椅都難得一張。資深和初入行的，薪津獎金相同，只在一萬元上下，這又如何挽留人才？

到任機保初期我已經察覺編制上的缺陷，三千多名前線保安員工階層有五級之多。上層有保安主任、高級保安主任和總保安主任，三級權責並不分明，合共只有 45 人。基層有保安員與隊長，在喬安的團隊碾壓下，編制比例是 10：1，升級機會渺茫。在高度技術要求及緊迫的時間壓力下操作，無須多問，如此的督導編制明顯嚴重不足，行動上出現諸多錯漏自是意料中事。要改善編制，當然不容易，不過也沒有比政府體制那麼官僚及困難，關鍵是要闖過喬安的把關。

我的構思是把原本兩條六人安檢線由一個隊長監督的編制，改為每條安檢線由一位隊長帶領五人組成；其他行動組別也可進行類似改革。如此一來，隊長比例可增加接近一倍，總人手編制反而節省 4%。這將會是一個對職員、公司

和喬安的三贏方案。風險評估時我考慮到一點，隊長在負責監督的同時又參與安檢操作，對行動效益是利是弊？我的判斷是一個隊長為一條安檢線問責應該更具效益。從人事角度看則百利而無一害，升級機會大增，士氣會顯著提升，有志事業的會爭取表現，流失人手和經驗皆可望減少。原以為算無遺策，在內部提出時，利奧卻斷言拒絕以減少保安員為交換條件。我本就人氣不高，一下子又給他打入了冷宮。

被投閒置散了一段日子，銀婚慶祝後我心志上已準備好小隱於林，現反覺得該爭取時間，盡情盡性為別人謀些貢獻。改革編制的決心又死灰復燃，之前秀才遇著兵，我得拐個彎再試。

利奧有兩個鐵膽心腹和幾位重用的經理，我跟他們做了些思想滲透，希望透過他們在茶餘飯後，向利奧推銷我的構思。2012 年 7、8 月間我斗膽再跟利奧提出，他語氣冷淡，卻說不妨一試。我跟喬安書面提出了相關建議，雖然他耍手擰頭，但沒有把大門關上。想起〈路加福音〉18:1–7 那個不義的官，我便使出了一招「煩擾纏磨」，六次修改了建議，在我保證無須額外財政資源下，他終於點了頭。

2012 年 10 月，公司頓時增加了大約 80 個隊長的編制，全體員工都感震撼。此後幾個月人手流失明顯減少，病假情況也大大收歛。正要興高采烈安排晉升遴選之際，利奧一聲令下說前線員工預備不足，升級安排要延後三個月。這是在說明他才是老闆嗎？還是他的葫蘆裏藏著甚麼乾坤？

機保的財務結構非常獨特，要爭取薪酬調整其實不太困難。機保 70% 的服務是向機管局提供的，一切支出由機管局回補。機管局是政府全資擁有的，財政充裕，機保董事局主席同時兼任機管局主席，只要獲得機保董事局批准，機管局是會配合的。只是機管局的首席執行官（CEO）把機管

局的財政視為自己工作的成績單，因此在機保董事局討論薪酬時總是之乎者也，技巧甚高。就連利奧也對增加員工薪酬有所保留，擔心另外 30% 以商業模式提供的服務難以達至收支平衡，影響自己那張成績單。

縱使利奧努力淡化員工的流失率，董事局主席還是因應流失率太高，勒令他進行薪酬檢討。2012 年中，董事局屬意的顧問公司經研究後建議為保安員及隊長增薪，並提出了幾個幅度指標作參考。我力主進取增 12% 至 20%，而利奧則在 4% 至 7% 間左搖右擺。在向董事局提交建議前，利奧先把文件的草稿交主席過目。與主席面議後，他拿著一張紙回來找我參詳，有點法老找約瑟解夢的味道。

利奧努力複述主席的想法，顯然不知其所以然。紙上印著一份試算表，列出寥寥幾組數字，一點格式上的修飾都沒有。我看了那張紙有些感動，明顯是主席親自在電腦預備，沒有假手於人，不像一般公職多多的精英分子，他對機保確是個有心人。我反覆梳理那幾組數字，明白主席想制定幾項巧妙的薪酬結構，把保安員和隊長的薪酬分別增加 12% 及10%。跟財務部探討了財政影響後，我就給利奧詳盡解釋了主席的意思。利奧恐怕還會出錯，翌日把我帶到主席伊登（化名）那裏請示。

伊登是一家跨國會計師事務所的首位華人主席，退休後健康欠佳，但仍專注公職，包括擔任行政會議成員和機管局主席。聽說主席為人嚴謹，開會時嚴詞厲色，機管局高層和利奧對他都是既敬且畏。這是我首次跟主席見面，他面貌清朗，目光如電，態度卻很謙和，與我說話時總帶著寬容。我簡潔地重複了對他幾組數字的理解，主席還沒有聽完就對利奧說：「我放心了，你公司裏有明白我意思的人。」接著他有點不耐煩地吩咐利奧重寫文件，只需簡潔，不好再重重複

複。出來以後，利奧少少尷尬，多多寬懷，著我協助寫好那份文件。

2013 年 1 月下旬，我首次跟利奧和傑夫參與董事局會議。我早知董事局成員的來頭，保安局局長、久違的警務處處長（CP）、運房局常任秘書長、民航處處長、海關關長、一位資深的立法會議員、滙豐銀行香港區行政總裁、律師會前主席、機管局 CEO 等等，是我見過最厲害的陣容。

終於來到薪酬的議題，利奧表現生硬，答非所問；CEO 又是那款「贊成又有保留」的姿態。眼見隨時有人會提出請利奧「回去再研究」，我想自己留在機保的時間已經不多了，若不好好把握今次機會，恐怕加薪會泡湯了。我冒昧舉手請求發言，主席表示我可以隨時參與，利奧卻顯得更為緊張。我把先前的問題一一解答了，接著主席也加入講解構思。有些董事對我提出的數據表示保留之際，CP 曾 sir 竟拔刀相助說：Victor 對人事數據的掌握，在警隊裏是有聲譽的，可給予信賴。會上頓時鴉雀無聲，主席看時機成熟，便一錘定音，說道：「通過了吧！」

全公司都沸騰了，2 月起大增晉升名額，4 月增薪連週年通漲調整達 16%，一切預備工夫全速進行，機保的工作士氣頓時提高了八度。利奧頒發總裁嘉許獎狀給我，我自是欣慰；但對於從此配戴紅色證件帶，我總感覺有點啼笑皆非！我預定 5 月初離任，故此提出在完成遴選晉升隊長之後，盡快展開晉升保安主任的遴選工作。利奧婉拒了，他的心腹私下告知：「利奧不想被你左右！」

75 25個春天末後有指望

　　我和岱華從來沒有慶祝過結婚週年，每年 4 月 17 日互相微笑一下，同心感謝，已很滿足！2012 年踏入結婚 25 週年，在事業上像「鬥拳打空氣」（〈哥林多前書〉9:26）的日子裏，對岱華我倍感虧欠。忽發奇想，我要辦一次銀婚紀念，邀請至親好友同頌主恩。

　　迦勒正在美國碩士畢業前的衝刺階段，他竟二話不說騰出一週時間回港慶祝。曾在香港傳道的摯友 Torok 夫婦偕女兒專程從美國來港贈興，弟兄在我們婚禮上以廣東話禱告，當天還給我們開車！同樣是傳道人的美國夫婦 Crutchfield 還在香港，老姊妹在婚禮中司琴。作訓勉的何弟兄適逢從加拿大回港探親，還有主禮的黃弟兄夫婦。25 年前的見證人再次聚首一堂。父母雖已遠逝，但兄弟姊妹猶在，當年一些同學、主內知交，加上經年結識的好友，說多不多，筵開十席。

　　我們為晚會選用了一段古語：「死生契闊，與子成說；執子之手，與子偕老。」

　　Cecilia 送岱華一束鮮花，比我送過所有的花都漂亮、貴重。Torok 弟兄再以廣東話為我們的晚宴祝謝。席間

Crutchfield 太太重彈當年我們獻唱過的〈詩篇〉23 篇希伯來小調，岱華的兩位外甥以優異技巧演奏樂器。弟兄家豐和他太太美儀以舊曲新詞彈唱：「自八七年，有二十五個春天。年年月月，祢恩典作冠冕。祢抬舉我，塵灰中飛到山上。祢提拔我，深淵走到彼岸。祢的愛，讓我忍耐堅強。教我盼望，盼望就在天上。一起飛去，到更美的家鄉。」寫得很好，都扣到我們的心弦上。

我和岱華走到台上緬懷一番，當年的誓言還在嘴邊。未算白頭，但 25 載確是同心同老，可惜父母不能共享欣慰。岱華的大哥、何弟兄、摯友 Torok、Crutchfield 先生、舊同學大妹、仙姐與 Cecilia 相繼到台上給我們勉勵和祝福。仙姐還發起要重啟在總部的晚間聚會。

迦勒和以諾秘密練習了幾首歌來獻唱，「The Cave」、「I need you」、「Vincent」、「情義兩心堅」、「天才白痴夢」，還有「夜半輕思語」，聽得大家如痴如醉。其間兩兄弟更作分享。

迦勒：「… 這是個充滿喜樂的時間。這種喜悅難以描述，裏面有一個元素是不能少的，就是有神的保守在當中。這不容易用任何言語解釋。相信有神的保守，當中亦帶著信心，帶著我們從聖經讀到愛的意義，嘗試在生命中實踐，用 25 年來證實愛的真實。…」

以諾：「… 我和迦勒都有這個想法，你們是多於名義上生養我們的父母，更在屬靈方面與我們有關係，而這個關係才是最主要的。很感謝你們不只在肉身上養育了我們，更在屬靈上作了很多培養，為我們擺上許多心思，希望我們對下一代也有同樣的力量。…」

一個同沐主恩的晚上，到了散場的時候了。我們道出對退休的等候，交託眾人代禱，願主使用我們最後的路程。不

知 25 年後的光境如何，若同在地上，我們會再邀約各位相聚謝恩。

每天在機保上班就像在曠野中孤苦難熬，無聊的持續著。雖然同事們都知道我是基督徒，但是一個像樣的話語分享或見證的機會都沒有。公司在舉辦切燒豬、拜偶像、訪寶蓮寺等等活動，我的見證就只限於不出席而已。想不到在銀婚的心靈更新後，不但公司在薪酬和編制的改革上迎來突破，我在職場上的事奉竟像「根出於乾地」（〈以賽亞書〉53:2）般看見生機綻放。

利奧又邀請我和他一眾親兵晚飯，他從事演藝事業的太座也有出席，她更是最健談的一位。利奧介紹我的時候，說我是一名虔誠的基督徒。大家高談闊論，談到演藝界見聞的時候，利奧太太提到一些基督徒朋友纏磨著要她相信耶穌。話鋒一下子轉到我身上，她問：「你們基督徒是否都是不近人情，精神轟炸，橫蠻無理？」原本守著沉默是金，面對這般質問，我避無可避，於是效法古人「默禱天上的神」（〈尼希米記〉2:4）。

轉瞬間神堅固了我，當「以溫柔敬畏的心回答各人」（〈彼得前書〉3:15）。利奧紫漲了臉，見那邊廂夫人口沫橫飛，又見我氣定神閒，蓄勢待發，竟然插不上嘴。夫人稍停，我誠懇地回應：「夫人，我不能代你的朋友解釋。基督徒的確有一個共通點，在我們認識耶穌得救以後，經歷著特別的平安喜樂，總是很著緊想跟自己關心的人分享。或許你朋友所用的方式使你不悅，不過看來他們都是善意的。」她愣了一會，像轉瞬間體會了這番話，說：「也許吧！」然後又興高采烈地把話題轉到其他演藝軼事去了。那在熱鍋上的利奧像給大赦了一般！

過了兩週，機管局財務總監率幾位要員與利奧進行週

年會議，我也出席當佈景板。財務總監是位真誠君子，是機管局五大總監之一，地位可說甚高。同席午飯時總監低頭謝飯，與我一樣。利奧在席間的諸多話題中竟然談到信仰上去，但都只流於導人向善這類理解。他忽然認真起來，當著眾人建議我不妨辦些講座讓同事們了解基督的信仰，這話著實把我嚇了一跳。之後他又隨口說若有其他人想辦道、佛講座，也無不可！我唯唯諾諾，沒有把他的話當真。

日子如常，又過了數週。一個週六早上，我在公司的小茶室裏獨自喝茶看報，恰巧利奧進來也要了杯奶茶。他歡容地問我為甚麼還未開始信仰講座，這一刻真令我融化了。以前他當眾說這些話時的內心世界如何，我不該論斷；反正，現在他是戲情俱真。想到尼希米奉神旨意訴說心事後波斯王所頒下的旨意（〈尼希米記〉2:4–9），「王的心在耶和華手中，好像隴溝的水隨意流轉」（〈箴言〉21:1）。我的心在默默敬拜神，也暗暗責備自己小信。

不知觸動了甚麼心事，利奧略帶嘻皮笑臉：「我知道自己會去地獄；不過也無所謂，我在那裏朋友多著呢！」我心裏一沉，主給我回應的話：「我衷心希望你的結局會在天上，不在地獄，我相信地獄裏人都是分開囚禁的。」利奧收起了笑臉，我就給他傳起福音來。

公司的財務部高級經理也是一位誠懇信徒。我和他籌劃起來，開辦了逢週四的查經班。由約十名信徒開始，我們先來一次禱告會，為著在乾旱之地能澆灌一個園子（〈以賽亞書〉58:11），大家都滿懷感恩。此後這個團契成了我們互相勉勵的綠洲和傳福音作見證的基地。

2012年4月17日銀婚紀念

夢想過到訪的非洲烏干達（2013）

76 更高之路身在朝廷心在野

2013 年 2 月的某個週一早會，總裁利奧遲遲沒有出現，他的秘書腳不沾地般跑進來召我。情知有事，我也三步作兩步般趕到利奧辦公室。驚魂未定的利奧說副總裁傑夫前一天心臟病發在醫院搶救，情況不妙。利奧在支援傑夫方面給予人事部經理幾項指示，並著我代表公司前往探訪慰問。在醫院，我隔著玻璃看見傑夫躺在病牀，奄奄一息，低頭禱告求主憐憫這個靈魂。經過兩次手術，傑夫活了下來，數天後恢復清醒，我再次探望他。在我邀請之下，他欣然接受一同低頭禱告。傑夫漸漸康復，向董事局請辭時，主席明示在利奧新合約結束後將會讓他坐正，他答應了留下。

2013 年 5 月 10 日我離開機保，心情複雜。我在這裏度過了工作上最受遏抑的日子，卻又更深地經歷神的信實。對廣大同事我算是盡德盡義；然而，還有許多手尾未能參與善後，畢竟是椿憾事。對機保我沒有絲毫眷戀，希望一別不再回頭。我買了三本聖經送給利奧、傑夫和我的秘書。

回到警隊，我落戶元朗警區當副指揮官，是高級警司的一個典型崗位。元朗警區有三所警署，總計罪案數字是全港 23 個警區之最。除了遊行示威沒有港島那麼多以外，打

搶竊黃賭毒等有過之而無不及；至於少數族裔結黨、非洲難民事端、鄉事勢力糾紛，不幸地通通有份。我暗怨人事部寡情，把我安置在這裏！

豈料一位人事部的知交給我通了氣，比我年輕兩歲的元朗警區指揮官（總警司）Chris 會在 8 月到英國國防部受訓一年，我給調到元朗做「老二」，就是要在 8 月時坐正指揮官。由於當年少計了晉升名額，故此要待明年 1 月我才可正式升任總警司。原來如此！我不禁失笑，若沒有計錯名額，按我的年資早在年初已正式升職，並調離機保，那麼我就沒能推進機保的薪酬改革，也未及留下福音的足印。我不禁低頭感恩，正是塞翁失馬，我沒有吃虧。「祂的道路，高過我們的道路。」（〈以賽亞書〉55:8–9）況且，我的心已不在朝廷。

元朗警區指揮官 Chris 文武雙全，運籌帷幄，對他來說沒有甚麼事是太難太煩的。他處事老到，閒聊時卻平易幽默。區內因土地權益引發的民事刑事糾紛，動輒要警方介入，前線警員往往成為磨心。為此，Chris 親自寫了一個策略備忘，簡述了相關法理和警務原則，還有幾點辦案錦囊，簡易清晰，任誰都能看懂。不要小看這幾頁紙，前線人員有例可循之外，被投訴時也有了擋箭牌。

他的領導風格別樹一幟，對年青督察要求很高，平素給他們的責難也不少；他囑咐手下跟進的每件瑣事，都會記在案頭的透明文件袋裏，從不會掛萬漏一。Chris 出席區議會或滅罪委員會會議，總會帶上幾名年青督察旁觀列席，事後與他們檢討觀察，豐富他們的閱歷。不像別的指揮官，只想把人才留為己用，Chris 為提拔後輩可謂費盡心思，轄下由軍裝到除邪隊，CID 或是重案反黑都隨他精心調配。他還四出尋找下屬們可以上進的崗位，想方設法把他們推薦到總

區或總部去發揮，然後再從頭培養其他如白紙一般的新員。這份「重大局，顧下屬」的胸襟在警隊裏是鳳毛麟角，我似曾相識，但在實行的魄力上，他比我強得多。Chris 與我不同，他是全情投入；而我，心靈的大半空間留給了信仰和家庭。信仰方面，他表示只相信自己。

自去年銀婚紀念起，我和岱華積極為退休作準備，構思各種各樣的可能。多年前我們認識了一位在地中海島國塞浦路斯向華人傳道的姊妹，得知香港有一個宣教機構為在多國謀生的華人作差傳事工。

2013 年 5 月，在我差不多調任元朗的時候，我和岱華登門跟主理的牧師交通，探討我們可參與的角色。在他的推薦下，我們聯絡上在非洲烏干達首都坎帕拉建立了橋頭堡的傳道夫婦，並預定了 7 月份到訪當地 17 天作實習。根據他們的資訊，我們要預備在華人社區中交朋友、傳福音、帶領青少年聚會及主持兒童主日學等，頓時既驚且喜，懇切求主使用。我剛滿 50 歲，隨時可以亮出提早退休的金牌，只要是主帶領，我們願赴天涯海角。

家母去世後，岱華復出教學，在國際學校擔任外語系主管已有數年之久。我們夫婦的健康狀態一向比同齡的人好。3、4 月間，岱華在為香港的國際學校界主持首屆對外漢語教學交流會議期間突然患病，會議結束後動了手術。5 月底，我們籌備烏干達之行時，她的健康再現問題。岱華沒有對行程提出任何保留，積極預備主日學教材的同時，還在網上自學烏干達土語 Swahili。日子一天天過去，岱華的身體每況愈下，主沒有應允我們的禱告，好像是在攔阻成行，是我們不符主用嗎？心裏越發焦急。我計較著，啟程與否是丈夫該做的決定，若不能成行，總該早點通知傳道人，以免浪費他們的安排。我定了時限，要在 6 月 25 日前作最

終決定。

6月中的某天，Chris 走進我的辦公室，帶點八卦地問我是否知道利奧被廉署拘捕的消息[34]，還遞給我一些剪報。「甚麼？」我沒有追查的興趣，只惦記著烏干達之行。幾天後，我想起傑夫要在大病初癒後主持大局，利奧的心腹們會合作嗎？機保會亂成甚麼樣呢？不禁為他擔憂。我給傑夫打了通電話打氣，他很是雀躍，還告訴我主席已向保安局要求，重新把我借調到機保當副總裁。柳暗花明，我這才醒覺，原來一直身處的江湖就是主給我的「烏干達」。

又過了兩天，人事部老總妮可來電，轉達了保安局借調我到機保當總裁的要求，她對於其人事佈局給打岔了很不情願。我想起那片蛇潭鼠穴，也確實抗拒。我卻答應了，不為名利，不從私好，只因我曾許過願：「主領我何往必去。」取消非洲的行程後，岱華的毛病也痊癒了。

元朗任內，我的工作壓力不算很大，短短六週也談不上貢獻，只記得優化了幾件小事，並在 5 月 17 日輕鐵出軌事故後，我趕往現場，接受過傳媒採訪，那是我最後一次上電視。6 月 28 日，在元朗的最後一天傍晚，Chris 請我喝咖啡。談天說地間，他提醒我江湖險惡，並告知在我到任前利奧曾致電他，說了很多關於我的負面說話（我不禁搖頭）！經過幾週共事，Chris 認為利奧所評的都不副實，反倒認為我叫他刮目相看。

他請我不妨也給他評價，看還有甚麼改善之處，正是有容乃大。我將一些觀察說了出來，自也是真心誠意。我還說，衷心希望像他這樣務實、有抱負、有擔當的人能官至處長（當時有兩位與他同齡的助理處長是隔代處長的熱門

---

[34] 據了解，廉政公署在調查後並沒有作出檢控。

人選），他非常詫異。「只是你有一個弱點，」我補充，他越發認真地聆聽，「你説話太過平民了！」他完全明白我的意思，頓時大笑起來。黑馬繼續馳騁了六年，2019 年 11 月 19 日，在香港百年未遇的危局中，鄧炳強先生 [35] 獲委任為警務處處長。

---

[35] 2019年6月，香港因政治風波掀起了大規模且曠日持久的反政府暴力衝擊浪潮，至當年秋季達致高峰。其後運動漸次得到平息，普遍認為與鄧炳強先生接任警務處處長之後所展現的超群領導力有關。此後鄧炳強先生在政府擔任更高層次的角色，這是我當年的視野所不能及的了。

77 進退難測寵辱莫驚

機保的架構上，按非明文規定，副總裁是與公務員首長級第二級（相當於助理警務處長）掛鉤的。2013 年 7 月 2 日我重返機保，用上的是署理總警司（首長級第一級）的身份，借調期為半年。回到機保，一向由利奧座駕佔用的一號車位，如今停泊著傑夫的車 —— 不到兩個月已恍如隔世！各部門的同事親切地跟我打招呼，好像水手在大霧中看見了燈塔。只是行動管理團隊還在低調觀望，大概不知利奧會否有還朝的機會！他們見我回來，也素知我的為人，心緒都像平靜了下來。

我跟岱華提過幾句古語，說自己非常嚮往。某天她以隸書寫了下來，竟是一筆到位：「蘭風梅骨，劍膽琴心，寵辱不驚，去留無意。」她的書法只在初階，卻更配合我的情緒。我把它張掛在辦公室最貼近自己的牆上，時刻警醒。

之前我對各部門的運作都算掌握，故此，我無須熱身，就立即投入工作。我當前的工作大致分四大方向。首先必須維持公司的日常運作：傑夫處於摸索階段；從警隊借調出任第一行動部助理總裁的尼基（化名），初來甫到已有自己的小算盤；接替 BY 從海關借調來的威爾（化名）則是位正直

君子，成了我的得力助手。過往第二行動部的高級經理在利奧的縱容下，把部門弄得一塌糊塗，我和威爾同心協力整頓，實非一日之功。

我沒有正式渠道可以知道前總裁面對的指控內容，只是道聽途説，或從董事局指示的檢討項目中揣摩。我必須應付的第二類工作就是查找內部政策和措施上的漏洞，作優先處理。

第三個範疇與財務相關。由於實施了增薪方案，人力成本大增約 15%。按商業方式營運的業務（佔 30%）頓時存在巨大壓力。在通過增薪方案時，董事局也接納了回復收支平衡的五年目標，預計虧損共三千萬，由公司經年累積的盈餘填補。在這方面的籌劃工作可謂任重道遠。

最後是各式各樣的管理事務改革，也是我最喜歡的部分。機保工作條件一向欠佳，職員抱怨甚深。前線工作站缺乏小休空間，制服穿戴要求繁複，基層保安員不准攜帶手提電話等。另外，支薪日定在每月的第七天，不同組別的技術津貼參差，經理級和文職人員的薪酬水平沒制度可依。從職員的鬼網（網絡上說三道四的非官方平台）中，我又悟出了一些管理問題，總共歸納出二十多個改革項目。

這些好像三兩句話就能涵蓋的事，其實千頭萬緒。我必須用上十二成功力，在主的感動和祝福下，緩急有序地進行。傑夫對我是言聽計從的，我更加時刻提醒自己所處的位份。為此，所有項目我都會將不同選項分析好，再交傑夫最後拍板，協助他建立威信也是我的應有之義。

週四的團契在我調任元朗後還繼續進行。現在重投信徒的交通，我如沐春風，先前的秘書莎拉（化名）和現在的秘書雪麗（化名）都來參加。莎拉為人率直高效，由於她的工作量是秘書中最多的，她間中會怒懟出差池的同事；現在

則加添了笑容和耐性。雪麗曾貴為利奧的大秘書，待人處事端莊、持重，沒有典型的囂張跋扈；如今她被貶來當我的助手，竟給傑夫的秘書明裏暗裏的欺負著。降了身份，她反有認識耶穌的機會，是禍是福？經我介紹，Nancy 邀請她到教會慕道去。

2013 年 8 月，董事局正式委任傑夫任總裁，同時刊登廣告招聘副總裁，意思其將在我借調期滿後接任。我素知這類招聘手法，表面公開透明，往往已有既定人選。董事局或保安局都沒有向我招手，也許壓根兒沒把我放在心上。我沒有申請，怕我的那份善意會以笑話收場！然而，主的意思不是要我開墾這片荒地嗎？或許我誤會了主的帶領，那就只管把種撒好，讓別人收割吧！

10 月，董事局在 40 份副總裁申請中，只挑了剛退休的助理警務處長華德（化名）進行面試。傑夫曾經與華德共事，對他沒有丁點好評，可是傑夫沒有左右遴選過程的能力。聽說華德的面試表現不佳，只因沒有次選，董事局才勉強通過對華德的聘任，等待保安局把薪酬條件定下來，就會簽約。傑夫在簡述這段過程時表現得很氣餒，我則心事重重。然而，我定了志向，只交託主，不仰賴人。

11 月 15 日下午，傑夫來到我的辦公室，指華德來電詢問簽約事宜，他帶歉意地請我為交接作準備，並提醒我要為退任後的自身安排作打算。我望著門旁的一幅字畫 36 出神，接著回答說：「我相信神會帶領我的。」傑夫離開後，我在辦公椅上，眼前山重水復，嘴上說得瀟灑，心裏卻空蕩一片。秘書雪麗大概聽到我和總裁的對話，特地走進來

---

36 字畫寫著：「至於神，他的道是完全的；（〈詩篇〉18:30）
　　　　　　至於世人，他的年日如草；（〈詩篇〉103:15）
　　　　　　至於我和我家，我們必定事奉耶和華。（〈約書亞記〉24:15）」

説：「龔 sir，你的主必定會帶領你的。」暗呼慚愧，一位剛開始接觸福音的女士卻能指著神的信實勉勵我，我豈能坐著回答？於是站起來説：「多謝你！是的，主一直帶領我的人生，我深信這次都會一樣。」

駕車下班時，路上反覆播著一首情歌：「你知道這一生，我只為你執著，不管人心怎麼想，眼怎麼看，話怎麼説；不管它喜還是悲，苦還是甜，對還是錯；你知道這一生，我只為你守候，我對你情那麼深，意那麼濃，愛那麼多。」我跟著唱，彷彿是獻給主的心聲。主領我何往必去，我只希望主保守我走完這段曠野路，出淤泥而不染，善始善終。

回到家裏，我跟岱華説，我們該為下一站禱告。趁晚餐謝飯，我們拉著手同心交託此事，求主賜我一個不太忙碌，卻有所貢獻的崗位，深願能在最後的路程上繼續為主而活，不枉費人生。喜樂用飯之際，正憧憬著神會把甚麼奇遇安置在後頭，忽然電話響起，顯示著是傑夫的來電。

原來，主席剛剛要求傑夫轉達他的邀請。主席希望我能辭去警務工作，留在機保擔任正式的副總裁，日後可望接任總裁。峰迴路轉，果然是主的作風。我提出了一個要求，請主席親自向警務處處長解釋。

耶穌用比喻説：「你被人請去赴婚姻的筵席，不要坐在首位上。恐怕有比你尊貴的客被他請來。去坐在末位上，好叫那請你的人來對你説，朋友，請上坐。因為凡自高的必降為卑；自卑的必升為高。」（〈路加福音〉14:8–11）

岱華寫於2013年夏天

置於我辦公桌的正前方(2013-2016)

與機管局及機場特警代表訪問以色列保安部門(2014)

78 江湖常變風骨不改

　　2013 年 12 月，我收到一張與眾不同的聖誕卡，裏面手寫了一段經文：「耶和華說，我知道我向你們所懷的意念是賜平安的意念，不是降災禍的意念，要叫你們末後有指望。」（〈耶利米書〉29:11）署名是當年警察總部午間團契的一位年青姊妹 Jackie。我高興極了，終於揭曉這三年以來的勉勵是出自誰手（見第 72 篇），這次又來得同樣的合時。

　　12 月 14 日，趁週末無人，我們一家四口到警察總部高級警官餐廳拍照，為我的退休作紀念。

　　雖說內定，聘任程序還是沒有馬虎，董事局再次公開刊登招聘廣告。與上次截然不同，一位保安局首席助理秘書長在限期前多次催促我申請，又對於我將要犧牲警隊內的升級機會而感到抱歉。

　　12 月 17 日進行面試，主席和警務處處長（CP）等董事只是循例提問，唯獨保安局副秘書長朵拉（化名）面帶不悅，在公職上她有親自監察機保的責任，她問我為甚麼從來沒有反映利奧的缺失（好一招甩黑鍋的技倆）。求之不得！我表示不清楚針對利奧的具體指控。聽說，有些嚴重的指控是關於在我借調前的外判工程，我當然不得而知。對利奧在

假期、流失率及其他管理方面，我都存有不少疑問，在大惑不解之餘卻無法求證是否有董事局的默契。我反問：「除了我自己單打獨鬥，努力秉持清正之外，保安局有甚麼渠道可以讓我反映呢？兩年之久，沒有一位保安局同事找我閒話家常，我又如何反映呢？」接著我建議她應該定期聯繫借調的兩位助理總裁以加強對機保的監察。她沒有回應，面色比起初更難看。

面試過後，主席為了要我留任機保而向 CP 致歉。CP 對於我能貢獻機保表示欣喜，笑說警隊內還有很多人才；CP 還表示，我這事影響警隊內的首長級擢升安排，既然我的任命已經塵埃落定，給拖延著的週年擢升結果終於可以公佈了。

翌日，警隊公佈首長級擢升名單。Cecilia 喜獲晉升，還來電向我祝賀，她未知我已給榜上除名。對於多年耕耘後放棄晉升首長級，我當真有點失落。大約一週，董事局送來正式的聘任公文，合約為期三年，薪酬條件與助理處長（首長級第二級）水平相若。我把退休文件呈到警察總部，因人事部已獲 CP 指示，平常要一個月的程序，半天就給辦妥。這般亮出提早退休的金牌，與二十多年來的想像大不相同，一點灑脫的感覺都沒有！事實上，我還未算金盆洗手。

2014 年 1 月 2 日，退休生效。兩天後是我最後一次以警務人員身份進入警察總部，思潮起伏，幸好前兩年離開總部時曾跟同事表白過臨別忠言（見第 71 篇），也算不枉。我把委任證交還人事部老總妮可，從此不再是警察了！CP 曾 sir 召見，給我一番勉勵，我心情激動，險些哭了出來。

正式在機保安頓下來，不知怎的，雖然我已是公司的靈魂人物，但對事業始終若即若離，我自覺人在咫尺，心卻在天涯。我重拾了年青時的愛好，買了一輛公路單車，除了重

要的社交及週四團契外，不分寒暑，我會趁午飯時間獨自踏著座騎往東涌轉圈，路程說長不長，約 13 公里。每次我都會在東涌碼頭小休，乘風看海，常常自問，何時才會徹底的拔寨起營？

2014 年間日子兢兢業業，務實低調。經過利奧的事件，董事局開始對機保事事過問，加上我有許多改革的項目提交審議，每每出席董事局會議時，傑夫和我都像在大鎂光燈下被盤問似的。話雖如此，主席一貫的善意和 CP 曾 sir 適時相助，公司運轉漸漸回到健康的軌道上去。

行動管理繼續挑戰多多，管理第一行動部的尼基只顧明哲保身，不能倚重。從海關借調來的威爾和其後接任他的文森（化名），雖近退休年齡，但管理第二行動部時全情投入，非常稱職。傑夫最緊張的是財政狀況（他的成績單），我主導的收費調整舉步維艱，不過頗見成效。2013/14 年度由原先預料虧蝕過千萬，結果只虧損約三百萬；對幾個大客戶的收費調整遇上重重困難，可是我在其他收費策略上預留了空間，故此 2014/15 年度起已經回復收支平衡，比起初預算的提早四年達標。鬼網上對公司管理事宜的批評也越來越少。

我常把大衛的教訓放在心上，他擊敗巨人後婦女唱道：「掃羅殺死千千，大衛殺死萬萬。」（〈撒母耳記上〉18:7）我警醒著致力減少同事對我的讚譽或奉承，怕言者無心，聽者有意。

在團契的小天地裏，我們以查經作媒介，在基督裏進深及彼此建立之餘，也藉以向同事傳福音。前線人員因輪更當值，要配合團契時間非常不易，有一批弟兄姊妹和慕道同事總會排除萬難的出席，對我們是很大的鼓勵。連續三年我們都能舉辦聖誕福音會，弟兄姊妹甚是感恩喜樂。起初，傑夫

常來參加查經，不過只維持不到一年，不知是我有所不足，還是他興趣不繼。威爾對信仰卻有另類歷程，無論工作上或是信仰討論上，我們都非常交心。

傑夫把「決不續約」常掛嘴邊，義氣上我得做好心理準備。他的合約會在 2016 年 8 月屆滿，若我真接任總裁，得至少在這蛇潭鼠穴留至 2019 年，一想就感窒息。以前面對種種奇特任務，我都害怕不能勝任；這次卻不同，我是不想。

董事局主席突然於 2014 年 9 月去世，這個發展對我的前路，是一個重要的預告，我再沒有知遇之情需要考慮，只等待主給我加倍的印證。CP 曾 sir 亦於 2015 年初榮休[37]。董事局重組後回復了利奧時代的氣氛，小題會大做，真正重大的議題就拖拖拉拉，視而不見，大事化了。

2015 年起傑夫動作頻繁，種種跡象顯示他無心退役。他在許多事務上把我邊緣化，我贊成的事他多數反對，我說不好的他要實行。在越來越好的行動管理上，他會雞蛋裏挑骨頭。在第 73 篇講述過，有旅客在安檢時財物被順手牽羊，其時已大為改善，由每月三五宗減至少於一宗；然而，只要有這類案件發生，他就會暴跳如雷。他以南韓仁川機場為例，要求只容許一名旅客進入安檢線後方等待行李。在一次大會上，傑夫暴躁地吩咐我要切實執行，我謹慎地回答，指這勢必影響安檢流量。傑夫氣憤地說道：「有事發生，我會自己向機管局 CEO 解釋。」大概多數人都跟我一樣，心中有數，關上門他就天下無敵！

黃昏漸近，我更著意為最後階段構思，免得橫衝直撞，

---

[37] 曾偉雄先生退休後延續對警務的貢獻，2019年4月，他獲委任為國家禁毒委員會副主任，並在2021年9月獲選為中國警察協會副會長。他的宗教信仰註明為「基督教」。

失了聖徒的體統。日光之下無新事，多少人格葬身於錢財、情慾、權位和虛名上。「神阿，求你鑑察我，知道我的心思，試煉我，知道我的意念；看在我裏面有甚麼惡行沒有，引導我走永生的道路。」（〈詩篇〉139:23–24）

79 善始善終去留喜從天意

　　我常為傑夫憂傷！在前朝他純如羔羊，在醫院他看淡名利；現在的他是變了，還是回復本色？傑夫的領導越來越強勢，人事雖變，但前朝的氛圍已追了回來，我輔助他的使命也顯得過時了。心想，不論他會否變成另一個利奧，我決不做傑夫第二。

　　在許多重要事情上他還未能完全把我排除在外。每年要預備的業務計劃、每季要向董事局提交的報告等，他會先交幾位英籍同事湊合內容，報告中花言巧語甚多。大概是他對那些報告信心不足，總會在最後一兩天給我過目，讓我補漏拾遺。我提出的錯漏他會修改，策略上的意見則聽不進去。

　　貴為總裁，警隊舊部向他謀取高職者甚多。一位因嚴重操守問題而被取消升級的警司想跳槽機保；一位前訓練部助理處長（見第 70 篇）退休後在一家大地產商任職保安老總，卻想紆尊下來當個助理總裁；尼基借調期滿不願回歸警隊，要求總裁聘任他；尼基舉薦一位負債纍纍的同事晉升經理……諸如此類，奇奇怪怪的不勝枚舉。他諮詢我的時候，我豈能假意贊同？不知傑夫有甚麼顧忌，類似的人事任命大多會趁我放假或公幹時才拍板，之後也不會當面告訴我。

　　傑夫的作風和人事上的喜惡，我見怪不怪；畢竟他是總

裁，只要合法合德，他的考慮和判斷應該得到尊重。然而他在「租戶禁區部」的人力決策實在使我徹底失望。

　　租戶禁區部一向人力緊絀，前朝在計算人手時把成本預算盡量壓低，自欺欺人，竟連人員用飯如廁等實際元素都省略（運作上的掩眼法則不必詳述）！我計劃有序地增加人手，以便堵塞誠信上的陋弊，傑夫表面上不反對，暗地裏卻找部門經理來臭罵一頓，斷言拒絕增加人手，連人員流失也不許補充。如此掩耳盜鈴，無疑迫使經理走回舊路，豈有不出事之理？大概總裁過分憂慮收支平衡，結果正如我多次預告過的，財政上連年大額盈餘，營運上種種疏漏頻生。但凡爆發事故，傑夫才會讓我補充所需人力及加強督導人手；可惜過了不久他又故態復萌，然後又來個惡性循環。

　　2015 年初我接到一通奇怪電話。貝克現任助理警務處長，即將退休，早在 10 年前曾借調到機保工作，還慷慨地與我分享過他的經驗。貝克說曾致電傑夫，且獲「承諾」在傑夫 2016 年退任後，讓其接替總裁之位。此時特意通知我是有先禮後兵之意。我對老闆是否真心退休一直抱有疑問，對貝克的冒進感到突兀；自己卻放下心頭大石，無論是老闆續任或是貝克接任，我都沒有繼續做下去的義務。我告訴他我無意角逐，並提醒他保安局才是決定的關鍵，貝克則認定新任警務處處長會為他引薦。一下子，貝克會在 2016 年 8 月接任機保總裁的傳言，在警隊內傳得人盡皆知。往後每隔幾個月，貝克都會來電「關心」我，每次我都提示他老闆沒有退休的跡象，他好像聽不明白；我提醒他不要忽略向保安局進行遊說，他又信心滿滿，儼然已是鐵板釘釘。

　　2016 年 1 月，我出席保安局朵拉主持的一個會議，會後朵拉有點不滿地問我，為甚麼會有貝克接任總裁的傳言。我反問：「不是該由你檢視總裁的人選嗎？」她神氣地回答

道：「那當然！就是沒有人向我提說過。」她且表示：「傑夫不像無意續任呢！」

2016 年 4、5 月間，傑夫的去留應該有了定案。他表現興奮，卻沒有把董事局的決定告訴我，當然我也無意打聽。我的想法已是無比的清晰，工作上能貢獻的我總算做到了，未能辦到的我相信再多三年五載也辦不成。我的問題只有一條，主何時會讓我退下？

2016 年 7 月，總裁續任的形勢已是不言而喻。那麼，貝克所得的承諾如何了結呢？傑夫竟把貝克聘任為人事行政部的助理總裁，要到他上班當天我才知道。貝克努力表現風度，不過難掩失落和尷尬。沒過幾天，一位舊同事跟我有些公務上的聯絡，他提到剛與貝克敍舊，詫異貝克竟甘心在機保只當一個助理總裁，貝克則告知其會在不久之後接任副總裁（商務與行政），聽得我心裏一沉。

話說在 2014 年，鑑於傑夫當副總裁時沒有對前總裁起制衡作用，為了達到更佳的企業管治，董事局決定加設一個副總裁（商務與行政）的職位，由非紀律部隊背景人士出任，而我則可專注行動管理。被委任此職的佩格（化名）是一名從一家德國藥商跳槽過來的高效女性，合約期至 2017 年 8 月。佩格務實認真，與別的女強人不同，外表素雅，沒有霸氣，也不撒嬌賣俏。她與前度高官的同事們相處從容不畏縮，領導力強；對其他中低級同事歡容不倨傲，情理兼備。我跟佩格談不上有甚麼私人交情，在公務上卻是好搭擋。

聽到佩格會被取代的傳言，我頓覺事有蹊蹺，莫非是某種亡羊補牢之舉 [38]？路遙知馬力，如此手段，難道權位真有

---

[38] 亡羊補牢的另一個選項就是把我逼退，只是按我一直的貢獻和董事局的評價，任何循這方向的圖謀，引致反面效果的風險顯然不少。

魔咒不成！換著是我，會不會讓「伯仁因我而死」呢？

不到幾天，傑夫召我説話（已有一段時間沒有跟我關門談密事），他語氣出奇地溫和，想我對佩格的工作表現給些評價。啊！果真傳言非虛，如今是為借刀而來。

我義憤填膺，在這當口一字一句都至關重要，決不能含混不清。轉瞬間主駕馭了我的回答：「佩格是一位難得的同事。她努力發揮她的功能，可惜你給她的空間很少，她屬下的三位助理總裁往往都直接從你領命，又繞過她走到你辦公室報告論事，沒有把佩格當作上司，你的處事方式削弱了她的領導功能。」傑夫聽得紫漲了臉。「然而，她還是努力不懈，能做的都努力辦好，確是不可多得。最近傳聞貝克跟人説你會讓他取代佩格，我認為這樣對佩格極不公平。容我提醒你，董事局是不會同意的，設立副總裁（商務與行政）的初衷是要以非警隊背景的人制衡總裁的權力。」怒從心上起，傑夫卻沒能反駁一句。見他情義兩虧，我既痛心又鄙視，轉臉告辭。

晚上我伏在主的面前，重複同樣的禱告。內心坦蕩，清澈如鏡，這次我分外平靜；靈與魂，骨節與骨髓，思念和主意都給主辨明；在職場上打過美好的仗，跑盡當跑的路，按著神的旨意服事了一世的人；是自己迴避了康莊大道，選擇上窄門小路；用繩量給我的地界坐落在佳美之處（〈希伯來書〉4:12；〈提摩太後書〉4:7；〈使徒行傳〉13:36；〈馬太福音〉7:14；〈詩篇〉16:6）。

三十多年來，感謝主使用和保全，是到了清俗分流的時候了！從主的面前起來，我甚是舒懷，微笑著跟岱華提出：「我退休了，好嗎？」遇上微笑的回應，一點猶豫都沒有：「好的！你退，我退。」

自2001年開始的查經小組（2016）

在機保的最後一次團契聚會（2016）

80 滄海一笑自有雲彩相隨

2016 年 8 月 8 日，我去信董事局主席通知他我退休的決定，董事局的法定秘書打來一個電話，甚感慨地說還記得當年我為機保作出的犧牲。與此同時，岱華回到工作的國際學校，通知校長她明年不再續任部門主管及退休的決定。她那邊廂給鬧翻了天，校長、老師、好友、家長都設法遊說挽留；她很是感激，卻仍決定放下，只因去意已決，夫「退」婦隨。

12 月 14 日，告別午宴設在退休前倒數第二天，結束時我循例向高級職員講話：

「在這場合不容易作出一段合適的講話，我的感受繁多，非常高興之餘也有一點傷感。在許多人眼中，我還不該到退休的年齡。若我告訴你們我退休是為了減肥，你們應該不信；若說是為了把我那事業有成的太太從重大壓力中搶救出來，大概也不會令人置信；若是告訴你們因為我和老闆有嚴重分歧，你們大概願意相信，因為這般演繹更為津津有味。」經理們忍不住斜視在我旁邊的傑夫一眼，我對這頑皮帶來的效果十分滿意。

「而事實呢？則更複雜一些。至今你們應該知道我是一名忠實的基督徒。我從少年開始相信基督，青年時曾參與監

獄佈道和運送聖經到缺乏的國度。當我投考警察，回答一份問卷時曾表白過：『接受耶穌基督作救主是我人生中最大的成就，他改變了我一生。』

「我加入警隊時屬舊長俸制，沒有改選新制就是為了可以提早於 50 歲退休。

「起初，我只把職業當作生活的工具。然而，從穿上警服統率幾十位執法者開始，我的工作哲學漸漸改變了，我想應該善用工作所賦予我的影響力，服務社會、機構和同事。我從信仰所領受的價值觀跟警隊的潛規則和潮流格格不入，成為工作上的負累；不過，這些價值觀又常常煉淨和提升我的工作質素。至此，我能在警隊裏晉升至總警司和機保副總裁已屬萬幸，我並不介意不能再進一步。

「我在投訴警察科工作時，上司把他的工作座右銘指教我，他說在警隊工作重要的不是 leadership（領袖學），而是 followership（部下學），我沒有同意。經過這些年，我有了自己的座右銘，是 servantship（僕人學）。不錯，我有時領導，有時聽令，這些都只是服事別人的工具和過程。如果能使人輕省，我願意勞苦一些，作點犧牲，甚或損害自己事業前途。為甚麼？我對服事別人感覺良好！

「我第一次從警隊借調機保，擔任第一行動部門助理總裁時，感覺這是職業生涯中最爛的崗位。其時機保的領導和管理方式難以形容，我本想『符符碌碌』地度過兩年；但不用多久，我就覺得有許多該辦的事擺在面前，那些都是難事，卻非不可能的事。正如我對朋友所說的，在機保你需要有十步的力氣才能踏前一步；既然我已人在機保，何不試試？

「當年前總裁主持薪酬檢討時，你們許多人也在場，卻只有我與他拉鋸。他只想加幅限於單位數字，我力主

20%；他說 4%，我說 12%。最後他堅持 7%，而前主席卻接納了 12%。一年後，在傑夫的領導下，我為保安主任及總保安主任規劃了長達八年的增薪表，並得到董事局批准。我初來甫到之時，機保只有 270 個隊長編制，現在是 470 個；保安主任至總保安主任由原來合共 45 人，增加至 111 人；原來只有 3 名總保安主任，現在是 40 名。上週我們才剛進行了升級典禮，涉及 170 多人。這確是一份我可以帶走的滿足。人手也大為改善，由那時的 3,200 人提升至現在的 4,200 人。當年差不多每天都有安檢錯漏，現在少於一週一次。是的，我對能夠服事感覺良好。

「我不能把這五年間得到優化的許多大小事逐一回顧。年月匆匆，我對機保的貢獻高峰期已過，我該回歸提早退休的夢想了。祝福各位！」

2016 年 12 月 15 日，一身輕裝回到已經搬空的辦公室。我特別把最後一天留給團契，與往常無異，我們的查經交通同樣甘美。弟兄姊妹照我的請求送我一本相冊，把他們與家人的生活照放在裏面，有些還加上祝福語，也預留了晚上在團契告別宴再訴不捨之情。負責處理制服的一位姊妹 Ann 送來一枝筆作紀念，上面刻著的又是〈耶利米書〉29:11，竟與 Jackie 兩度送我的經文一樣（見第 78 篇）。主是信實的，給我的都是雙重的保證。此後，我常把這支筆掛在胸前。

下午 5 時許，我把幾個月前已預備好的告別話傳閱全公司上下：

「各位同事朋友：

「今天是我在機保的最後工作天，也是我 33 年職業生涯的最後一天。我 21 歲踏進社會工作，23 歲加入警隊，5 年多前借調機保，一次意料之外的際遇到此適時地畫上句

號。明天我將回復退休警察的身份。

「我在少年時開始成為耶穌的跟隨者，對世界常抱持一份距離，對事業並沒有特別的夢想和抱負。開始的時候，工作僅是糊口的工具。及至穿起警服，有幾十位執法者聽從我的指揮那刻開始，不知不覺間已經轉換了一份心思：不應辜負所給予我的權責，以基督徒應有的品格和原則，為社會、為機構、為同事下屬，謀一點福祉。至於信仰方面，古人的遺風是『隨走隨傳』。

「三十多年過去，有好些至今仍為人津津樂道的貢獻，亦有不少枉費心機的努力。這樣的滿意和失落，同樣交織在機保的工作中。為著那些不少的建設，我很感恩；在力有不逮的事上，也感鬱悶。

「現在我可以放下這些，從社會回歸簡樸的自己，只屬於幾位家人和信仰群體。現在的人生歷練和技巧，與少年時當然大不相同；內裏的品性和節操，卻希望沒有走樣 —— 這要交由妻子來評定。能為自己人生多留幾年自由的篇章，我感到莫名的自在和歡喜。雖然年月都寫在臉上，但身心還未到疲憊之境。常掛在嘴邊的興趣，自然也多了空間去做：帆船、滑浪風帆、獨木舟、單車、旅遊、編織、中西烹飪、音樂、閱讀、寫作等等。至於曾夢想過的烏干達，又或是布隆迪，時機已失，不知還有沒有同樣的機遇。

「容許我以主耶穌的一句說話結束告別的分享：

「『你們要給人，就必有給你們的，並且用十足的升斗，連搖帶按，上尖下流的倒在你們懷裏；因為你們用甚麼量器量給人，也必用甚麼量器量給你們。』（〈路加福音〉6:38）

「神用很大的量器量給我了。

「最後祝各位身心健康，家庭幸福。再見！」

　　是該走的時候了！還有一件心事，把門關上，跪在沙發前，我翻開團契成員送我的相冊，一頁接一頁的按著名字為他們禱告。情不自禁，雙眼給模糊了。從主面前起來，我抹掉祝福的淚痕。對主，心覺磊落平安；對世人，算是情義兩全；對妻兒，可以全身而退，還他們一個端正的丈夫和父親。掛著輕省的微笑，我整理一下儀表，打開辦公室房門，逕自踏向憧憬已久的新篇章。

獲委任機保副總裁前,任署理總警司。(2014)

離任警隊前與妻兒合影(2014)

策劃編輯　　梁偉基

責任編輯　　朱卓詠

書籍設計　　陳朗思

封面設計　　Caleb Kung

書　　名　　**我的烏干達：一位香港警察的職場回憶**

著　　者　　龔偉國

出　　版　　三聯書店（香港）有限公司

　　　　　　香港北角英皇道 499 號北角工業大廈 20 樓

香港發行　　香港聯合書刊物流有限公司

　　　　　　香港新界荃灣德士古道 220-248 號 16 樓

印　　刷　　陽光（彩美）印刷有限公司

　　　　　　香港柴灣祥利街 7 號 11 樓 B15 室

版　　次　　2022 年 8 月香港第一版第一次印刷

規　　格　　大 32 開（140 × 210 mm）348 面

國際書號　　ISBN 978-962-04-5027-3